U0553181

本书出版获以下项目资助

● 上海市教委"一流学科B类-戏剧与影视学"（2012–2017）

● 2013年度辽宁省社会科学规划基金项目"当代文艺娱乐化问题
  研究"（项目编号：L13DZW025）

当代剧场艺术与新媒介文化研究丛书

丛书主编：代晓蓉

当代文艺娱乐化问题研究

DANGDAI WENYI
YULEHUA
WENTI YANJIU

臧娜　代晓蓉／著

人民出版社

责任编辑:孙兴民　冯　瑶
装帧设计:盛世华光
责任校对:张　彦

图书在版编目(CIP)数据

当代文艺娱乐化问题研究/臧娜,代晓蓉 著.
　—北京:人民出版社,2015.8
ISBN 978 - 7 - 01 - 015035 - 2

Ⅰ.①当…　Ⅱ.①臧…②代…　Ⅲ.①文艺社会学-研究
　Ⅳ.①I0-05

中国版本图书馆 CIP 数据核字(2015)第 156460 号

当代文艺娱乐化问题研究

DANGDAI WENYI YULEHUA WENTI YANJIU

臧　娜　代晓蓉　著

人民出版社 出版发行
(100706　北京市东城区隆福寺街99号)

保定市北方胶印有限公司印刷　新华书店经销

2015 年 10 月第 1 版　2015 年 10 月北京第 1 次印刷
开本:880 毫米×1230 毫米 1/32　印张:9
字数:190 千字

ISBN 978 - 7 - 01 - 015035 - 2　定价:32.00 元

邮购地址 100706　北京市东城区隆福寺街 99 号
人民东方图书销售中心　电话 (010)65250042　65289539

目 录
CONTENTS

序

中国正经历着前所未有的巨大的文化变革，每一个人都被这一变革席卷其中，清新的湿润的空气也好，沉重的灰暗的雾霾也好，无论对这场变革作怎样的感受式比喻，任何人都无法从中回避或者解脱。

迷者任其势，清者驭其流。很多人在现实生活中随着这场文化变革顺势之游，跌荡起伏间随遇而安；另有一些人前瞻后顾，左觑右盼，不情愿地、抱怨地、牢骚满腹地裹挟而行，莫知其来又难寻其往；还有些人在随动中思考，在振荡中求索，努力把握那一道道冲涌而来的浪潮，不断地扣问其然与所以然。第一种人混迹于茫然，第二种人挣扎于不适，第三种人则生存于自觉。这里我可以很确定地说，这本《当代文艺娱乐问题研究》的作者通过这部著作证明，自己属于在这场文化变革中自觉生存、理性生存的人。

娱乐问题并不是新问题，却是有待深入探索的重要问题。作为文化娱乐现象，它已几乎普遍到人人置身其中的程度。休闲、旅游、购物、广告、传媒、交往，处处都有娱乐伴随其中，它不仅成为各种生活活动、传播活动、艺术活动的润滑剂，使之更圆润更顺畅地运转，而且，它就构成这些活动，就是这些活动。国家广电主管部门面对很多电视节目的娱乐失度，几下禁娱令，很多娱乐制造者及娱乐追求者，在因娱乐过度而陷入娱乐疲劳之后，稍经调整休养，便又卷娱乐而重来。这可以说是娱乐的一波未平一波又起，是娱乐的极尽能事，高潮叠起。对此，稍有头脑的人便不能不思索，娱乐何以到如此疯狂的程度，作为普遍而重要的文化现象，它究竟有益于文化繁荣，还是摧残着文化机体？人们究竟在娱乐中焕发了精神，张扬了感性，健全了人格，还是相反，像一些人说得那样——娱乐致死？

这部专著没有止于娱乐的文化现象，没有简单地置其于可否，也没有套用西方的娱乐理论，而是梳理、描述、阐释、求解、论证综合运用，以娱乐为问题思考的核心，发掘历史与现实、时间与空间、感性与理性、中国与西方、理论与实践、活动与语境等众多构成方面的内在联系，再将之提升到艺术论、文化论、社会论相综合的理论高度，进而阐发作者对娱乐问题的看法。作者将这样一番理论构成与理论运作在书中分为五章，从当代文艺娱乐化问题所以作为问题而在当下社会生活中突显出来入手，引人注目又实践有据地将娱乐导入理论研究的视野。作者把这一理论研究奠基在很丰富的文献整理分析的基础上，这保证了接下来的理论探究得以扎实展开。在这个过程中，作者自觉避开文献评析常见的资料分类介绍式的资料堆砌做法，而是从全书总体论证的角度及论证的重点出发，对文献进行梳理与评述，化文献陈述为文献研究，使这种评价作为娱乐研究的坚实基础与有机构成。在这样一个认真搭建的文献研究基础上，娱乐获得了理论属性，进而成为研究的核心范畴与全文论证的逻辑起点。

这部著作进行的娱乐阐释具有综合构成与实践敞开的特点。作者认为娱乐是一套由人类心理结构与社会结构相互交织而组成的复杂机制，它不仅涵盖人类内在心理层级的各个层面，而且还受多重外在社会结构的形塑与影响，这样的娱乐见于艺术或体现于艺术，就有了娱乐的多层次的艺术功能。对如此的娱乐理解，有三个要点需予关注：其一，娱乐是心理结构与社会结构交互作用而形成的综合操控机制，即是说，人们追求娱乐不仅是生理与心理的快乐，同时也是社会性的行为与心理调节，娱乐状况由此被纳入社会调节状况的层面；其二，娱乐因此获得一定的社会标准，成为社会调节水平的体现，引申地说，当下出现的过度娱乐状况，主要的不是人们的娱乐需求出了问题，而是社会调节水平出了问题，因此需要通过社会调节而解决；其三，艺术的娱乐功能不能仅从艺术自身思考与求解，它是社会心理与社会行为调节状况在艺术中的体现，换句话说，当艺术的娱乐功能被强化与过度追求时，应该到社会调控机制中寻找原因。这样的娱乐理解与阐释，使得对于娱乐的深入研究及实践性研究有了更为广阔的社会文化根据及实践论根据，同时也为娱乐研究的理论展开提供了构成性根据与逻辑根据，这部著作能条理清晰，步步深入地展开，与作者对娱乐范畴的上述理解与阐释密不可分。这可以看做是这部专著的一个重要理论突破。

这部著作展开娱乐研究的又一个突破之处，在于作者把娱乐纳入社会历史实践的过程之中，通过揭示与描述不同历史阶段的娱乐状况，探寻娱乐的历史根据，使娱乐的历史探索成为当下娱乐研究的深层规定。现有的一些娱乐研究，出于娱乐问题的当下逼迫性，过多地把目光局限在近几年来市场经济与大众文化繁荣与娱乐的关系上，尽管语境研究与动态研究突出了问题的动态属性，但对问题的历史规定性却有所忽略。作者自觉到这个问题研究的当下局限，抓住当代文艺娱乐状况得以形成的三个历史阶段性延续，即革命文艺时代的娱乐，新时期启蒙阶段的娱乐，以及市场经济繁荣时期的娱乐，这三个历史阶段的娱乐虽然各有差异，同时又有着延续性的因果关联。即革命时代的政治规定的娱乐，使娱乐被政治所抽象，成为缺失了广泛社会心理根据的政治调整单一化与绝对化的娱乐；走出政治娱乐，娱乐在新时期启蒙中，成为现代性的个性解放标志，人们在娱乐的社会心理与社会调节中，感受着享受着先前缺失的个性自由，实现着个性发展的丰富性；而在第三个阶段，即市场经济繁荣的当下阶段，娱乐突出了商品属性，并由先前的政治抽象转为商品抽象，进入享乐主义时代。这样的历史梳理及见于娱乐的历史递进关系的揭示，在理论上令人耳目一新。

这部著作进行的娱乐研究，还有一个应予重视的特点，即作者在大众文化中对于娱乐艺术或艺术娱乐属性的探索。大众文化强化了大众的感性需求，使感性需求满足成为极为活跃的商品属性，这种情况使娱乐的感性性质在大众文化中膨胀，娱乐的理性因素受到压抑甚至否定；而娱乐的这种扬感性抑理性的状况，又与大众文化的感性活跃相应和，它们借助于生活艺术化的时潮，将艺术的娱乐属性突显为膨胀的感性属性，进而不断地创生出名目繁多，千奇百怪的大众文化的娱乐艺术。这样，关于当下娱乐艺术的一个明晰思路就被清理出来，即大众文化——生活艺术化——感性话语——艺术的感性属性与感性激发功能——感性艺术。这是一种社会性的诱发、规定、转化、成势的相互作用与相互构成关系。

通过上述富于历史实践与现实实践的敞开性的理论阐发，作者表述了对当代文艺娱乐问题的看法，即不认为对于当下文艺娱乐的简单否定就是正确的，而应该将之纳入更广阔的历史发展的文化视野中，对之理性地思考与积极地引导。作者更强调历史实践地看待当下文艺娱乐状况。如该书前言中所说："当代中国的'娱乐新世纪'乃是一个多层次并存的驳杂语域，并与不同层位的娱乐需求相契合，而精英与大众、传统与当代、主流与非主流之间的娱乐博弈在其中渐次展开，共同营造了一个众声喧哗的'新感性'时代"。

最后要说的是，作者提供了一个开放的文艺娱乐的理论构架，尽管对娱乐的艺术形态及艺术的娱乐形态，还有一些可以进一步进行的理论思考能够展开，但在文艺娱乐现象正现实展开的当下，在文艺娱乐本身尚有很多生成着的、不确定的因素尚待历史与时代地沉淀的情况下，这已经是一个不小的理论收获。这对于读者，对于作者本人都是如此。

以此为序。

高楠

2014.8.22

前　言

　　古往今来，文艺所具有的包罗万象的功能价值已经为世人所公认。帝王权威的颂扬、道德律令的宣示、文治武功的彪炳、经济利益的谋求，以及身心愉悦的获得等等，几难穷尽。前苏联学者包列夫曾在其著作《美学》中将文艺的功能确定为9种，斯托洛维奇则将其扩大为14种，[①]朱立元先生也在其著作《美学原理》中梳理出多达十几种的文艺功能[②]，并且，随着人类实践水平的发展，对于文艺功能价值的划分还在向更为精细化的方向发展。

　　在如此繁复的文艺功能界定中，艺术的娱乐品性却始终是文艺功能价值多元语域中不可或缺的重要一维。事实也正如此，通常情况下，人们之所以愿意参与到文艺活动中来，就是因为文艺有着极强的消遣娱乐性和精神快适功能，这也是艺术区别于政治、经济、法律等其他社会文化语域的重要特质。但是，一直以来，文艺的娱乐功能大多以教育、认识、审美等文

---

① 　［苏］卡冈著，凌继尧译：《美学和系统方法》，中国文联出版公司1985年3月第1版，第165—167页。

② 　蒋孔阳、朱立元著：《美学原理》，华东师范大学出版社1999年10月第1版，第239页。

艺功能体系其他维度的附属姿态出现，只是随着世俗化进程的不断推进，到了当代大众文化语境下，文艺的娱乐功能才史无前例地凸显出来。

与以往政治压抑性娱乐话语相比，文艺娱乐品性的当代凸显自然具有充分的现实合理性与积极意义。它解构了既有政治等级的文化层位，建构起一个包含不同层次感性愉悦的多元娱乐体系，使国人长期被压抑的快乐需求获得了极大解放，并推动文学艺术价值观念进入到了感性活跃的新阶段。然而，还应该看到，在消费享乐主义和影像化、比特化媒介娱乐逻辑交互作用的多元语境下，文艺的娱乐品性虽然得到了更为大众化的撒播与张扬，但刚刚解放了的感性娱乐却又面临着落入"粗鄙化"娱乐悖论的窘境。与此同时，在"中国特色"的历史语境中，文艺娱乐化的当代转向又是在由政治理性、批判理性、乐感文化传统等既有社会理性共同构筑的话语氛围中展开的，这就使发生在当代中国文艺语域中的感性流溢状况呈现出与西方当代娱乐盛世有所不同的文化症候。

可见，当代文艺娱乐化问题的出场语境是复杂的，它往往处于由传统与当下、东方与西方、精英与大众、感性与理性共同编织的多元话语网络之中，是一套由娱乐的心理结构与社会结构相互交织组成的复杂机制。因此，本书致力于以文化传统、西方当代、中国娱乐文化现实建构中的理性与感性期待等多重文化视域为"经"，以时代、功能、形态等多重研究向度为"纬"，对当代文艺娱乐化问题进行纵横交错式的多元阐释，以期揭示当代文艺娱乐化问题的多层次性。

本书首先对"娱乐"进行了基本立场的阐明，指出"娱乐"是一套由人类心理结构与社会结构相互交织而构成的复杂机制，它既涵盖了由本能之乐、感性之乐、理性之乐与观念之乐组成的人类内在心理层级，又受到多重外在社会结构的形塑与影响。可见，"娱乐"并非是一个能够一言以蔽之的概念界定，它是灵魂的两极相互融合、感性与理性互相辉映的特殊造物，一个浑融之所，而对于具体的文艺现象，更要从心理、社会等多个层面出发作综合考量，才能避免非此即彼的理论偏向。

在此基础上，本书着重从审美文化、大众文化、媒介文化、消费文化以及文化传统等多元视域出发，对"娱乐"进行多角度的价值厘定。在传统审美文化视域中，"娱乐"虽然被界定为审美游戏中具有溶解性功能的特殊的审美体验，与"自由的游戏"构成精神上的同构关系，但它又始终在感性与理性二元分立的价值语域中背负着启蒙的理性枷锁，在弥合感性与理性的过程中显现出贬抑感性推崇理性的审美价值立场。

当审美文化向着当代历史语境演进，当大众文化历史性地成为当代文化场域的主导者，文艺的娱乐之维才史无前例地跃居到了文艺价值功能体系的前景位置。作为西方现代性进程快速推进的产物，当代文艺娱乐化问题首先是从当代西方大众社会中孕生出来的，而西方知识阶层对此是抵制与赞同之声并存。"抵制派"理论家大多是在古典主义传统审美观念框架内对大众艺术展开批驳；"赞同派"理论家则从感性愉悦所蕴含的革命性潜能以及媒介技术的历史进步性角度出发，对"娱乐"表达了黑格尔历史唯物主义式的肯定性评价。双方的理论论争，既是娱乐在西方现实生活境况中的理论描摹，也是对当代中国文艺娱乐化问题中存在的纠葛与悖谬的理论映射。

本书由此立足于"中国特色"的历史语境，对东方"乐感"与西方"罪感"传统中的"娱乐"观念进行辨析，对西方"罪感"传统与晚期资本主义社会"娱乐道德观"相互博弈的文化状况进行考察，从而进一步阐明了中西方文化心理传统的特质所在，也使"乐感"传统在当代中国的本体性复呈与嬗变获得了多元化的理论阐释，从而在变动不居与流动不息的话语之流中描摹出一派雅俗交融和多层次并存的中国特色文艺娱乐化转向历史动势。

在对多元文化语境下的"娱乐"进行多角度价值厘定的基础上，本书分别从"时代""功能""形态"三个不同的研究向度出发，对论题进行了理论"纬度"上的延展，进而梳理出"从政治本位到文化消费""从理性教养到感性凸显""从艺术作品到文化商品"三条"娱乐化"变迁轨迹。

在对"当代文艺娱乐化问题的时代之变"进行历时性考察与语境性解读的过程中，可以看到，娱乐在当代中国事实上是在经历了很长一段时间的既有理性压抑，又经过了短暂的感性有待解放的自我启蒙之后，才得以释放的，这事实上也是中国大众心中长期被压抑的快乐需求现实性迸发的结果。然而，当代文艺的娱乐化转向又并非单纯的去政治化与文化消费，伴随着各种权力话语、文化传统与价值观念对文艺娱乐维度的资源性开采与争夺，在这样一个欣欣向荣的娱乐盛世，感性娱乐的时代性勃发仍然是在既有历史语境的规定下有条件地展开的，是一个相对的变量。

在对"当代文艺娱乐化问题的功能之变"进行机能性剖析的过程中，本书在梳理出一条由理性教养到感性凸显的功能变迁轨迹同时，进一步指出，"由理性到感性"这一粗略的命名方式事实上又遮蔽了"当代中国"这一历史语境的矛盾性与丰富性。乐感文化传统以及与其紧密相关的实用理性文化心理，既从"经验合理性"角度出发为文艺娱乐维度的感性凸显推波助澜，又在人伦文化"钟摆"效应的趋"中"式逻辑框架之内，践行着"寓教于乐"对于理性教养的"返魅"意图。

在对"当代文艺娱乐化问题的形态之变"进行特质解读的过程中，本书又辩证指出，以"形象超真实"为表征的非理性的迅速膨胀，既印证了理性走向极致时的悖谬所在，也事实性地蕴藏着理性的返魅之势；而在"情绪单一性强化"的感性跃动背后又蕴含着情感性回溯的精神动势。

通过对"当代文艺娱乐化问题"进行多向度辩证解读和动态考察，可以看到，当代文艺娱乐化问题乃是一个矛盾的统一体，在中国特色的历史语境中，如果将文艺价值功能体系的这一嬗变归之于消费文化或媒介文化可能都失之简单，文化传统、思维定势、主流意识形态等既有因素也必须一并考虑进去。可见，当代中国的"娱乐新世纪"乃是一个多层次并存的驳杂语域，并与不同层位的娱乐需求相契合，而精英与大众、传统与当代、主流与非主流之间的娱乐博弈在其中渐次展开，共同营造了一个众声喧哗的"新感性"时代。

第一章
当代文艺娱乐化问题研究理论综述

国内关于当代文艺娱乐化问题的理论研究与中国市场经济进程相伴而生，大概始于上世纪80年代末90年代初，既有集中性争鸣及论争文章，又有散在的论文出现；而相关的理论著作在上世纪末和新世纪初期开始大量涌现，且大多散在于消费社会与消费文化、后现代主义与文化理论、"日常生活审美化"等研究题域之中。

国外世俗化与现代化进程起步较早，经历了半个多世纪的长足发展，积淀下的关于娱乐文化相关研究也相对丰富，大多数知名学者都曾在著述中表达了与娱乐文化相关的理论思想。当代西方社会语境中对于此类问题的研究基本上在文化研究、消费社会研究与媒介文化研究等理论层面展开。

一、国内文艺娱乐化问题研究的三个阶段与三种视角

（一）国内文艺娱乐化问题研究的三个阶段

国内文艺娱乐化问题研究的历史进程大致可以分为三个阶段，即上世纪末"人文精神大讨论"与"文艺消闲娱乐功能"论争、世纪之交文艺理论界对当代娱乐文化的理论省思，以及新千年以来多元文化语境下展开的娱乐新世纪。

1."人文精神大讨论"与"文艺消闲娱乐功能"论争

在国内，与本论题相关的讨论始于上世纪80年代末90年代初，其时代特征表现在文艺实践层面，即是80年代中期以来

先锋实验性质的"探索文艺"①的失意，和"当代大众文艺"②的崛起。随着以"武侠""言情"为母题的大众文艺的兴盛，以及以"痞"为基本特征的"王朔现象"的日益崛起，大陆文化界开始越来越多地将目光投向这股来势汹汹的"文艺世俗化"浪潮，并最终引发了一场声势浩大的"人文精神大讨论"。

《上海文学》1993年第六期封面

　　1993年，王晓明在当年《上海文学》上发表了一篇名为《旷野上的废墟——文学和人文精神的危机》的文章，这篇文章成为引发"人文精神"大讨论的导火索。其间发表的较有影响的论文包括，杜书瀛的《市场经济与文学艺术和精神文

----

① 金国华曾在其《当代大众文艺：反拨、沉沦与拯救》（载《文艺理论研究》1992年第1期）一文中将"探索文艺"界定为"自80年代中期以来在文学（主要为小说）、艺术（包括电影、美术等）领域形成的以张扬创作者个性为标帜的不约而同的形式实验和内容探求。"
② 金国华曾在其《当代大众文艺：反拨、沉沦与拯救》（载《文艺理论研究》1992年第1期）一文中将"当代大众文艺"界定为"近年在大陆出现的包括通俗小说、畅销书、流行歌曲、通俗性的电视连续剧、放映点和民间流传的录像带、录音带在内的各种文艺制品以及由此构成的文艺和文化现象的总和。"

旷野上的废墟

—— 文学和人文精神的危机

主持人：王晓明　华东师大中文系教授
参加者：张宏　华东师大中文系博士研究生
　　　　徐麟　华东师大中文系文学博士
　　　　张柠　华东师大中文系硕士研究生
　　　　崔宜明　华东师大哲学系博士研究生
时间：一九九三年二月十八日
地点：华东师范大学第九宿舍 625 室

王晓明（以下简称王）：今天，文学的危机已经非常明显，文学杂志纷纷转向，新作品的质量普遍下降，有鉴赏力的读者日益减少，作家和批评家当中发现自己选错了行当，于是踊跃"下海"的人，倒越来越多。我过去以为，文学在我们的生活中占有非常重要的地位，现在明白了，这是个错觉。即便在文学最有"轰动效应"的那些时候，公众真正关注的也并非文学，而是裹在文学外衣里面的那些非文学的东西。可惜我们被那些"轰动"迷住了眼，直到这一股极富中国特色的"商品化"潮水几乎要将文学界连根拔起，才猛然发觉，这个社会的大多数人，早已经对文学失去兴趣了。

照我的理解，爱好文学、音乐或美术，是现代文明人的一项基本品质。一个人除了吃饱喝足、建家立业，总还有些审美的欲望吧？他对自己的生存状况，也总会有些理不大清楚的感受需要品味，有些无以名状的疑惑想要探究？在某些特别事情的刺激下，他的精神潜力是不是还会突然勃发，就像老话说的神灵附体那样，眼睛变得特别明亮，思绪一下子伸到很远很远，甚至陶醉在对人生的全新感受之中，久久不愿意"清醒"过来？假如我们确实如此，那就会从心底里需要文学、需要艺术，它正是我们从直觉上把握生存境遇的基本方式，是每个人达到精神的自由状态的基本途径。正是在这个意义上，文学自有它不可褒渎的神圣性，尤其在二十世纪的中国，大多数人对哲学、史学以至音乐、美术等等的兴趣，都明显弱于对文学的兴趣，文学就更成为我们发展自己精神生活的主要方式了。

因此，今天的文学危机是一个触目的

旷野上的废墟——文学和人文精神的危机（王晓明）

明——市场经济条件下的人文状况》、钱中文的《文学艺术价值、精神的重建——新理性精神》、雷达的《人文精神质疑》、许明的《新理性：当代中国的文化选择》、《人文视野中的当代中国精神取向》、王晓明的《旷野上的废墟——文学和人文精神的危机》、李泽厚与王德胜的《关于文化现状道德重建的对话》等文章，这些争鸣文章对中国文化的未来发展及理论学术建设都产生了深远的影响。"人文精神"大讨论持续数年，并于1996年底集结为《人文精神寻思录》（王晓明主编）一书，至此几近尾声。

事实上，大讨论之初并未直接触及文艺娱乐化问题，而是以"大众文化"为核心话题展开。90年代以来市场化进程的日益推进加剧了社会转型的速度，大众文化与消费主义一跃而起成为新的社会文化背景，同时也引发了文化艺术界的一连串新变："痞子文人"的大红大紫；文化产业的兴盛；文化领域商业化的日趋加深等。"人文精神大讨论"正是对这些在"准大众文化"语境下萌生的新文艺现象进行大规模反思和理论聚焦，以此表达对文学及意识形态领域意义与价值双重失落这一文化遭际的忧虑。

伴随文艺产业化进程的日益推进和"人文精神"的节节败退，市场经济对文学艺术的影响开始越来越多地跃入到文艺界的视野当中，关于"人文精神"的讨论也开始向更具现实性与生命活力的理论题域转化。关于文艺娱乐化问题的集中探讨也正是在这一历史结点上启动的。1995年12月由中国社会科学院文学所理论室发起并组织了"精神文明与文艺的消闲性"专题座谈会。会后，专家学者们发表了一系列相关文章，如杜书瀛的《消闲与文化和审美》、《消闲文化漫议》、陶东风的《世俗化时代文艺的消遣娱乐性》、何西来的《文艺的消闲娱乐功能及其格调》、罗筠筠的《休闲娱乐与审美文化》、童庆炳的《现实 历史 品味——当前文艺的娱乐消闲功能之我见》、朱辉军的《反"消闲娱乐"论》、孟繁华的《消闲文学及意识形态守护》、许明的《消闲不是唯一的解释》、钱竞的

《文艺消闲功能断想》等文章都在学界引起了一定反响。学者们普遍认为，与以往只讲政治教化功能的文艺观相比，当下文艺消闲娱乐功能在文艺实践中的凸显体现了时代的进步；当然，出于人文学者深切的人文关怀传统，他们对过分强调消闲功能而忽视人文精神和审美意义的文化粗俗化现象又深表忧虑。可以说，这场肇始于"人文精神大讨论"的关于"精神文明与文艺的消闲性"的文坛论争，为上世纪末文艺娱乐化问题奠定了理论基调。

2. 世纪之交的娱乐文化省思

上世纪80年代末，当代大众文艺崛起之初，由于我国还处在大众传媒勃兴和准文化市场的形成阶段，学界对于"文艺消闲娱乐功能"的考察更多围绕着精英文化与大众文化的表层博弈展开。进入世纪之交，在文化研究热潮的推动下，文艺理论界对当代娱乐文化展开了进一步的理论省思。

20世纪90年代中期，东方出版社策划出版了"东方书林之旅"系列丛书，其中高小康的两本著作《大众的梦当代趣味与流行文化》（1993）和《世纪晚钟当代文化与艺术趣味评述》（1995），率先对娱乐文化进行了理性反思与梳理。又一个世纪末款款而来，正如高小康在《世纪晚钟》导言部分所说："从上个世纪末至今已过了一百年。这一个世纪的基本趋势是一次新的'希腊化'过程……西方带给世界的不是古典的西方文化，而是'世纪末'之后的新文化——摩天大楼、高速公路、电脑、快餐"，"中国从70年代开始了改革开放的新时期。随即卷入了20世纪世界文化的漩流之中"，是"市场经济""推动着整个中国文化进入了一个'转型'时期"，

"这是中国文化和世界文化都在蜕变的特殊时期，因而使得这个时期的文化形态变得异常复杂、矛盾而不可预测。"①体现了这一时期学界对于娱乐文化的冷静思考。

1998年，河南人民出版社推出了廉静、王一川主编的"娱乐文化研究丛书"，丛书包括四部专著：王德胜《文化的嬉戏与承诺》、高小康《狂欢世纪 娱乐文化与现代生活方式》、贾磊磊《武之舞 中国武侠电影的形态与神魂》、王一川《张艺谋神话的终结 审美与文化视野中的张艺谋电影》。这套丛书从多个研究视角出发对90年代中国娱乐文化进行了系统审视，编著者们在肯定当代娱乐文化崛起的合理性的同时，也充分认识到了对大众文化娱乐品性进行理性反思与价值判断的必要性，从而为即将凯歌高奏跨世纪的中国娱乐文化提供了积极的审美导向与合理化借鉴。

还有今日中国出版社出版的《众神狂欢 当代中国的文化冲突问题》（孟繁华，1997），这本书对世纪末中国的文化冲突问题进行了全方位审视，指出市场经济使解放了的"众神"迎来了狂欢时代，多元化文化形态在这种复杂的关系场域中纠缠不休。消费化、享乐化的时代境况正在解构并建构着文化领域的地理面貌，而大众文化的流光溢彩毕竟掩饰不了人们内心的失落与伤痛，作者在肯定大众文化娱乐性特征的同时，也给人们以深刻的警醒。

2000年4月，魏饴的《悄然勃兴的休闲文学》一文在《文艺报》发表后，引起了学界的积极反应，此后，《文艺报》陆

---

① 高小康著：《世纪晚钟：当代文化与艺术趣味评述》，东方出版社1995年5月第1版，第2页。

续刊发了张炯、陆贵山、包晓光、童庆炳、陶东风、李孝弟等学者的争鸣文章。魏饴在文章中对"休闲文学"的题材特点、审美特点及价值特点进行了界定，并认为"休闲文学"是"主旋律文学"的有益附曲。学者们就"休闲文学"的命名、特点等问题展开探讨，同时也提出了一些值得深入探讨的问题，如陆贵山、包晓光在《走向为愉悦与自由的休闲文学》一文中提到与市场经济紧密相连的"休闲"性文艺的复杂意蕴；陶东风在《社会理论视野中的休闲文化与休闲文学》一文中抛出的，休闲文学为什么到了今天才蓬勃发展起来？在休闲文学热潮的背后有着怎样的社会文化背景？

当然，这一阶段学界所探讨的"休闲文学"与本书对于文艺娱乐化问题的研究还不能简单地作同一化处理，魏饴将"休闲文学"界定为题材上的休闲性，基本上与政治无涉、审美特点上的美美性以及价值上的自然回归性。陆贵山、包晓光也指出，"休闲文学"不去触碰重大的社会现实问题，而是让人最大限度地领略"闲"味，它的数量庞大，涵盖了包括梁实秋、林语堂在内的众多近现代作家及作品，读者在阅读这些作品的时候一定要具备闲适的心境和典雅、细腻的文化品味。可见，休闲文学是一个具有较高审美主义色彩的概念，相比之下，文艺娱乐化问题则体现出较强的时代性和语境性，它是伴随着大众文化、消费主义及媒介文化的崛起而日益凸显的一个时代性问题。虽然两者因阐释角度的不同而无法通约，但世纪初这轮围绕"休闲文学"展开的探讨，无疑对当代文艺娱乐化问题的研究起到了阶段性的推动作用，表达了学界面对此类问题时的一种价值立场。

3.多元文化语境下的娱乐新世纪

新世纪以降，伴随着全球范围内消费文化语境的确立、大众传播媒介的迅速崛起，以及世俗化进程中大众文化的全面繁荣，面对文艺实践过程中层出不穷的"娱乐化症候"，学界开始不断完善理论构架、拓宽研究视野，从不同的思维路径入手对"文艺娱乐化"现象进行多元化理论剖析，对于相关问题的理论探讨也呈现出百家争鸣的繁荣态势。具体可以从大众文化、消费文化与媒介文化三种理论视角出发做以总览。

（二）国内文艺娱乐化问题研究的三种视角
1.从大众文化视角介入"文艺娱乐化"问题研究

2003年学界就大众文化问题展开讨论，王先霈、徐敏发表了《为大众文艺减负增能》，认为大众文艺是在社会现代化进程中逐步产生和发展起来的文学样式，是对人民群众不断增长的消闲、娱乐等需要的艺术回应，由此形成了现时期文艺领域中，主旋律文艺、高雅文艺、大众文艺三足鼎立的崭新局面。目前应该适度淡化对大众文艺思想深度的要求，减轻大众文艺的思想重负，让它与国外的娱乐产品竞争，将劣质的文化产品排挤出文化市场。盖生的《大众文化：带菌的小众文化》将中国的大众文化视为一种带菌的小众文化，具有消解人生志气、制造平庸的负面效应，应将审美的平易性与具有价值蕴藉的双重维度重新赋予大众文化，以求达到民间性、社会性和审美性的有机整合。

2003年，《文艺争鸣》第6期以"新世纪文艺理论的生活论话题"笔谈为主题，针对"日常生活审美化"及"审美的日常生活化"问题展开讨论，其中，王德胜的《视像与快感——我们时代日常生活的美学现实》、陶东风的《日常生活审美化与新文化媒介人的兴起》、魏家川的《有关身体的日常语汇的审美生活分析》等文章都从不同侧面谈及了娱乐化问题，为文艺娱乐化问题研究提供了新的理论向度。

还有2005年学界关于文学经典化问题的讨论。高楠在《文学经典的危言与大众趣味权力化》一文中指出，普遍性的经典重估，实际上是文学价值标准历史性反思的艺术表征，这种反思或否定的价值有效性事实上还有待于历史证明；而导致当下文学价值标准发生巨大变化的根本原因，则是大众文学趣味的权力化倾向。文章进而指出，以历史的名义解构经典的行为，是精英群体在大众趣味权力化的现实语境下所做的媚俗式的价值退让。陶东风的《大话文学与消费文化语境中经典的命运》对大话文学与大话文化进行了研究，认为大话文化有愤世嫉俗和委曲求全的双重面孔，这也是后极权社会的一种文化征兆。张志忠的《定位与错位——影视改编与文学研究中的"红色经典"》极力反对将"红色经典"平庸化、戏说化、日常化，指出对其进行确切定位是"红色经典"再开发和再解读的必要前提。

2007年，《人民论坛》第4期刊发了一组文章，以《泛娱乐化解构中国》为专题展开讨论，邹广文的《什么催生了娱乐化热潮》、马相武的《不要让笑声代替了思考》、欧阳旭东的《反娱乐化现象案例》、葛岩的《娱乐背后的利益博弈》、朱大可的《缩小娱乐版图需做行政减法》等文章，包括该刊同年第6期刊发的朱大可的《生命中不能承受之乐》一文，共同表达了专题讨论的主题思想，即"我们需要娱乐，但不能忘记思考"，应该"营造宽松的文化空间，把政治的还给政治，道德的还给道德，娱乐的回归娱乐"，讨论使"泛娱乐化现象"又一次浮出水面，成为众矢之的。

2009年，《中国图书评论》第5期刊发了三篇关于"笑"与"幽默"的讨论文章，宋一苇的《中国人如何才能学会笑》、许志强的《笑与文学：谈〈城堡〉的两则附录》、李浩的《有关幽默的ABC——以王小波、王朔文本为例，谈谈文学中的幽默》。宋文以昆德拉关于笑的论述为切入点，在笑的历史梳理中，反思爆笑狂欢时代幽默喜剧性丧失的现状，探问中国人如何才能学会笑；许文通过对卡夫卡《城堡》两则附录的解析，为幽默的一种形而上成分——"乏味"——提供了精微的批注；李文以王小波和王朔的小说为例，探讨了当代小说家"笑"对现实困境的艺术方式。三篇文章共同为我们揭示了，幽默是一种正直而敏感的智慧果实，它与现时代的犬儒哄笑并不处于同一文化语域。

另外，还有陶东风的《去精英化时代的大众娱乐文化》、张晶的《娱乐：审美文化中的"溶解性的美"》、徐岱的《趣味的形而上之维——论审美实践的审智品质》、徐敏的《大众文化的快感理论：从美学到政治经济学》、陈全黎的《大众文化的快感与政治》、邹强的《快感与文艺学——也谈文学理论的边界》、杜书瀛的《审美愉悦与感性经验》、赵彦芳的《游戏：时代的症候》、宋伟的《娱乐狂欢时代的"笑"》、蒋元伦的《大众文化的多重性——基于媒介因、经济因和社会因的视角》等文章，也都从大众文化的视角介入

"文艺娱乐化"问题研究。

上述研究论文从大众文化视角介入到"文艺娱乐化"问题研究中来，同一时期，还涌现出很多从这一视角介入"文艺娱乐化"问题研究的理论著作。

2005年开始陆续出版的"文艺学与文化研究丛书"中，陶东风、徐艳蕊的《当代中国的文化批评》一书在对文艺学学科进行反思的基础上，提出了文化批评在当代中国文论语境中出现的历史必然性，以及当代中国大众文化研究的三种范式，并专章对"大话文艺"的兴起、文体特征、快感类型及文化思潮进行了探讨，是文化批评在文艺娱乐化问题上的又一次深度触碰。赵勇在《整合与颠覆：大众文化的辩证法》一书中对法兰克福学派的大众文化理论进行了细致梳理和系统评述，总结出法兰克福学派大众文化理论的整合与颠覆两种模式及否定性与肯定性两种话语，作者在拒绝为大众文化哼唱赞歌的同时，也表达了对大众文化中蕴藏着的身体狂欢的美学体悟。陶东风主编的《当代中国文艺思潮与文化热点》，在对当代中国文艺思潮进行体系性梳理的同时，择取"后革命文化""红色经典""大话文化""身体写作""武侠热""日常生活审美化"等文化热点进行以点带面式的文化品评，体现了对当代文艺娱乐精神的人文关注。

另外，毛崇杰的《颠覆与重建后批评中的价值体系》一书，从历史的总体性来看价值体系在后现代语境中遭到的颠覆与重建，在此基础上针对文化虚无与实用笼罩着的文化"痞"相、后现代幽默混浊与"世俗欢乐"等"娱乐化症候"进行阐释与解读。张柠的《文化的病症：中国当代经验研究》，从作者丰富的感性经验入手，配合形而上的学理解读，以"消费文化中的偶像崇拜""叙事中的肉体激进主义""影像美学与文化摇头丸"等为题，对文艺娱乐病症展开经验性剖析。还有陶东风的《文化研究 西方与中国》、高宣扬的《流行文化社会学》、南帆的《五种形象》、《符号的角逐》、范玉刚的《欲望修辞与文化守夜：全球化视域中的中国大众文化研究》、艾秀梅的《日常生活审美化研究》、蓝爱国的《好莱坞制造：娱乐艺术的力量》等著作也从不同侧面对"文艺娱乐化"问题有所触碰。

2.从消费文化视角介入"文艺娱乐化"问题研究

随着我国市场经济体系建设进程不断推进，消费文化逐渐成为人们社会生活的重要文化语境，消费文化是指从消费行为、过程、心理等多维度出发对各种社会文化现象进行考察的文化研究方法，是一种与政治、社会等研究题域不同的理论思维工具。从美学和文论角度对消费文化进行研究是2006年的一个学术热点。金惠敏的《消费时代的社会美学》以"社会美学"为理论出发点，探讨了消费时代的文艺学与美学相关联的特殊性。施惟达、樊华的《论消费主义时代的精神生产》认为消费主义时代的艺术生产日益向着多元分化的方向发展，而文艺在这一时代趋势当中仍保有特殊的精神价值和意义。赵学勇的《消费时代的"文学经典"》对于文学经典在消费时代的命运进行了分析。傅守祥的《欢乐之诱与悲剧之思——消费时代大众文化审美之维刍议》讨论了大众文化的审美范式与美学特性，认为"处于现代性悖论中的大众文化是矛盾的，也许只有赋予了人文理想的审美批判才能制衡其被'看不见的手'所导引的轻薄与狂嚣，并将现代高科技带来的新型审美想象力元素和文化民主化元素发掘出来，培育成型"。

休闲文化研究的盛行代表了学界对于消费社会理论研究的关注。2006年，刘方喜发表了《三种时间、三种活动：马克思"审美生产主义"初探》、《略论当前的"审美消费主义"思潮》、《试论"自由时间"的双重内涵及两种价值趋向》、《"自由时间"论》，以自己对马克思的"自由时间"观念的理解为理论基础，对鲍德里亚的休闲文化理论进行了批判性探讨，并得出结论：审美生产主义乃是马克思主义美学的消费性拓展，为理论界的审美消费主义批判提供了坚实的理论基础。

2007年初，法国思想家让·鲍德里亚（Jean Baudrillard）去世，标志着消费社会研究进入了一个众声喧哗的新阶段。金惠敏的《消费社会与自然问题》、《消费·赛博克·解域性》、刘方喜的《消费主义批判的中国立场》、《"审美消费主义"批判与"审美生产主义"建构》、丁国旗的《文学在消费时代的突围》、徐岱的《崇高之后——论传媒时代的艺术生产》、傅守祥的《审美化生活的隐忧与媒介化社会的陷阱》等文章，都从不同角度深化着文艺理论界对于消费文化的理解与研究。

另外，还有陆高峰的《娱乐的经济与超经济》、周小仪的《消费文化与生存美学——试论美感作为资本世界的剩余快感》，以及夏颖的博士学位论文《作为一种批判理论的消费社会理论及其方法论导论》、徐新的博士学位论文《消费伦理研究》、蒋荣昌的博士学位论文《消费社会的文学文本——文学文本形态的转折》、孟岗的博士学位论文《消费时代的身体乌托邦——比较文论视域中的"身体写作"研究》等，也都从消费社会的角度出发介入到"文艺娱乐化"问题的研究中来，其中不乏哲学等跨学科文章，这也从另一个角度证明了当下文艺学研究的跨学科特质。

上述研究论文从消费文化视角介入到"文艺娱乐化"问题研究中来，同一时期，还涌现出很多从这一视角介入"文艺娱乐化"问题研究的理论著作。罗刚、王中忱主编的《消费文化读本》一书介绍了西方学者从不同立场、不同途径出发对消费文化进行的理论考察，其中不乏探究时尚、身体、快感等问题的精彩篇章，对于文艺娱乐化问题的研究具有很高的理论价值。蒋荣昌的《消费社会的文学文本》、赵吉林的《中国消费文化变迁研究》、戴慧思的《中国都市消费革命》、邢崇的《后现代视域下本雅明消费文化理论研究》、杨柳的《性的消费主义》、何志钧的《文艺消费导论》、方维保的《消费时代的情感印象：当代文学与批评文化观照》、张筱薏的《消费背后的隐匿力量——消费文化权力研究》、包亚明的《游荡者的权利——消费社会与都市文化研究》等理论著作也为从消费文化视角介入"文艺娱乐化"问题研究提供了可资借鉴的理论资源。

3. 从媒介文化视角介入"文艺娱乐化"问题研究

媒介文化是一种在大众传媒蓬勃发展基础上诞生的信息传播文化，它与消费文化有所区别，强调从现代信息技术视角出发审视大众文化产品。2004、2005年间，学界集中出现的几组探讨"读图时代""图像转向"的文章掀起了一股"视觉文化"研究热潮。周宪的《审美文化·视觉文化的转向》一文从西方现代思想史和现代技术发展史的角度出发，指出当代文化正在从语言主因型向图像主因型转变，这种转变严重影响着主体的意识形态和认知方式，人们越来越多地借助视觉文化的思维方式来思考问题。周宪在《"读图时代"的图文战争》一文中进一步指出，"读图"的流行预示着图像拜物教的兴起，意味着文化正在走出"语言学转向"阶段，进入"图像转向"的新阶段。金惠敏的《图像增殖与文学的当前危机》、《趋零距离与文学的当前危机——"第二媒介时代"的文学和文化研究》、《从形象到拟像》，赖大仁的《图像化扩张与"文学性"坚守》、高建平的《文学与图像的对立与共生》、吴子林的《图像时代的文学命运》等文章都聚焦于现代电子媒介制造出来的图像奇观，认为文字与图像将会共同丰富人们的精神生活，在视觉文化或消费文化的冲击下，文学性并不会消逝。"图像转向"将文艺理论的研究视野拓展至媒介文化研究，与此密切相关的"文艺娱乐化"问题也越来越多地受到学界的关注。

2006年，关于网络媒介文化的探讨成为当年的一个理论热点，高建平在《非空间的赛博空间与文化多样性》一文中针对赛博空间的文化性质问题展开讨论；陶东风的《文学的祛魅》全面讨论了大众文化在消费主义社会和网络世界的盛行，及其对精英文学、精英文化的"祛魅"效应，并重点分析了这些现象得以形成的社会原因及文化原因；《江汉论坛》2006年第3期的一组《文学形式研究笔谈》，尝试用"通过形式阐发意义"的文学研究新方法进行理论阐释，王一川以"短信笑话与文学语言的新景观"为题，从网络文学样式的修辞学本质、社会及人文意义入手进行讨论，可以看做是对文艺娱乐化现象进行多元理论阐释的典型例证。

2007年，网络媒介语境下文学与艺术的生存处境问题越来越受到学者们的关注。陈定家在《"超文本"的兴起与网络时代的文学》一文中认为，在广阔的赛博空间里，网络文学所营造的"话语狂欢之境"事实上喜忧参半，"超文本"的崛起标志着当代文学开始了世纪大转折，也成为解读文学图像化、游戏化、肉身化、博客化等时代特质的逻辑前提。彭亚非的《网络写作：速朽的文作与潜在的生机》、郭宝亮的《大众传媒时代的"无根"写作——20世纪90年代以来文学艺术中的"猎奇化"现象》、吴子林的《玄幻小说的文化面相》、王纪人的《大众传媒时代的文学与时尚》等文章均表达了学界对于新媒介文化语境中网络文学娱乐特质的反思。

2008年，网络文学研究领域涌现出了一批重要文章，如莫言的《网络文学是个好现象》、蓝爱国的《网络文学的题材类型》、聂庆璞的《传播媒介的嬗变与网络文学的发展》、张颐武的《网络文学与纸面文学》等，促进了网络媒介文化与文学艺术的联姻。另外，与网络文学研究密切相关的还有奇幻文学理论的历史性跃入，标志性事件之一是北京师范大学在硕士层次增设了科幻文学研究方向。其实，在白桦主编的《中国文情报告（2005—2006）》中对此类现象就已经有所涉及，该书收录的《网络文学："规范化"中求发展》就着重讨论了"奇幻文学"问题，认为在《魔戒》、《哈利·波特》等欧美著名奇幻名著的带动下，《诛仙》等网络奇幻文学创作也方兴未艾地开展起来，这都为文学的网络新生开辟了道路。

2009年，承继着网络文学研究热潮，文艺理论界对于媒介文化的研究也得到了一定程度的拓展，张永清在《新媒介　新机遇　新挑战——网络文学刍议》一文中从网络技术与文学特性、网络写作、网络文本等角度出发，对网络文学存在的问题进行了梳理。欧阳文风在《博客的兴起与文学创作方式的转型》一文中剖析博客这种新型写作方式的诸多特点，对其为文学创作方式带来的新变及意义进行了反思。肖锋的《补充、分化及异化》探讨了从网络文学到手机文学的衍进过程，对3G手机对文艺发展的影响展开了学理思考。

另外，还有张晶的《传媒艺术的审美属性》、傅守祥的《泛审美时代的快感体验——从经典艺术到大众文化的审美趣味转向》、王德胜的《"娱乐神话"与传媒时代的艺术经济学》、《当代西方媒介文化美学研究的三种形态》、蒋元伦的《媒体文化引导消费》、《从"起哄"看网络舆论生态》、《媒介文化：拼贴的娱乐盛宴》、周宪的《传媒文化：做什么与怎么做》等文章，也都从媒介文化的视角介入"文艺娱乐化"问题研究。

上述研究论文从媒介文化视角介入到"文艺娱乐化"问题研究中来，同一时期，还涌现出很多从这一视角介入"文艺娱乐化"问题研究的理论著作。

2004年，中央编译出版社出版的"媒体文化丛书"，包括蒋原伦的《媒体文化与消费时代》、王晓等合著的《欲望花窗——当代中国广告透视》、于洋的《文学网景——网络文学的自由境界》、王蕾等合著的《霓裳神话——媒体服饰话语研究》、郑建丽等合著的《花园声音——MTV的意义空间》、于丽爽等合著的《脱口成风——谈话的力量》。集中表达了学界对于传播媒介的关注与研究热情。

2008年，网络文学研究硕果累累，欧阳友权主编的《网络文学概论》、《网络文学发展史——汉语网络文学调查纪实》、马季的《读屏时代的写作——网络文学十年史》都是该领域值得关注的研究成果。同年，中南大学文学院网络文学与数字文化研究团队推出了一套《网络文学新视野丛书》，包括杨雨的《网络诗歌论》、苏晓芳的《网络小说论》、蓝爱国的《网络恶搞文化》、欧阳文风和王晓生的《博客文学论》、李星辉的《网络文学语言论》、柏定国的《网络传播与文学》，对网络文学领域涌现的新命题作出了新解答与新拓展。尤其是蓝爱国的《网络恶搞文化》，更是对新近出现的文艺娱乐化现象的一种理论触碰。

还有，孟繁华的《传媒与文化领导权——当代中国的文化生产与文化认同》、赵勇的《大众媒介与文化变迁——中国当代媒介文化的散点透视》、吴志翔的《肆虐的狂欢：传媒美学谈》、吴琼的《视觉文化的奇观》、尹鸿的《娱乐旋风：认识电视真人秀》，以及蒋原伦等主编的《媒介批评》（以书代刊），都是从媒介文化角度出发介入"文艺娱乐化"问题研究的理论著作。

二、国外娱乐文化研究谱系考

国外关于娱乐文化的研究由来已久，包括麦克卢汉、鲍曼、韦尔施、巴塔耶、列菲伏尔、波兹曼、凯尔纳、德波、德勒兹、菲斯克、詹姆逊、费瑟斯通、贝尔、伽达默尔、赫伊津哈等在内的多位学者都曾在著述中表达了与娱乐文化相关的理论思想。当代社会语境中对于此类问题的研究，基本上在文化研究、消费社会研究与媒介文化研究等理论层面展开，这些理论主张既自成体系，又相互关联，从而汇聚成以詹姆逊、麦克卢汉、鲍德里亚等学者为核心的思想星丛。

（一）快感与政治：从法兰克福学派到詹姆逊

文化研究作为一种学术话语肇始于20世纪50年代英国的伯明翰学派，代表人物霍加特和威廉斯在著作《文化之用》（1958）及《文化与社会》（1958）中，分别表达了自己对于大众文化的理解与认同，从而在伯明翰学派内部形成一种理论共识。始建于莱茵河畔的法兰克福也是文化研究领域的重要力量，与伯明翰学派对于大众文化的认同立场不同，该学派的文化研究是建立在"批判理论"基础上的，其大众文化理论及大众传播研究建构起了文化研究的初期模式。

从社会批判的理论视野出发，法兰克福学派始终致力于将"快感"问题与"政治无意识"相互勾连。主要代表人物阿多诺就曾经在《论流行音乐》一文中揭示了"标准化"特质在流行音乐生产体系中的重要地位，"只有通过仔细审视流行音乐的基本特征——标准化，我们才能对严肃音乐与流行音乐之间的关系作出清晰的判断。流行音乐的整个结构就是标准化了的，即使为了克服标准化所做的尝试也是如此。从最基本的到最特殊的特征，标准化无所不在"[1]。在此基础上，阿多诺又

---

[1] Theodor W. Adorno, "On Popular Music", in John Storey ed., Cultural Theory and Popular Culture: A Reader, Prentice Hall, 1998, p.197.

深入剖析了音乐产品接受者置身其中的文化背景及其对艺术接受者产生的心理影响，他认为，"心神涣散是与现存的生产方式相关，与大众必须直接或间接遵从的合理化、机械化的劳动程序相关。这种生产模式能够导致对于失业、收入流失以及战争的恐惧与焦虑，这与娱乐有着'非生产性的'关联。或者说，消遣与全神贯注根本没有关系，人们需要的是娱乐"①。可见，受众在收听流行音乐产品时的那种心神涣散状态，事实上正是文化工业生产整体图谋的结果，在对于现实世界的快乐逃逸中，大众陷入程序化的娱乐经济"逻各斯"中而不自知，阿多诺的此种论断事实上正代表了他对文化工业本质特征的理论判断和价值立场。

　　法兰克福学派的研究者们大多从"政治无意识"的理论视角出发，以批判性和政治性的理论姿态介入到社会政治运动中来，与这一理论旨趣具有家族相似性特征的还有美国文化批评学者弗雷德里克·詹姆逊。詹姆逊延续了法兰克福学派从"政治无意识"视角出发对文化工业进行理论批判的研究思路，并将其推进到后现代批判的理论视界当中。詹姆逊的批判理论研究始于对晚期资本主义时代"商品化"文化特质的深刻体认，大众沉浸在由电视、广告、录相等文化商品汇聚成的视像化海洋中，成为散在的、表面化的和去中心化的零散主体，体现了后现代精神在这一时代所占据的主导地位。

　　需要着重指出的是，詹姆逊在指认晚期资本主义时代后

---

① Theodor W. Adorno, "On Popular Music", in John Storey ed., Cultural Theory and Popular Culture: A Reader, Prentice Hall, 1998, p.205.

現代精神特质的同时，还继承了法兰克福学派辩证法思想，对其进行了肯定性思考。詹姆逊意义上的后现代主义，虽然"从负面词可描述其为焦虑及现实的失落，但是，我们也完全可以从正面词的角度将它想象为欣快症、麻醉状、使人欣喜若狂的或引起幻觉的强大"①。詹姆逊精神视域中的后现代主义和大众文化，往往给人一种欣喜若狂的欣快体验，这事实上"提供了一种富于启发性的美学模式"②。他曾经对一首名为《中国》的诗歌进行语意剖析，探寻精神分裂症式语句背后的深度内涵，"我称之为精神分裂性的（句子）断裂或文字所表现出的方式，尤其是当其被概括为一种文化风格时，不再享有与病态内容，即我们所联想到的精神分裂这样的术语的关系，而是能被用于更欢快的强度上，用在那恰恰是我们刚才提到的替代了焦虑和疏离这种旧感觉的欣快症上"③。对于精神分裂性文本背后蕴含的独特欣快体验的揭示，体现了詹姆逊对后现代文化文本进行辩证考察的理论路径，也是他深切赞赏的后现代文化维度。

然而，詹姆逊对快感问题的思考并没有驻足于美学层面，而是从"政治无意识"视角出发将其拓展至意识形态领域。从阿多诺在激进学生运动中郁郁而终，到德勒兹·伽塔利哲学借"欲望机器"对资本主义所做的"精神分裂分析"，詹

---

① ［美］弗雷德里克·詹姆逊著，王逢振等译：《快感：文化与政治》，中国社会科学出版社1998年3月第1版，第182页。

② ［美］弗雷德里克·詹姆逊著，王逢振等译：《快感：文化与政治》，中国社会科学出版社1998年3月第1版，第180页。

③ ［美］弗雷德里克·詹姆逊著，王逢振等译：《快感：文化与政治》，中国社会科学出版社1998年3月第1版，第184页。

姆逊在西方思想史的演进历程中认识到，"面对文化的衰微和精神上的拜物，法兰克福学派在急剧的变动和历史的焦虑中建立的理论最近以肯定的形式在莱茵河的这一边取得了瞩目的成果。众所周知，法国后结构主义理论家只是改变了阿多尔诺、霍克海默和马尔库塞原有的描述框架，废除了以往常用的商品化概念，而代之以由德鲁兹和瓜塔里提出的理想的精神分裂者的意识，即'真实主人公的欲望'"①。在这里，詹姆逊欣喜地看到了"快感"在"政治无意识"层面的积极意义，"一个具体的快感，一个肉体潜在的具体的享受——如果要继续存在，如果要真正具有政治性，如果要避免自鸣得意的享乐主义——它有权必须以这种或那种方式并且能够作为整个社会关系转变的一种形象"②。如果说"阿多诺们"倾向于从资本理性层面出发批判性地审视娱乐经济"逻各斯"中的快感，那么詹姆逊则触摸到了快感的意识形态向度及其潜在的颠覆性特质，这无疑是对理论传统的辩证延展。

（二）从象征性交换到"诱惑"：鲍德里亚消费社会理论的深层构境

　　法国著名哲学家让·鲍德里亚（Jean Baudrillard）提出的消费社会理论为当代西方娱乐文化研究贡献了宝贵的理论资源，从"象征性交换"到"经济性交换"直至"诱惑"，不但

① ［美］弗雷德里克·詹姆逊著，王逢振等译：《快感：文化与政治》，中国社会科学出版社1998年3月第1版，第139页。
② ［美］弗雷德里克·詹姆逊著，王逢振等译：《快感：文化与政治》，中国社会科学出版社1998年3月第1版，第150页。

Jean Baudrillard（1929-2007）

在更大程度上推动鲍德里亚消费社会理论走向纵深，而且历时性地揭开了"诱惑"的神秘面纱，揭示了"诱惑"在媒介普遍化的消费主义语境中所处的诱发人类感性本能、满足快感体验、丧失批判性本质的尴尬境况。

"象征性交换"融合了莫斯礼物交换思想和巴塔耶"耗费"经济学的理论主张，在鲍德里亚消费社会理论中居于核心地位。莫斯礼物交换思想（《论礼物》，1925）在对原始部落交换制度进行人类学考察的过程中，发现了一种被称为"礼物"的交换方式。在原始社会，将某物馈赠给某人这一事件就是呈现自我的过程，"赠与—接纳—回报"的一系列过程被视为是一种必然，而物自身的出场正蕴藏了某种神性力量，与"经济性交换"无涉。莫斯认为，功利主义的价值交换是晚近社会发展的产物，"在最具伊壁鸠鲁主义色彩的各种古代道德中，人们追求的是善和快乐，而不是物质利益"[①]，莫斯由此重新审视了原始部落的象征交换关系与功利主义价值交换之间的间性差别。

莫斯对于象征交换的思考极大地影响到了巴塔耶，他在

---

① 张一兵著：《启蒙的自反与幽灵式的在场》，黑龙江大学出版社2007年12月第1版，第106页。

《耗费的观念》（1933）一文中提出，"耗费"与"奉献"是人类获得自身意义的一种本能需要。延续这一思想路径，巴塔耶在系统概括莫斯理论的基础上，于1945—1955年间形成了《有用性的界限》、《被诅咒的部分》和《黑格尔、死亡与献祭》等几部著作，对莫斯理论进行哲学化、政治化改良，基本完成了对于耗费经济学逻辑架构的理论建设。

　　莫斯和巴塔耶对于"交换"行为与"耗费"观念的理论阐发开启了鲍德里亚关于"象征性交换"的思想旅程。与消费主义意义上的"经济性交换"不同，鲍德里亚意义上的"象征性交换"仅仅在"象征性"意义上展开，它超越了那种由政治经济学逻辑设计出来的经济交换体系，具有独特的本真性内涵，即在释放、耗费、奉献、挥霍和象征的过程中，人的感性本能得以释放，由此破除了政治经济学中的拜物教，使人们回归到本真的交往方式中来。在关于"象征性交换"的去价值逻辑思考基础上，鲍德里亚又展开了对于资本主义体系和消费理性的批判式审视，借助莫斯·巴塔耶对于"交换"行为与"耗费"观念的理论思考，鲍德里亚看到了消费理性背后的符号化操纵图谋，消费符号的生产与流通事实上是将特定的交换价值赋予客体对象，而原本蕴含在物品自身象征性价值之中的本真内涵则被遮蔽了。

　　从《符号政治经济学》、《生产之镜》，到鲍德里亚系统性理论生涯的尾声之作《论诱惑》，这种乌托邦式的理论构想贯穿始终。在《论诱惑》中，鲍德里亚延续了"莫斯·巴塔耶观念体系"的批判精神，借助"诱惑"概念对弗洛伊德精神分析"逻各斯"进行了反思与颠覆，从而深化了以往对于"象征性交换"本真特质的理论思考。鲍德里亚首先将对"诱惑"的思考置于原始社会母系氏族时代，在母系氏族社会中占据主导地位的女性特质为"诱惑"概念赋予了隐秘与挑战的深度意味，并以表象游戏方式传递着某种模糊的非确定性本质内涵。而正是这种混沌的状态具有强大的诱惑力量，由此消解了男女两性间的二元对立关系，使女性气质自身获得主体性表达，进而实现了对既有理性秩序的消解。与此相关，象征性交换中包蕴的"可逆性"自我呈现意味，则通过前现代性反生产交换方式续写了"诱惑"的本质内涵，通过象征性交换，人的感性本能得以释放，进而展现出"诱惑"特有的非确定性魅力，实现了对于确定性、线性、预设性生产秩序的超越。作为鲍德里亚消费社会理论的核心意蕴，"诱惑"概念经常与"生产"一词共同出现在他的理论著述当中，对两者间性特质的理论阐发体现了鲍德里亚批判生产秩序与资本理性的价值立场。

在此基础上，鲍德里亚进一步将目光投向当下这个媒介普遍化的消费社会之中，多媒体技术构造出一派比真实更为真实的"真实表象"，"表象的游戏"这一"诱惑"所崇尚的前现代呈现方式，在媒介文化时代更加活跃并得到充分实现。然而，媒介文化时代的"诱惑"不同于原始社会中的"诱惑"，在媒介技术营造的"超真实"幻境中，获得新生的"诱惑"逐步抛却了隐秘的本真性内涵，转而与政治理性、资本理性、技术理性相勾连，成为消费主义诱发人类感性本能、满足快感体验的一种社会运作模式，从而丧失了批判性本质。鲍氏描绘出了古老"诱惑"在当代社会文化语域中的尴尬姿态，从而推动西方学界对消费社会中的媒介文化进行深度理论挖掘。

当然，除了上面提到的莫斯与巴塔耶之外，列斐伏尔、巴特、德波等人的批判逻辑也构成了鲍德里亚思想体系的理论源头。列斐伏尔的日常生活批判理论及其对消费社会的分析，为鲍德里亚消费社会理论研究提供了重要的理论参照，巴特的符号学文化批判理论为鲍德里亚展开系统的消费主义批判指明了方向。从莫斯、巴塔耶、列斐伏尔、巴特、德波，到鲍德里亚，随着西方消费社会发展进程的日益推进，西方消费社会理论也逐步走向深入，这无疑为当下文艺娱乐化问题研究提供了丰富的理论资源。

（三）从鲍德里亚到波兹曼：麦克卢汉媒介文化思想的理论延展

加拿大著名传播学者、媒介理论家麦克卢汉从媒介文化视角出发的理论研究，是当代西方娱乐文化研究的重要理论向度，为文艺娱乐化问题研究提供了必要的理论资源。他在著作《理解媒介：论人的延伸》中提出，任何媒介都是对人类某种感觉能力的积极拓展，进而勾画并预言了电子媒介文化社会的崭新图景。麦克卢汉的媒介理论在学界产生了极为深广的影响，鲍德里亚基于后现代消费社会提出的"内爆"概念就是对麦克卢汉"内爆"①理论的一种延展。鲍氏认为，后现代消

---

① 麦克卢汉在《理解媒介》中提出了"内爆"概念，指出在电力技术时代，人的感官或功能由于电力技术的发展而得到强化和放大，从而在技术性"时空压缩"的过程中产生内爆，由此表达了对于通向自由"地球村"的媒介景观的乐观态度。

费社会中，大众传播媒介营造出一派拟像仿真世界，由符号构筑的超真实存在占据主导地位，拟真世界与现实世界之间的界限逐步被破除，意义的真假界限也日益难辨，这正是后现代消费社会的"内爆"。正是以此为基础，鲍德里亚展开了"内爆"与"诱惑"的间性思考，他指出诱惑所崇尚的"表象游戏"及其蕴含的神秘象征意蕴，在后现代超真实媒介视界中被日益消解，进而蜕变为一种更为充分的现实景观。如黄色淫秽的产业化生产与传播，"给性别空间补充一个维度，使该空间比真实的空间更加真实"①，而在这场超真实色情展演中，真正的性爱和它无限美好的意蕴被遮蔽了，死去了！"高保真音乐"的流行也正如此，凭借多维度的技术拟真效果，多声道环绕音响系统使人们沉浸在由"四维音乐"构筑的超真实听觉空间，"不仅有环境空间的三维，还有内脏的第四维，即内部的空间——还有完美地还原音乐的技术狂热（巴赫、蒙特威尔第、莫扎特！）"②。而第四听觉维度的技术性添加虽然营造出几近完美的听觉效果，但音乐思维和想象空间却由此被大幅度压缩，因为"它剥夺了你任何细微的分析性感知，而这种感知本该是音乐的魅力所在"③。可以说，这不仅体现了鲍氏对于后现代媒介哲学的深刻领悟，也从一个侧面揭示出鲍德里亚"对布尔乔亚社会中新的拟真形式（后现代）认识的深

---

① ［法］鲍德里亚著，张新木译：《论诱惑》，南京大学出版社2011年2月第1版，第46页。

② ［法］鲍德里亚著，张新木译：《论诱惑》，南京大学出版社2011年2月第1版，第48页。

③ ［法］鲍德里亚著，张新木译：《论诱惑》，南京大学出版社2011年2月第1版，第49页。

化"①。

美国著名媒体文化研究者和批评家尼尔·波兹曼对"娱乐至死"的深刻阐述，也体现出与"超真实"和"诱惑"相似的媒介文化价值取向。波兹曼在《娱乐至死》一书中透彻剖析和批判了电子媒介（主要是电视）影响下的泛娱乐化文化境况。他以麦克卢汉提出的"媒介即讯息"理论命题为基础，从传播学层面指出，《圣经》"第二诫"中提出的"不可为自己雕刻雕像，也不可做什么形象"，是为了防止习惯于图像性思维的以色列人继续膜拜某个抽象的神灵，阻止文化中出现新的上帝，在重新解读宗教经典基础上，波兹曼认为，"某个文化中交流的媒介对于这个文化精神重心和物质重心的形成有着决定性的影响"②。更具创造性的是，两部著名的反乌托邦文学作品《一九八四》（乔治·奥威尔，1949）和《美丽新世界》（奥尔德斯·赫胥黎，1932）作为核心性文本共同出现在《娱乐至死》一书的前言部分，作者在对其进行间性解读的过程中，提出了极具洞见的思想主张，即"奥威尔担心我们憎恨的东西会毁掉我们，而赫胥黎担心的是，我们将毁于我们热爱的东西"，"这本书想告诉大家的是，可能成为现实的，是赫胥黎的预言，而不是奥威尔的预言"③。作为麦克卢汉媒介文化理论的追随者，波兹曼并没有延续前者的乐观主义价

① 张一兵：《诱惑：表面深渊中的后现代意识形态布展——鲍德里亚〈论诱惑〉的构境论解读》，《南京大学学报》2010第1期，第8页。
② ［美］尼尔·波兹曼著，章艳译：《娱乐至死》，广西师范大学出版社2004年5月第1版，第11页。
③ ［美］尼尔·波兹曼著，章艳译：《娱乐至死》，广西师范大学出版社2004年5月第1版，前言2。

值取向，而是猛烈抨击了电子媒介对于社会公共生活领域的侵蚀，这种饱含人文主义精神和道德关怀的文化立场在《技术垄断：文化向技术投降》、《童年的消逝》等著作中亦俯拾即是。

可见，鲍德里亚与波兹曼的理论主张和研究路径虽然各有特色，但在娱乐文化研究方面却体现出相近的价值立场。他们虽然同样触碰到了麦克卢汉媒介文化思想，但与其乐观主义态度迥异，鲍德里亚和波兹曼从不同的视角切入理论研究，共同表达了他们对于迅速发展的当代媒介文化的反思态度，这无疑为媒介文化快速崛起的当代中国社会文化语域提供了重要的价值论尺度，引导学界对文艺娱乐化问题作出更具人文主义色彩的价值判断。

不论是在文化研究视域下展开的对于快感与政治无意识相互关系的剖析，还是鲍德里亚消费社会理论围绕"诱惑"与人类感性本能展开的辩证审视，抑或是鲍德里亚和波兹曼为麦克卢汉媒介文化理论注入的理论反思意识与人文关怀，本节始终致力于从文化、消费和媒介的多元理论向度出发，对当代西方娱乐文化研究的思想路径进行典型性剖析与考察。在当代社会语域中，单纯从文艺本体出发审视文艺娱乐化问题很难得到较为有力的理论阐发，文化、消费、媒介等他律性因素的介入无疑有助于对论题进行深入其里和全方位的理论界定。与此同时，资本全球化在世界范围内引发了文化取向、传播媒介、消费观念等方面的同一化变革，虽然地域不同，但出现的问题可能具有相似性和共性，西方学界理论资源的介入，无疑会为国内学界深入理解当代中国文艺的娱乐化之变提供重要的理论参照。而且，上述西方学者的理论主张既自成体系，又相互关联，其共性在于从批判和反思的视角出发审视"诱惑"、"快感"等娱乐文化相关问题，而这正为我们深入剖析当代中国文艺娱乐化现象标示出一种可贵的思维路径，有助于为当代中国文艺娱乐化问题研究和当代中国日趋膨胀和浮华的文艺领域注入有益的精神养料。

对于国外相关理论资源的考察是"当代文艺娱乐化问题研究"的重要内容，除以上从文化研究、消费社会研究与媒介文化研究等层面展开的相关理论谱系梳理外，鲍曼对于"流动的现代性"的阐释、韦尔施在《重构美学》中对后现代日常生活审美化图景下美学状况的反思、巴塔耶的"快感文化"思想、凯尔纳的文化批判理论、德勒兹与瓜塔里的欲望机器认识论、菲斯克的大众文化理论、费瑟斯通的消费文化理论研究、贝尔对后工业社会所做的文化探索、桑巴特在《奢侈与资本主义》等著述中对资本主义形成过程中财富积聚和过度消费现象的阐述、赫伊津哈在《游戏的人》中对文化中游戏成分的研究，以及卢瑞的《消费文化》、尤卡·格罗瑙的《趣味社会学》、丹尼尔·米勒的《物质文化与大众消费》、诺埃尔·卡洛尔的《大众艺术哲学论纲》、特鲁贝尔的《笑的历史》、让·诺安的《笑的历史》、麦吉本的《消费的欲望》、杰哈利的《广告符号消费社会中的政治经济学和拜物现象》等著述都从不同角度触及到娱乐文化问题，也为国内学者思考文艺娱乐化问题提供了宝贵的理论资源。

第二章
多元文化视域下的"娱乐"

一、关于何谓"娱乐"的思考及语境性解读

（一）关于何谓"娱乐"的思考

如果单纯对"娱乐"进行概念上的界定，那么《现代汉语词典》上的解释可谓简单明了：（1）使人快乐、消遣；（2）快乐有趣的活动①。但是，这种一以蔽之的概念阐释无疑遮蔽了问题的核心。"娱"与"乐"乃是两个不尽相同的语词成分，"乐"代表着以生理性表象为存在特质的本源结构，而"娱"则更多地涉及到理性层面的心理蕴藉，它在文艺语域中与形而上的艺术审美机制有着难以斩断的精神关联。从这个角度讲，"乐"乃是由"娱"而生的，是被"娱"之"乐"，在"娱"之真身与"乐"之假面间，存在着一种水乳交融的情感关联与逻辑联系，因此，很难以感性或是理性的观念维度对"娱乐"进行清晰地界定，"娱乐"乃是一个由灵魂的两极相互融合、感性与理性互相辉映的特殊造物，一个浑融之所。

从宏观的视角出发考量也是如此，"娱乐"是一套由人类心理结构与社会结构相互交织而组成的复杂机制，它既涵盖了由本能之乐、感性之乐、理性之乐与观念之乐组成的整个人类内在心理层级，又受到多重外在社会结构的形塑与影响，并由此形成了多层次的艺术功能维度，包括以美使人的精神境界得以提升的功能，包括涤除心灵抑郁的去压抑功能，以及康德所说的艺术的社会交往功能等等。总之，"娱乐"并非是一个能够一言以蔽之的概念界定，对于具体的文艺现象，要从心

① 《现代汉语词典》，商务印书馆1995年版，第1407页。

理、社会等多个层面出发作综合考量。

　　首先，从人类内在的心理结构角度出发考察"娱乐"，大体包含了四个层面的内容。第一层面为本能之乐。处于基始状态的乃是弗洛伊德意义上的本能之乐，正是埋藏在人类本性中的这种对于快感的无尽追逐，才使娱乐成了人类生存繁衍的一种必需品。第二层面为感性之乐，第三层面为理性之乐。以本能为动力的快乐如若进一步演进，则会发展到包含知觉意识的感性愉悦层面。众所周知，人的感性认识中包含着感觉、知觉和表象三种形式，这是人的认识由个别上升为整体的过程，由本能之乐演进而来的感性愉悦中虽然包含了人对于娱乐的自觉的知觉意识，但主体仍然难以体味到娱乐的本质与真味，只是对可乐之物表面特征的全面承领；然而，纷繁复杂的感性愉悦却着实为理性之乐提供了精神跃升的现实土壤，使"乐"逐步实现着向精神愉悦的文明蜕变。在这一过程中，理性认识以感性愉悦的经验材料为基础，以抽象、概括为认识工具，将本能与感知层面的娱乐表象剥离出去，实现着对于感性愉悦经验现实的超越与提升。第四层面为观念之乐。事实上，理性对于"乐"的精神注入在娱乐活动主体中都不同程度地发生着，而它的终极指向则是推动娱乐进一步向观念化的方向迈进，观念是理性的理念化呈现，是精致、提纯、升华了的以信仰形态存在着的理性，观念化的娱乐则从根本上决定了娱乐话语的价值判断准则，这种"乐"的信仰只存在于人类心灵结构的某个隐秘部位，为少数人所操持，娱乐在文艺语域中的本体性诉求即属此列。可见，从本能之乐，到感性之乐、理性之乐，乃至观念之乐，以内在的心理结构形态存在的娱乐乃是一个多层并置、变动不居的复杂体系，它不会简单停留在本能，抑或观念层面，而是始终在人类内在心理结构中流动不息。

除此以外，外在的社会结构也是"娱乐"机制得以构成的重要因素。从横向的视角出发，可以看到包括政治、经济、宗教、艺术、社会交往等在内的多个社会领域，政治理性、经济理性、批判理性、传统伦理意识等既有社会理性，在其中共时性地发挥着各自的话语能量，共同影响着"娱乐"的时代走向；而文化领域内部在多元社会结构的影响下，又呈现出多种基本面貌，即以政治意识形态为统领的主流文化、以审美文化为终极指向的精英文化、以文艺的教育功能为基始的民间文化、以文艺娱乐功能的发挥为诉求的大众文化。而从纵向的视角出发，又可以看到不同的时代话语对"娱乐"有机体带来的历时性影响，不论是革命文艺时代娱乐的政治依附，还是现代启蒙阶段精英与大众的娱乐"合谋"，抑或是市场经济时代娱乐话语的大众流溢，这些时代话语都如潜影般镌刻在"娱乐"的精神基底上，昭示着来者，启迪着后世，成为后人审视娱乐精神时难以回避的既往。因此，在外在社会结构的多元框架内、在既有社会理性的话语博弈过程中，对"娱乐"进行语境性解读是当代文艺娱乐化问题研究得以展开的必由之路。

（二）基于多元文化视域的语境性解读

事实上，所谓的语境性解读，即本书对多元文化视域的确证，也是本章的着力点所在。在"当代"这样一个多元文化语境下，审美文化、大众文化、媒介文化、消费文化以及传统文化交错纷呈，而它们对于"娱乐"的价值观念却有所不同。首先，从传统审美文化的视域出发，"娱乐"虽然被界定为审美游戏中具有溶解性功能的特殊的审美体验，与"自由的游戏"构成精神上的同构关系，但它又始终在感性与理性二元分立的价值语域中背负着启蒙的理性枷锁，在认识、教化、审美等多元文艺价值功能体系中扮演着边缘化的角色。其次，当审美文化向着当代历史语域演进，当大众文化从审美文化、主流文化等多元文化领域中突破出来，历史性地成为当代文化场域的主导者，文艺的娱乐功能也便在资本和大众传播媒介双重推动力的助推下，史无前例地跃居到了文艺价值功能体系的前景位置。作为西方现代性进程快速推进的产物，当代文艺娱乐化问题首先是从当代西方大众社会中孕生出来的，而西方知识阶层对此又常常是抵制与赞同之声并存。从科林伍德等人对于娱乐艺术所做的美学层面的思考，到法兰克福学派批判理论领军人物对文化工业娱乐特质展开批驳的社会论点，直至波兹曼、鲍德里亚等人从媒介文化视角出发对娱乐文化进行的剖析，"抵制派"理论家大多是直接或间接地在古典主义传统审美观念框架之内，对大众艺术中逐步走向工具化、同一化，乃至异化了的快感体验进行了大胆的批判，这事实上也正代表了传统对于当下的否定，历史对于现实的否定。然而，这些在传统审美观念看来毫无价值的东西，却正是大众艺术所积极倡导的，尤其是当大众艺术标准在现实生活中日趋生成为一种富于活力、被俗众广为推崇的审美标准时，"抵制派"的批判话语必将面临失落于现实的命运，这就从另一个侧面确证了"娱乐"观念体系的时代性和流动性。而本雅明、马尔库塞、麦克卢汉等"赞同派"理论家则从感性愉悦所蕴含的革命性潜能以及媒介技术的历史进步性角度出发，对"娱乐"表达了黑格尔历史唯物主义式的肯定性评价。可见，活跃在大众文化语境之中的"娱乐"，并不是单纯现代性的，作为西方现代性规划的产物，它更多地是实践性的，其既有否定、颠覆、挑战传统的一面，也发挥着它对现实生活的积极建构作用。而"抵制派"与"赞同派"的理论论争，只是娱乐在西方现实生活境况中的理论反映，对这一理论博弈状况的回溯，不但为论题呈现出了一派立体化的、非单一维面的、语境性理论阐释空间，也为当代中国文艺娱乐化的现实境况提供了理论镜鉴。

当然，"传统"是"当代"的对应语汇，也是"当代"难以摆脱的文化参照系。在当代文艺娱乐化问题的研究过程中，"中国特色"的语域界定是一个不容回避的主体性问题，需要在中西方文化心理传统的比较研究中，在传统与当代的纠葛中，对"娱乐"在"中国"这一特定社会历史语境及文化传统中的当下境遇进行考察与定位。通过对"乐感"与"罪感"传统中的"娱乐"观念做以辨析，对西方"罪感"传统与晚期资本主义社会"娱乐道德观"相互博弈的文化状况的考察，对"乐感"传统在当代的本体性复呈与嬗变的语域呈现，以及对既有理性关于"娱乐"的本土性探讨的话语爬梳，使"娱乐"在当代中国的思想境况更加清晰了。当代文艺娱乐化问题必定是在中国特色的乐感传统中生发出来的，虽然乐感文化传统在与源自西方的大众娱乐时潮相互撞击的过程中实现着"乐感"的新变，但以政治理性、批判理性等为代表的既有社会理性及其内部的话语博弈，仍然是影响甚至主导当代中国文艺娱乐化转向的重要力量。学界对当代中国文艺娱乐化转向这一问题的态度，从起初的抵制、否定，发展到当下的多元并存与话语论争；而当代中国文艺娱乐化转向的文化势头也从原初的俗众趣味，发展到当下的雅俗交融和多层次并存。从本能之乐，到感性之乐、理性之乐，乃至观念之乐，"娱乐"这样一个以多层次内在心理结构形态存在的复杂体系，在当代中国的多元文化语境下，在既有理性错综交融的外在社会结构影响下，正在变动不居与流动不息中逐步走向融通与自洽，而当代中国的文艺娱乐之维也正是在这一过程中得以建构。

二、审美文化视野中的"娱乐"

当代文艺娱乐化问题的提出，始于对艺术精神在当代历史语境中面临的种种新变的探寻与反思，因此，对审美文化视野中的"娱乐"进行语域性价值剖析，将有助于问题的展开。在启蒙理性"自由"旗帜的引领下，以精神美学为特质的审美文化始终占据着主体性位置，传统意义上以信仰姿态存在的超越性艺术诉求，只有在审美文化的终极叩问中才得以显现；而作为他者的感性美学必须经过这个宏大主体的疏浚才具有审美的合法性，进而展现出"娱乐"本体性存在的艺术真容。可以说，审美文化视野中的"娱乐"既在审美的意义上秉承了"自由的游戏"的精神内涵，又隐含着贬抑感性推崇理性的精神美学价值立场，对审美文化视野中娱乐精神的这种辩证解读，正体现了本书从辩证的、整体性的视角出发审视当代文艺娱乐化问题的理论姿态。

追溯"审美文化"的历史，最早应该述及德国古典哲学時期著名美学家席勒。他在《审美教育书简》的德文版本中曾经多次提及asthetische Kultur①这一概念，以该语汇在该书第十封信第六段的翻译为例，冯至先生将其译为"审美修养"②，缪灵珠先生将其译为"美感教育"③，张玉能先生则将其译为"审美文化"④。三位译者对于原文同一词汇的不同译法，证明了"审美文化"概念溯源的复杂性和不确定性，而此处约略可以将《审美教育书简》中所提及的asthetische Kultur作为"审美文化"的理论文本之源。

然而，将"审美文化"之源溯及席勒时代，这一论说的依据并不仅仅限于词源意义上的考据。正如席勒在耶那大学就职演说中所说，他所处的时代是最值得赞颂的时代。18世纪启蒙运动时期的思想在德意志民族的思想领袖康德那里得到了更具理性思辨特质的阐释，康德在《答复这个问题："什么是启蒙运动？"》（1784）中指出："启蒙运动就是人类脱离自己所加之于自己的不成熟状态。不成熟状态就是不经别人的引导，就对运用自己的理智无能为力。""Sapere aude!要有勇气运用你自己的理智！这就是启蒙运动的口号。"⑤在这一颇具

① Friedrich Schiller, Uber die Asthetische Erziehung des Menschen in einer Reihe von Briefen, Berlin：Aufbau—rerlag GambH, 1946.
② ［德］席勒著，冯至、范大灿译：《审美教育书简》，北京大学出版社1985年12月第1版，第53页。
③ 缪灵珠著：《缪灵珠美学译文集第2卷》，中国人民大学出版社1998年版，第158页。
④ ［德］席勒著，张玉能译：《审美教育书简》，译林出版社2009年7月第1版，第30页。
⑤ 江怡主编：《理性与启蒙——后现代经典文选》，东方出版社2004年5月第1版，第1页。

批判精神及理想主义色彩的时代背景下，康德对于"何谓启蒙"的本体性追问，既标示了人类从自然历史向精神历史转折的时代境况，又为审美文化精神的确立赋予了浓厚的乌托邦色彩。

正是在这一思想层面上，席勒接受了康德。他在《审美教育书简》开篇明确提及："我不愿向您隐瞒，下边的看法大多是以康德的原则为依据"[①]，康德将审美视为沟通人性中感性与理性两个方面的第三种力量，作为德国古典哲学和美学的奠基人，他的批判哲学为审美独立王国的建立和审美文化思想的萌发奠定了基础。可以说，康德的人性论主张为席勒文艺思想提供了一条贯穿始终的理论线索。然而，与康德对于时代的乐观态度不同，席勒对于时代的缺陷进行了深刻而生动的批判，"我们的时代实际上是在两条歧路上彷徨，一方面沦为粗野，另一方面沦为疲软和乖戾。我们的时代应通过美从这双重的混乱中恢复原状"[②]。面对现代社会感性与理性严重分裂的状况，他提出了"美与艺术"这一挽救现代性困境的救世良方。

在进一步论及艺术起源与本质这一问题时，席勒又在继承和发展康德相关理论的基础上，凭借自己丰富的艺术经验和充沛的诗情建立了著名的"审美游戏说"，将其视为人性自由解放的必由之途。席勒认为，人的天性中存在"两种相反的力"或"冲动"，即"感性冲动"与"形式冲动"或"理性冲

---

① ［德］席勒著，冯至、范大灿译：《审美教育书简》，北京大学出版社1985年12月第1版，第10页。

② ［德］席勒著，冯至、范大灿译：《审美教育书简》，北京大学出版社1985年12月第1版，第50页。

动"，"感性冲动的对象，用一个普通的概念来说明，就是最广义的生活，这个概念指一切物质存在以及一切直接呈现于感官的东西。形式冲动的对象，用一个普通的概念来说明，就是本义的和转义的形象，这个概念包括事物的一切形式特性以及事物对思维力的一切关系。游戏冲动的对象，用一种普通的说法来表示，可以叫作活的形象，这个概念用以表示现象的一切审美特性，一言以蔽之，用以表示最广义的美"①。可见，感性冲动的对象是以物质形式存在的感性现实，理性冲动的对象是包含一切形式特质和人类理智功能的理性形式，而游戏的冲动作为统一感性与理性的"活的形象"，泛指所有不受任何约束和强迫性的审美现实。

席勒对于"游戏冲动"的美是极为重视的，他认为，只有在这一层面上，人才是全人，自由的人，而非分裂的人。"人同美只应是游戏，人只应同美游戏"，"只有当人是完全意义上的人，他才游戏；只有当人游戏时，他也才完全是人"②。这里，席勒在审美的层面上，使"游戏"、"自由"与"完满的人性"得到了同一，这就将以往被视为低等对象的"游戏"提升到了形而上的层面，使"游戏"的价值在审美的视界中得以凸显。

然而，席勒此处并没有将"游戏冲动的美"换算为"娱乐的美"，他只是进一步将"理想的美"在经验中的显现界定

---

① ［德］席勒著，冯至、范大灿译：《审美教育书简》，北京大学出版社1985年12月第1版，第76—77页。

② ［德］席勒著，冯至、范大灿译：《审美教育书简》，北京大学出版社1985年12月第1版，第80页。

为"溶解性的美"和"振奋性的美"两种。席勒认为，现实中的人不同于观念中的理想人，他总要受种种限制而处于两种状态之中，"一是单个的力片面活动破坏了人的本质的和谐一致，造成一种紧张状态；一是两种基本的力（即感性力和精神力）同时衰竭，造成一种松弛状态"①。相应地，美在经验中会对人产生"溶解"和"振奋"两种作用，"美在紧张的人身上恢复和谐，在松弛的人身上恢复振奋"②。事实上，席勒在《审美教育书简》中只谈了使"紧张的心情"恢复和谐的"溶解性的美"，对于使"松弛的心情"恢复振奋的"振奋性的美"则没有进行更为深入的解读。然而，正是席勒此处提出的"溶解性的美"的美学命题，引起了"娱乐文化"相关领域研究者的关注。国内有学者就此提出"娱乐使人松弛，所产生的是一种'溶解性的美'"，"娱乐，作为溶解性的美，正是使人们的紧张心情得以缓解，从而达到和谐的状态"③。这种说法是较为符合娱乐之本义的，娱乐之"乐"中确实存在着一种向下的使人松弛的力量，它能够使人失去平衡的意志力在美的作用下消融于平衡，这也正是"游戏冲动的美"所致力于达到的，于是，"游戏冲动的美"与"娱乐的美"在平衡人的意志力方面达到了同一。因此，可以说，娱乐乃是审美游戏中具有溶解性功能的一种特殊的审美体验。

---

① ［德］席勒著，冯至、范大灿译：《审美教育书简》，北京大学出版社1985年12月第1版，第87页。

② ［德］席勒著，冯至、范大灿译：《审美教育书简》，北京大学出版社1985年12月第1版，第88页。

③ 张晶：《娱乐：审美文化中的"溶解性的美"》，《社会科学杂志》2002第12期，第63页。

可见，审美文化视域下的"娱乐"与"游戏"有着某种程度的精神关联，但又不尽相同，即原本以感性生活形态存在的游戏，只有在审美的视界中展开，与"美"同行，才能与文艺的娱乐之维相通约，进而展现出一种独特的溶解性的美。在通向自由的启蒙理性的引领下，以精神美学为特质的审美文化始终处于主体性位置，作为他者的感性美学仍然要经过这个宏大主体的疏浚才具有审美的合法性。

沿着这样的思想线索，席勒又对溶解性的美所适用的"紧张的人"进行了阐释，"我说的紧张的人，既指处于感觉强迫之下的人，也指处于概念强迫之下的人。两种基本冲动中的任何一种，如处于单独统治地位对人来说都是一种强迫和强制的状态，而自由只有在人的两种天性共同作用时才会有"①。解读这段原文，字里行间仍然依稀可辨康德将感性与理性二元分立的人性论思维路径，人的"紧张"是由于两种冲动中的任何一种占据支配地位造成的，而"溶解性的美"则是弥合失衡的情绪状态，使人性趋于和谐一致的第三种力量。为了完成使"片面地受情感控制的人"和"片面地受法则控制的人"获得自由这一双重任务，溶解性的美同时呈现出两种不同的形态，"第一，它作为宁静的形式和缓粗野的生活，为从感觉过渡到思想开辟道路；第二，它以活生生的形象给抽象的形式配备上感性的力，把概念再带回到观照，把法则再带回到情

---

① ［德］席勒著，冯至、范大灿译：《审美教育书简》，北京大学出版社1985年12月第1版，第89页。

感"①。可见，即便是在"溶解性"的意义上解读娱乐，也隐含着对理性与感性做二元分立的启蒙主义思想立场，隐含着以精神美学统领感性美学的审美价值取向，这正是启蒙时代语境下诞生的审美文化对于娱乐的精神植入。

可见，作为一种建立在传统美学经验基础上的文化形态，审美文化在双向的意义上建构着"娱乐"的内涵。首先，它使人摆脱了物化的现实羁绊，拥有了属人的审美感受，极大地提升了人类的精神自由度。在"自由"的意义上进行审美文化建构，虽然充满了审美主义和理想主义色彩，但却为人类文明点燃了精神火种。西方的现代自由观念从文艺复兴和启蒙运动开始形成，经历洛克、卢梭，直至康德、费希特达到成熟，席勒在《审美教育书简》中所提出的"让美走在自由之前"这一主题思想，与源于卢梭、康德、费希特的个体自由选择理性内涵有着解不开的承继关系。这也可以解释为何康德无功利的审美观虽然屡遭诟病，被认为是"在一个真空状态的美学实验室里分析美"②，但他的思想灵魂却无时不在地游荡在历史的天空中；为何席勒的"审美的王国"被认为"不过是一种乌托邦式的社会理想"③，但他依然是后世研究者无法摆脱的一股思想力量。这些大思想家始终致力于将艺术从被奴役的处境中解救出来，赋予艺术的自律性以合法地位，并昭示其

---

① ［德］席勒著，冯至、范大灿译：《审美教育书简》，北京大学出版社1985年12月第1版，第89—90页。
② 刘小新：《论阿多诺与康德美学之关系》，《华侨大学学报（哲学社会科学版）》2002第2期，第106页。
③ 胡经之著：《西方文艺理论名著教程（第二版）上》，北京大学出版社2003年6月第2版，第392页。

固有的"心理自由"的内在规律，可见，精神的乌托邦乃是人类文化发展史上不可或缺的文明烛照。正是在这层意义上，审美文化将"自由"的内涵赋予了娱乐，使娱乐实现了更为本体意义上的价值回归，与"自由的游戏"构成了精神上的同构关系。也正是基于娱乐带给人的类似于游戏的纯粹情感体验，雨果拉内指出："在游戏活动中，人们总是快乐地、情绪高昂地表达出自己的热情和精神气质。""人们在游戏中趋向一种最悠闲的境界，在这种境界中，甚至连身体都摆脱了世俗的负担，而和着天堂之舞的节拍轻松摇动。"①娱乐的魅力在摆脱了世俗责任的纯粹体验中彰显出来。

然而，审美文化作为一种"发展到比较高级阶段上的文化"，"为消除认识、伦理和审美三大领域的长期隔离做出贡献，为促进整个文化的审美升华做出贡献"。②其间虽然充满了审美主义的理想元素和精英文化的深度意蕴，但也隐含着摆脱原始感性状态进入文明理性境界的文化冲动，隐含着贬抑感性推崇理性的审美价值立场。这就将人性的两极截然分立开来，失去了流转、变化的生成性机制，使刚刚在审美的视界中实现"自由"返魅的"娱乐"又背负起理性的精神枷锁，由此昭示着启蒙的某种悖结。因此，审美文化视野中的"娱乐"是审美游戏中具有溶解性功能的特殊审美体验，它既在审美的意义上秉承了"自由的游戏"的精神内涵，给紧张的心灵以慰藉

---

① ［美］托马斯·古德尔、杰弗瑞·戈比著，成素梅等译：《人类思想史中的休闲》，云南人民出版社2000年8月第1版，第179页。
② 聂振斌、滕守尧、章建刚著：《艺术化生存——中西审美文化比较》，四川人民出版社1997年12月第1版，第527—528页。

46

和缓释，又在弥合感性与理性的过程中显现出理性的刻意。这是启蒙时代语境下诞生的审美文化对于娱乐的精神植入，也代表了娱乐文化对启蒙思想的辩证解读。

三、大众文化语境下的"娱乐"

在对"娱乐"的含义进行追索的过程中，语言哲学的奠基者维特根斯坦对于语词意义的阐述值得借鉴。维氏在其后期的哲学著述《蓝皮书与一种哲学考察（褐皮书）》中指出："可以把我们一般地称之为'对一个词的意义的解释'的那种东西，极其粗略地划分为语言定义和指物定义。""语言定义把我们从一个语言表达式引向另一个语言表达式，在某种意义上不可能使我们再前进一步。然而，就指物定义而言，我们似乎在学会意义方面前进了一大步。"[①]也就是说，一个语词的意义是在它的实际使用中体现出来的。据此，对于"娱乐"一词的理解不应只从传统审美文化的视域出发进行"语言定义"，而应将研究视野扩展至当代社会文化语境中来作现实层面的"指物定义"。于是，当代文艺娱乐化现象得以滋生的现实土壤——大众文化语境——便历史性地跃入到研究者的理论视野之中。

国内外学者对于"大众文化"概念的界定可谓仁者见仁智者见智，此处暂不赘述。较为通行的说法是，大众文化是伴随着"大众"及"大众社会"的形成而兴起的一种文化形态，这里的"大众"并非单就数量而言，是特定社会历史语境

① 涂纪亮主编：《维特根斯坦全集（第6卷）》，河北教育出版社2003年版第3—4页。

下的产物，"当无数原来分散地生活在乡野和城镇的人们汇聚于都市，像潮水一样涌动在都市的街道上的时候，大众就在大都市的温床上滋生了"①，伴随着资本主义生产方式的确立，规模庞大的人群开始逐步脱离前现代的生产体制向都市流动，在以资本为主导的社会秩序中结成新的社会组织形态，从而构筑了"大众社会"得以形成的基础。有学者曾经在对以往众多大众社会理论进行梳理的基础上，总结了大众社会成立的几个基本条件："（1）产业化的大量生产和大量消费的存在；（2）社会的平权化或民主化的发展；（3）大众传媒的发达和大量信息、娱乐产品的提供；（4）生活水平的全面提高；（5）传统的中产阶层的衰退和以白领为主的'新中产阶层'的扩大；（6）社会组织中的官僚化的发展。"②这既是对大众社会特质的梳理，也可以看做是对在此基础上形成的大众文化形态的特征性描述。商品性、媒介性、娱乐性、通俗性等等，这些都可以概括为在大众社会语境中形成的大众文化形态的基本特点。国内外学者对于"大众文化"的代表性界定也从不同侧面重申了大众文化形态所具有的此类特征："以大众媒介为手段，按商品规律运作，旨在使普通市民获得日常感性愉悦的体验过程，包括通俗诗、通俗报刊、畅销书、流行音乐、电视剧、电影和广告等形态"③；"大众文化是通俗文

---

① 陈刚著：《大众文化与当代乌托邦》，作家出版社1996年9月第1版，第3页。

② 郭庆光主编：《传播学教程》，中国人民大学出版社1999年11月第1版，第171页。

③ 王一川主编：《大众文化导论》，高等教育出版社2004年3月第1版，第8页。

化，它是由大批生产的工业技术生产出来的，是为了获利而向大批消费公众销售的。它是商业文化，是为大众市场而大批生产的"[①]；"大众文化并不是来自普通百姓的认同，而是从其他人那里得到身份认同的，它带有两重旧有的含义：低档次的作品（如大众文学或有别于高品质新闻的通俗新闻）和刻意炮制出来刻意讨人欢心的作品（如有别于政治新闻的大众新闻或大众娱乐）"[②]。

可见，借助资本和大众传播媒介的双重推动力，以感性愉悦为基本特质的非理性精神在与理性意志的终年博弈中，终于历史性地胜出了，这也使文艺娱乐化问题在大众文化语境下获得了重新阐释的理论价值与现实意义。

大众文化语境下的文艺娱乐化问题，事实上也可以换算为消费文化和大众媒介背景下当代审美文化的感性呈现问题，或者是大众艺术的娱乐品性问题，等等，是文化语境与艺术本体的交融对话与视域融合。换言之，当代文艺娱乐化问题并不是一个单纯的理论问题，它更是实践性的，是西方现代性进程快速推进的产物，是大众社会孕生出来的一个特殊问题，是大众文化语境中浮现出来的一个文化现象。在商品性、媒介性、通俗性等大众文化特质的助推下，文艺的娱乐之维逐渐蜕去了审美主义的圣衣，伴着源自西方的现代性进程一同热舞，大众艺术裹挟着娱乐化的快感体验，堂而皇之地扮演

---

① ［英］斯特里纳蒂著，阎嘉译：《通俗文化理论导论》，商务印书馆2001年3月第1版，第17页。

② 参见［英］威廉斯著，刘建基译：《文化与社会的词汇》，三联书店2005年3月第1版，第356页。

起了大众精神生活的导师角色，其巨大的影响力甚至撼动了传统艺术殿堂中娱乐之维的尊位。而西方知识阶层对此又常常是抵制与赞同之声并存，这就需要研究者在进入"娱乐"问题的同时，首先对西方当代审美文化以及大众艺术等理论题域中的各路观点进行理论整合，寻求不同理论立场价值判断的合法性、现实性及间性悖谬所在，在当代文艺语域中为娱乐问题研究规划出较为清晰的理论阈限，而不是在泛化的大众文化层面作漫无边际的现象捕捉。

（一）西方学界对于"娱乐"的抵制之声

西方学界对于当代文艺娱乐化问题的相关论述，大致可以分为"抵制"与"赞同"两种理论立场。"抵制派"阵容庞大，众多学者运用美学、意识形态或是当代媒介文化方面的批判话语，从不同角度对大众文艺的娱乐属性进行了颇具深度的理论剖析。这些与古典主义传统审美观念息息相关的批判话语，对西方进入娱乐时代的现实生活状况的否定，既代表了传统对于当下的否定，也是历史对于现实的否定。

首先，从传统美学层面出发，剖析一下"抵制派"对于"娱乐"的否定之声。

美国学者德怀特·麦克唐纳在他的《大众文化论》、《流行文化论》等数篇文章中就曾经详细讨论了大众艺术问题，通过将大众艺术与高雅艺术和民间艺术进行对比，揭示大众艺术作为"假艺术或媚俗艺术（kitsch）"[①]的真面貌；艺

---

① ［美］诺埃尔·卡洛尔著，严忠志译：《大众艺术哲学论纲》，商务印书馆2010年5月第1版，第24页。

术批评家克莱门特·格林伯格受到麦克唐纳相关论点的影响，在其颇具影响的文章《先锋派与媚俗艺术》中，通过先锋派艺术与媚俗艺术的对比，指出"假文化、媚俗艺术（kitsch）""它们注定是为这样的人服务的：他们对真正文化的价值感觉麻木，然而渴望某种文化可能提供的消遣"①。这些学者主要是从传统美学层面出发对大众艺术提出了质疑，在对以高雅艺术及先锋派艺

R.G.科林伍德（1889—1943）
艺术理论的主要攻击目标更为明确地指向了"娱乐艺术"

术为指向的艺术本质特征的某种构想基础上，他们将大众艺术逐出了艺术的伊甸园。R.G.科林伍德也正是在这重意义上站在大众艺术"抵制派"一边的，只不过科林伍德艺术理论的主要攻击目标更为明确地指向了"娱乐艺术"，他正是经由对"娱乐艺术"本质的揭示介入了大众艺术批判。科林伍德在其重要著作《艺术原理》中，表达了注重艺术的表现特征，否认艺术再现特征的艺术思想，并将"娱乐艺术"作为"再现艺术"的重要分支对其大张挞伐。科林伍德认为，娱乐艺术所提供的乐趣是特殊的，而非一般意义上的快乐，"艺术家是

---

① ［美］诺埃尔·卡洛尔著，严忠志译：《大众艺术哲学论纲》，商务印书馆2010年5月第1版，第41页。

娱乐的提供者，他把通过唤起某些情感来取悦观众作为自己的任务，艺术家向观众提供虚拟情境，使这些情感可以在其中无害地释放出来"①。虽然"感受娱乐的体验"并没有任何目的性，只是为了娱乐，但提供娱乐的艺术品却是达到某种目的的手段。"娱乐艺术的构造精巧得好像一件工程技术品，而创作过程中的配制则复杂得好像一瓶医药的成分，它的目的在于产生确定的、预期的效果，即在某种观众身上唤起某种情感，并在一种虚拟情境的范围之内释放这种情感"②。科林伍德通过对色情艺术、恐怖小说、侦探故事、暴力文学等多种大众艺术现象的分析，例数了为娱乐目的而被利用的几个主要情感类型，情欲、恐惧、悬疑、痛苦等。在大众娱乐艺术庞大的情感疆域中，快感可以通过无限多样的情感类型派生出来，性幻想可以激发情欲、对冒险的渴望可以导致理智上的兴奋、惊心动魄的格斗能够满足对力量的渴望，大众娱乐艺术作品正是为了迎合受众宣泄某种情感的现实愿望而预先定制的。娱乐艺术由此成为了一种程式化的艺术，如果有人希望体验某种类型的情感，只需选择特定类型的娱乐作品，就能够在作品所创设的虚拟情景中释放某种情感意愿。可见，"通常所谓提供娱乐的艺术品，倒是严格功利性的，它不像真正艺术的作品那样本身具有价值，而是达到某种目的的手段"③。科林伍德认为，"严

---

① ［英］罗宾·乔治·科林伍德著，王至元、陈华中译：《艺术原理》，中国社会科学出版社1985年11月第1版，第83页。

② ［英］罗宾·乔治·科林伍德著，王至元、陈华中译：《艺术原理》，中国社会科学出版社1985年11月第1版，第83页。

③ ［英］罗宾·乔治·科林伍德著，王至元、陈华中译：《艺术原理》，中国社会科学出版社1985年11月第1版，第83页。

格意义上的艺术"的价值是由其本身的"内价值"而来的，在于其自身；而大众艺术的价值要通过为受众提供情感宣泄的机会才能实现，依赖于其他因素，后者因其所带有的"严格的功利性"而难以被称为"真正的艺术"。

通过对大众文艺"抵制派"代表性观点所做的理论梳理，可以看到，抵制派学者用以驳斥大众娱乐艺术的理论武器乃是取自于传统艺术语域，他们大多以传统艺术或经典艺术的美学观念为价值尺度，对作为"他者"的大众娱乐艺术文本进行价值评判。在这些坚持传统艺术标准的精英群体看来，大众艺术主要凭借类型化了的情感工具在最大程度上激发大众的某种快感体验，由此流于一种程式化的媚俗艺术、娱乐艺术，在这一过程中，真正的艺术娱乐之维却离大众愈发遥远。然而，这些在经典艺术看来毫无价值的东西，却正是大众艺术积极倡导的，尤其是当大众艺术标准在现实生活中日趋生成为一种富于活力、被俗众广为推崇的审美标准时，以科林伍德等人为代表的大众娱乐艺术"抵制派"的批判话语必将面临失落于现实的命运，这既是文化史的一种必然选择，也从另一个侧面确证了"娱乐"观念体系的时代性和流动性。

其次，与科林伍德等人侧重于美学层面的研究视角不同，建立在社会意识形态批判层面上的文化研究，为娱乐艺术"抵制派"提供了另一种理论向度。

文化研究是源自西方学界的一种学术话语，20世纪50年代勃兴于英国。与传统的文学批评不同，文化研究致力于积极介入社会政治运动，进而形成一种融政治性与批判性于一体的理论传统。道格拉斯·凯尔纳就曾经指出，法兰克福学派的大众文化理论与大众传播研究应该是文化研究的早期模式。作为一种社会批判理论，法兰克福学派始终倾向于在"政治无意识"的理论视野当中审视"快感"。《启蒙辩证法》正文第一部分就曾对荷马史诗《奥德赛》中奥德修斯与妖女赛壬的神话进行了隐喻阐释：奥德修斯为了抵御妖女歌声的诱惑，用蜡将水手们的耳朵封住，并将自己绑缚在桅杆上，"在这个过程中，他和他的伙伴所获得的荣誉只能证明，他们只有通过贬低和祛除他们对完整而普遍的幸福的追求，才能够最终赢得英雄的头衔"①。根据布莱恩·特纳的解读，"这个神话再现了资产阶级文明的心理逻辑，根据这种逻辑，工人为了有利于勤奋工作和出于实际考虑，不得不否定和升华他们的情感，同时，资本家为了有利于进一步积累，必须限制和惩罚欲望"②。这种看法与韦伯将新教伦理禁欲主义思想与资本主义精神萌芽相勾连的经典阐释颇为接近，然而，如果将新教教义视为自由资本主义阶段的精神引擎，那么当资本的滚滚洪流涌入晚期资本主义消费社会时代，当"客观宗教的基础已经不复存在，前资本主义社会最后剩下的残渣余孽已经彻底消解"③之时，消费带来的快乐体验与大众文化带来的审美快感就无可置疑地替代了禁欲主义，成为晚期资本主义时代权力话语实施社会控制的精神迷药。

---

① ［德］霍克海默、阿道尔诺著，渠敬东、曹卫东译：《启蒙辩证法——哲学断片》，上海人民出版社2006年4月第1版，第47页。
② ［英］布莱恩·特纳著，马海良等译：《身体与社会》春风文艺出版社2000年3月第1版，第106—107页。
③ ［德］霍克海默、阿道尔诺著，渠敬东、曹卫东译：《启蒙辩证法——哲学断片》，上海人民出版社2006年4月第1版，第107页。

正是以这样的理论立场为基调，当本雅明在《机械复制时代的艺术作品》中抛却知识分子话语传统对于技术理性单纯的批判立场，表达了对于机械复制时代大众艺术的乐观态度时，就遭到了来自阿多诺的激烈批判。作为一位音乐造诣极高的音乐社会学家，阿多诺对文化工业的质疑态度常常是通过他对流行音乐的批判表达出来的。他在《论流行音乐》中指出，"只有通过仔细审视流行音乐的基本特征——标准化，我们才能对严肃音乐与流行音乐之间的关系作出清晰的判断。流行音乐的整个结构就是标准化了的，即使为了克服标准化所做的尝试也是如此。从最基本的到最特殊的特征，标准化无所不在"[1]。以对流行音乐标准化问题的思考为逻辑起点，阿多诺在剖析社会文化语境的基础上对受众的艺术接受心理进行了解读。"心神涣散是与现存的生产方式相关，与大众必须直接或间接遵从的合理化、机械化的劳动程序相关。这种生产模式能够导致对于失业、收入流失以及战争的恐惧与焦虑，这与娱乐有着'非生产性的'关联。或者说，消遣与全神贯注根本没有关系，人们需要的是娱乐"[2]。在他看来，心神涣散的音乐欣赏方式与标准化了的音乐正相契合，被这种标准化了的音乐"召唤、滋养并不断强化的意识结构，同时也是心神涣散的精神映照"，"受众正是被这种不需要全神贯注的娱乐所吸引，暂时摆脱了

---

[1]　Theodor W. Adorno，"On Popular Music"，in John Storey ed.，Cultural Theory and Popular Culture：A Reader，Prentice Hall，1998，p.197.

[2]　Theodor W. Adorno，"On Popular Music"，in John Storey ed.，Cultural Theory and Popular Culture：A Reader，Prentice Hall，1998，p.205.

现实的羁绊"①。可见，沉溺于心神涣散状态中的流行音乐受众，在被预先规划好的娱乐之境实现着精神逃逸，这事实上正是文化工业整体图谋的一个缩影，阿多诺对流行音乐主要特点的理论剖析与他的文化工业理论反思是走在同一条思维路径上的。"它（文化产业）灌输给人们的秩序概念总是现存状态中的概念。即使对接受者来说，它们已经不再具有任何实质性内容，它们依然一直未被质疑，未被分析，以非辩证方式被预先假设"②。在这种缺乏反思力与想象力的文化氛围中，心灵的僵化与日趋愚钝令人担忧。可见，在阿多诺的理论语域中，文化工业语境中的"娱乐"并非如它在审美文化视域中那般充满自由解放的理想主义色彩，相反，它成了资本用以诱惑人心、消磨意志，最终将某种"政治"企图导向"无意识"领域的软性工具。正如霍克海默等人在《启蒙辩证法》中所揭示的那样，"快乐也是一种逃避，但并非如人们认为的那样，是对残酷现实的逃避，而是要逃避最后一丝反抗观念。娱乐所承诺的自由，不过是摆脱了思想和否定作用的自由"③。

以法兰克福学派知识分子为代表的社会意识形态批判话语，是从政治哲学的层面介入到对于大众艺术娱乐属性的批判

① Theodor W. Adorno, "On Popular Music", in John Storey ed., Cultural Theory and Popular Culture: A Reader, Prentice Hall, 1998, p.205.

② ［德］阿多诺：《关于文化产业的再思考》，转引自［美］诺埃尔·卡洛尔著，严忠志译：《大众艺术哲学论纲》，商务印书馆2010年版，第104页。

③ ［德］霍克海默、阿道尔诺著，渠敬东、曹卫东译：《启蒙辩证法——哲学断片》，上海人民出版社2006年4月第1版，第130页。

中来的。虽然切入问题的视角不同，但他们仍然代表了一种具有自律品格的经典艺术立场。为了避免艺术的娱乐之维遭遇工具理性的异化，进而对这种现实状况大张挞伐，这本身就代表了一种积极的理论立场，但意识形态"抵制派"虽然勇敢地揭露并批驳了工具理性的异化图谋，却难以建构起另外一套行之有效的艺术策略来彻底瓦解文化工业的理性诡计。因此，这一"破而难立"的批判话语仍将面临被文化工业欲望洪流淹没的窘境。

第三，从媒介文化视角出发对文艺娱乐化问题进行批驳也是国外大众文化研究语域中不容忽视的理论向度。

著名媒体文化研究者尼尔·波兹曼的重要著作《娱乐至死》，堪称媒介娱乐文化批判的一部力作，该书对以电视为代表的电子媒介所营造的泛娱乐化社会文化境况进行了批判。作为麦克卢汉理论的追随者，他以麦克卢汉"媒介即讯息"著名理论命题为出发点，对《圣经》"十诫"中"不可为自己雕刻雕像，也不可做什么形象，仿佛上天，下地，和地底下水中的百物"（第二诫）进行了传播学意义的解读，认为《圣经》中禁止以色列人制作任何具体形象，是为了使那些已经习惯于运用图像表达思想的人"无法像原来一样去膜拜一个抽象的神"，从而遏止他们产生新的上帝崇拜。波兹曼进而指出，"某个文化中交流的媒介对于这个文化精神重心和物质重心的形成有着决定性的影响"[①]，这是在对宗教经典进行全新解读基础上得出的颇具现实意义的理论命题。更具新意的是，作者

---

① ［美］尼尔·波兹曼著，章艳译：《娱乐至死》，广西师范大学出版社2004年5月第1版，第11页。

将英国作家乔治·奥威尔1949年所著长篇小说《一九八四》，与英国小说家奥尔德斯·赫胥黎1932年发表的科幻小说《美丽新世界》，放在大众文化的历史语境中做以比较，提出了统领全书的颇具洞见的警世之言，"奥威尔担心我们憎恨的东西会毁掉我们，而赫胥黎担心的是，我们将毁于我们热爱的东西"，"这本书想告诉大家的是，可能成为现实的，是赫胥黎的预言，而不是奥威尔的预言"①。可谓极巧妙地揭示出了新媒介带来的新的文化专制现象，体现了西方学者对媒介文化的深入思考，以及对媒介文化影响下的娱乐文化的深刻体悟。

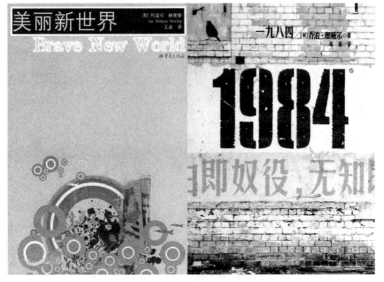

波兹曼对《一九八四》与《美丽新世界》进行了极为巧妙地比较性研究

---

①　［美］尼尔·波兹曼著，章艳译：《娱乐至死》，广西师范大学出版社2004年5月第1版，前言第2页。

与波兹曼"娱乐至死"的警世危言具有异曲同工之妙的，是法国著名后现代理论家让·鲍德里亚提出的"超真实"理念以及此后衍生出的"诱惑"概念。鲍德里亚被称为"法国麦克卢汉"，他曾经借用麦克卢汉的"内爆"理论命题，进一步指出后现代消费社会的"内爆"，是大众媒介营造的拟像仿真世界与现实之间界限的内爆，也就是对意义真假界限的内爆，世界在拟像策略主导下成了由符号决定的超真实存在，而在此过程中，意义的真假界限也被破除了。

　　鲍德里亚进而提出了一个与"内爆"引发的超真实视界相缔结的概念——"诱惑"，并指出，在后现代大众媒介营造的超真实世界中，诱惑所推崇的"表象的游戏"被剔除了神秘的象征域，变成了一种更加充分的现实。事实上，在鲍德里亚的理论题域中，与文艺娱乐化问题有着更直接关联的是鲍氏后期提出的这个"诱惑"概念。"诱惑"是对鲍德里亚早期提出的"象征性交换"的一种概念替代，"诱惑"源于原始母系社会中蕴含的女性气质，并以一种象征秘密与挑战的"表象游戏"的方式存在。然而，在后现代大众媒介营造的仿真世界中，诱惑所推崇的"表象的游戏"被剔除了神秘的象征域，变成了一种更加充分的现实。黄色淫秽的泛滥成灾可谓一例，在鲍氏看来，它"给性别空间补充一个维度，使该空间比真实的空间更加真实"[①]，一切都太真实了，但正是在这种色情秀场的超级真实中，真正的性爱死亡了！还有今天的"高保真"音乐，在多声道环绕音响系统所构造的奇妙技术拟真环境中，人们被"四

---

① ［法］鲍德里亚著，张新木译：《论诱惑》，南京大学出版社2011年2月第1版，第46页。

维音乐"重重包围，"不仅有环境空间的三维，还有内脏的第四维，即内部的空间——还有完美地还原音乐的技术狂热（巴赫、蒙特威尔第、莫扎特！）"①然而，这个技术性地被添加进来的第四维度，虽然制造出了令人眩晕的完美效果，也造成了音乐思维空间的极度萎缩，"它剥夺了你任何细微的分析性感知，而这种感知本该是音乐的魅力所在"②。在这里，鲍德里亚对"超真实诱惑"鬼魅伎俩的参悟，也代表着他"对布尔乔亚社会中新的拟真形式（后现代）认识的深化"③。

从科林伍德等人对于娱乐艺术所做的美学思考，到法兰克福学派批判理论领军人物对文化工业娱乐特质展开批驳的社会论点，直至波兹曼、鲍德里亚等人从媒介文化视角出发对娱乐文化进行的剖析，在对"抵制派"理论观点进行散点式扫描的过程中，可以看到，一股源自近代且经久不衰的思想力量，始终如潜影般游荡在"抵制派"理论文本的字里行间，那就是康德的美学理论。在《判断力分析》第一卷《美的分析论》中，康德对"自由美"投以极大关注，这种无利害的自由游戏观推广至艺术领域，就形成了不涉利害的艺术自律论，在此类艺术观念的统摄下，大众艺术是无法与严格意义上的艺术相媲美的，它常常与人的欲望形成一种紧密的共谋关系，而这正为严格意义上的艺术所不耻。不论是科林伍德对"娱乐艺

---

① ［法］鲍德里亚著，张新木译：《论诱惑》，南京大学出版社2011年2月第1版，第48页。

② ［法］鲍德里亚著，张新木译：《论诱惑》，南京大学出版社2011年2月第1版，第49页。

③ 张一兵：《诱惑：表面深渊中的后现代意识形态布展——鲍德里亚〈论诱惑〉的构境论解读》，《南京大学学报》2010第1期，第8页。

术"目的性指向的强调，还是法兰克福学派为文化工业语境中娱乐文化营造的"伪自由"氛围的祛魅之举，抑或是波兹曼对"美丽新世界"的无限忧虑，以及鲍德里亚对古老"诱惑"走向后现代表层游戏的挽歌轻唱，"抵制派"理论家直接或间接地在康德艺术论观念的召唤下，对大众艺术中逐步走向工具化、同一化，乃至异化了的快感体验大肆批驳。虽然康德本人并没有为后世提供严格意义上的艺术理论（他关注的是对审美判断的分析），且他的自由美理论在此后的美学研究中遭遇了多重误读与滥用，但其影响依然不减，这也是本章前半部分对审美文化视域下的"娱乐"概念进行集中解读的立意所在，当代文艺娱乐化问题研究的理论视野必须在传统思想的星空中作历时性延伸，才能更加准确地标定自身的价值锚地。综上所述，"抵制派"理论家对"娱乐"进行大肆批驳的时代理由，主要还是源于古典主义传统审美观念对于西方进入娱乐时代现实生活状况的否定，这是传统对于当下的否定，是历史对于现实的否定。

（二）西方学界对于"娱乐"的赞同之声

如果说法兰克福学派的威名源于其一贯秉持的知识分子批判性话语传统，那么建立在批判性话语基础上的对于理论命题进行辩证考量的思想方法，则是其永葆理论活力的奥义所在，也能够从另一个理论维度更好地彰显本章对当代文艺娱乐化问题进行语境性辩证解读的理论立场。

承前所述，法兰克福学派在意识形态层面对"娱乐"所做的批判性思考，在当代著名文化批评家弗雷德里克·詹姆逊那里得到了进一步发挥，他事实性地将法兰克福学派批判理论推进到了后现代批判的理论高度。詹姆逊认为，后现代主义"从负面词可描述其为焦虑及现实的失落，但是，我们也完全可以从正面词的角度将它想象为欣快症、麻醉状、使人欣喜若狂的或引起幻觉的强大"①。"欣快症"是詹姆逊对后现代主义和大众文化所做的病理界定，然而，詹姆逊对这种呈现为麻醉、欣喜若狂症状的欣快体验的强调，并不是因为它具有临床上的现实价值，而是因为"它提供了一种富于启发性的美学模式"②。詹姆逊继而以一首名为《中国》的短诗作为艺术文本分析的对象，对其中所采用的精神分裂症式的只言片语进行语意拆解，进而指出，"我称之为精神分裂性的（句子）断裂或文字所表现出的方式，尤其是当其被概括为一种文化风格时，不再享有与病态内容，即我们所联想到的精神分裂这样的术语的关系，而是能被用于更欢快的强度上，用在那恰恰是我们刚才提到的替代了焦虑和疏离这种旧感觉的欣快症上"③。在詹姆逊的评述性文字中，对精神分裂性文本中蕴含的欣快体验的赞赏之情溢于言表。更为可贵的是，詹姆逊对于快感问题的思考并没有局限于美学层面，而是将其延伸至意识形态领域，作为一种"政治无意识"来考察。事实上，当阿多诺受到激进学生的羞辱抑郁而死，当德勒兹和瓜塔里在《反俄狄浦斯》中预以"精神分裂"来重写资本主义谱系，詹姆逊已经

---

① 〔美〕弗雷德里克·詹姆逊著，王逢振等译：《快感：文化与政治》，中国社会科学出版社1998年3月第1版，第182页。

② 〔美〕弗雷德里克·詹姆逊著，王逢振等译：《快感：文化与政治》，中国社会科学出版社1998年3月第1版，第180页。

③ 〔美〕弗雷德里克·詹姆逊著，王逢振等译：《快感：文化与政治》，中国社会科学出版社1998年3月第1版，第184页。

敏锐地洞察到了这一变化，"面对文化的衰微和精神上的拜物，法兰克福学派在急剧的变动和历史的焦虑中建立的理论最近以肯定的形式在莱茵河的这一边取得了瞩目的成果。众所周知，法国后结构主义理论家只是改变了阿多尔诺、霍克海默和马尔库塞原有的描述框架，废除了以往常用的商品化概念，而代之以由德鲁兹和瓜塔里提出的理想的精神分裂者的意识，即'真实主人公的欲望'。"①他进而从"讽喻"的意义上指出了快感的政治用途，"一个具体的快感，一个肉体潜在的具体的享受——如果要继续存在，如果要真正具有政治性，如果要避免自鸣得意的享乐主义——它有权必须以这种或那种方式并且能够作为整个社会关系转变的一种形象"②。由此可见，与法兰克福学派在工具理性层面对大众文化语境中的快感作出的价值判断不同，詹姆逊是从快感所具有的颠覆性特质出发对其进行指认的，这既是对理论传统的一种颠覆，也是一个延续与创生的过程。

事实上，即使是在法兰克福学派内部，对于大众艺术的态度也充满了矛盾暧昧的思想境况。该学派的核心成员之一本雅明，就曾在《机械复制时代的艺术作品》中表达了对机械复制时代大众艺术的乐观态度。在这篇文章中，本雅明在大众媒介普遍化的时代背景中，将以机械复制为表征的现代艺术作品与传统艺术相对比，进而探寻机械复制时代艺术作品所具有的

---

① ［美］弗雷德里克·詹姆逊著，王逢振等译：《快感：文化与政治》，中国社会科学出版社1998年3月第1版，第139页。
② ［美］弗雷德里克·詹姆逊著，王逢振等译：《快感：文化与政治》，中国社会科学出版社1998年3月第1版，第150页。

现实价值与历史意义。与激愤的阿多诺不同，本雅明以一种既不欣喜也不悲伤的贵族式语调，宣告了机械复制时代的来临与传统艺术的没落，并坦陈了这样一个事实：传统艺术作品以其不可复制的独一无二性而充满了艺术的"灵光"，机械复制时代的艺术品则抽空了原作所蕴含的"本真性"而趋向于艺术文本的展示；前者侧重于宗教意义上的膜拜价值，后者则在对展示价值的热情追逐中呈现出一种震惊效果。可见，本雅明正是在为大众文化的合法化正名的理论路径中，表达了对技术理性题域中诞生的"震惊体验"的向往之情。在他看来，传统艺术的接受方式是聚精会神式的，欣赏者往往会因过度沉浸于作品之中而被作品征服，从而丧失了艺术批评所必需的批判距离；相反，在当代技术文明一统天下的大众文化语境下，新技术与艺术的结合则通过震惊效果的营造，实现了对传统凝神静观式艺术接受状态的颠覆，受众在心神涣散中保持了一种超然度外的艺术批判态度。本雅明正是在这个意义上，通过考察电影所具有的颠覆性特质为大众艺术正名，"如果人们知道了技术化及其后果在大众中造成了何种严重的焦虑——这种紧张处在危急状态中就染上了精神变态的性质——那么，人们就将看到，构成大众精神错乱的这种技术化通过这样一些电影就获得了心理接种的可能，这些电影能够遏止强行的施虐狂幻想或受虐狂妄想在大众中自然的并且是危险的发展。集体的放声大笑就是对这种大众精神错乱有益的提前宣泄"①。"集体的放声大笑"不但疗救了技术化时代人们沾染的心理病症，而且催生

---

① ［德］瓦尔特·本雅明著，王才勇译：《机械复制时代的艺术作品》，中国城市出版社2002年1月第1版，第56—57页。

了大众的批判态度，勾起了一种颠覆的快感。因此，在大众艺术放浪的笑声中，实则裹藏着一种隐秘的破坏欲，这事实上也是本雅明自身生命体验的产物，是他思考、写作的基本动力之一。作为一名左翼知识分子，他钟情于革命、痴迷于政治，并在技术理性主导的大众文化时代语境中，找到了践行自己革命理论的有力武器——身体。正如伊格尔顿所说："本杰明的思想的整体风格是一种极端现代的技术论"，"本杰明的著作在这个方面有一种左翼功能主义和胜利主义的情调，这使得他把身体视为工具，是有待组织加工的原料，甚至把身体视为机器。关于这一点，看来不会有比与巴赫金的狂欢化理论更为接近的理论了"①。

正是通过对技术理性与身体所做的关联性考察，本雅明嗅到了身体作为革命武器的颠覆性意味，他进而指出，"身体和形象在技术上互相渗透，使全部革命的张力变成集体的身体神经网，整个集体的身体神经网变成革命的放电器，只有这时，现实才能超越到《共产党宣言》所要求的那种程度"②。正是在这一理论维度上，本雅明与巴赫金的狂欢化理论相互契合。巴赫金认为，狂欢节"是人民大众以诙谐因素组成的第二种生活"③，这是一种与神圣化、合法化、制度化的官方节日相对立的民间节日，在狂欢节上，人们通过某些极度夸张、怪

---

① ［英］特里·伊格尔顿著，王杰等译：《审美意识形态》，广西师范大学出版社2001年7月第2版，第342页。
② ［德］瓦尔特·本雅明著，陈永国、马海良译：《本雅明文选》，中国社会科学出版社1999年8月第1版，第201页。
③ ［苏］巴赫金著，李兆林等译：《拉伯雷研究》，河北教育出版社1998年6月第1版，第10页。

诞的身体语言实现着生命能量的释放。与经过严肃包装的身体相比，怪诞身体中蕴藏着更为充沛的生命活力，蕴藏着反抗既定权威和秩序的反叛性冲动，这不但为狂欢节赋予了一种撼人心魄的狂野意味，也对官方话语构成了巨大的挑战。正是基于对狂欢体验的热切期待，本雅明与巴赫金才有了实现精神对话的可能。

作为"法兰克福学派中大众文化理论'肯定性话语'的始作俑者"①，本雅明对大众文化的肯定性思考在该学派内部成员产生深远影响，马尔库塞即是其中之一。对爱欲解放潜能的迷恋，是马尔库塞思想链条中的重要一环，在《爱欲与文明》中，他将"爱欲"从弗洛伊德文明与本能的二元对立中拯救了出来，使它成为建构非压抑性文明社会的重要精神力量。马尔库塞意义上的"爱欲"是一种超越了"性欲"单一维度的多元化生命本能，它使人类对全面、持久快乐的生命欲求成为可能。他试图以马克思来实现对弗洛伊德精神分析理论的改写，"在今天，为生命而战，为爱欲而战，也就是为政治而战"②，于是，爱欲与快乐原则就成为了一个政治问题。在《论解放》中，马尔库塞看到了大众文化对既存社会体制的破坏作用，看到了隐藏在布鲁斯音乐、爵士乐、摇滚乐以及嬉皮士语言与黑人语言中的革命性潜能，看到了"污言秽语"背后蕴含的"新感性"力量。马尔库塞认为，"今天的反抗者要按

---

① 赵勇著：《整合与颠覆：大众文化的辩证法》，北京大学出版社2005年6月第1版，第118页。

② ［美］马尔库塞著，黄勇、薛民译：《爱欲与文明：对弗洛伊德思想的哲学探讨》，上海译文出版社2008年4月第1版，1966年政治序言第9页。

照新的方式来看、来听、来感受新的事物：他们把解放同废除普通的、守法的感觉联系起来"，"革命必须同时是一场感觉的革命，它将伴随社会的物质方面和精神方面的重建过程，创造出新的审美环境"①。在这里，"新感性"成了马尔库塞理论题域中与"爱欲"密切相关的重要范畴，它隐含在黑人音乐与嬉皮士语言等亚文化群体专属的话语方式与艺术形式中，以感性革命为旗帜，最终指向一场政治革命的胜利。

马尔库塞对于"爱欲"与"新感性"革命潜能的思考，呈现出一种与本雅明、巴赫金几乎相同的思想路径，体现出法兰克福学派自本雅明以来一以贯之的对于大众文化的肯定性评价。可见，本雅明对于大众文化理论发展的意义所在。虽然本雅明的代表作《机械复制时代的艺术作品》，在那个特殊的历史语境下曾经遭到霍克海默、阿多诺等人的严厉批评，但经过后世学者千淘万漉般的理论洗礼，它所具有的开创性价值却日益显现出来，苏珊·威利斯就曾经这样评价本雅明的这篇文章："这很可能是马克思主义通俗文化批评发展进程中最重要的一篇文章。"②

事实上，本雅明对后世的影响并不仅仅局限于通俗文化批评领域，他的思想中呈现出来的"技术决定论"倾向对于媒介文化研究仍然具有重大意义。本雅明对机械复制时代技术理性的肯定性评价与麦克卢汉对电子时代的极大热忱有着显在的

---

① ［美］马尔库塞著，绿原译：《现代美学析疑》，文化艺术出版社1987年1月第1版，第59页。

② ［美］苏珊·威利斯著：《日常生活入门》London: Routledge, 1991：10转引自［英］约翰·斯道雷著，杨竹山等译：《文化理论与通俗文化导论》，南京大学出版社2006年版，第116页。

思想关联。通过对电影与摄影等新艺术样式所做的技术性考察，本雅明看到这些新的艺术形式比原来的艺术更符合当下社会生产力发展的要求，与新崛起的大众社会结构更为契合，他相信，"人类的感性认识方式是随着人类群体的整个生活方式的改变而改变的"，新媒介为欣赏者提供了尝试新的感知形式的机会，并由此促进人类感性认识方式的演进。这与传播学者麦克卢汉从"人的延伸"角度来"理解传媒"的著名论断如出一辙，麦克卢汉认为，人的感官体系是多维度的，从部落时代，到印刷文化时代，直至大众媒介时代，在人类媒介文化所经历的这三个历史时段当中，人类的感官系统经历了从丰富到缩减，以至再丰富的过程，电子媒介的出现使人类感官系统的多样性得以恢复，以非线性思维模式颠覆了印刷文化语境下线性思维的统治地位。麦克卢汉进而将他对大众媒介的积极价值观与大众艺术相勾连，认为大众艺术（如电视）以其对五官感觉的高度包容性引起受众的"深层次参与"，在这个意义上电视是民主的，这与本雅明所说的电影的颠覆性特质相暗合，印证了两者在媒介文化观念方面的同契性。

如果说"抵制派"理论家对于大众艺术快感体验的大肆批驳是建立在康德艺术论观念架构之上的，那么"赞同派"理论家的肯定性话语则更多地隐含着一种黑格尔式的历史唯物主义根基。本雅明与马尔库塞从通俗文化批评的视角出发，对"震惊体验""集体的放声大笑"以及"爱欲"与"新感性"所蕴含的革命性潜能的挖掘，无疑与当时那个以大整合、大拒绝、大解放、大革命著称的60年代息息相关；本雅明与麦克卢汉建立在"技术决定论"基础上的，对于大众艺术的肯定性评价也是对媒介技术进行历史性考察的结果。正是在动态的、历史的艺术哲学框架之内，大众艺术的快感体验才在"存在即是合理"的意义上获得了合法性依据。

另外，需要指出的是，本章对于"抵制派"与"赞同派"的划分只是在不同的艺术论观念框架中进行的，事实上，被归入某一派别的理论家的理论立场也是不断游移着的。本雅明在《机械复制时代的艺术作品》中对机械复制时代的大众艺术表达乐观态度的同时，又在《说书人》中为传统艺术的灵光消逝唱起了挽歌；马尔库塞的《单维人》与"新感性"也存在同样的矛盾性。因此，本章对理论流派的简单划分只是为了更为清晰地呈现出问题的两面性，而理论家本人的思想则常常充满了矛盾性与丰富性，这需要在理论与实践层面作更为具体的考察与辨析。

通过对西方大众文化语境下"娱乐"的"抵制"与"赞同"两种理论谱系的梳理，可以看到"娱乐"在大众文化层面的精神境况。它既是大众艺术逐步走向工具化、同一化的同谋者，进而遭到康德艺术论观念体系的围剿；又是大众文化"新感性"革命潜能的携带者，因而得到黑格尔式历史唯物主义者们的肯定。大众文化语境中的"娱乐"，一方面打破了传统审美文化加于其上的理性精神枷锁，举起了"娱乐面前人人平等"的感性革命旗帜；另一方面却扮演着资本意识形态的同谋，使大众在"娱乐"所营造的"伪自由"氛围中亦步亦趋地走向感性的僵化。"娱乐"的困境在以大众文化为主导的当代审美文化语域中清晰地呈现出来，脱离了传统审美文化的理性枷锁，刚欲以自由的姿态满世界奔跑撒欢儿，却又无意识地陷入到资本勾画的工具性图谋之中，大众文化语境下的"娱乐"在其描绘的"美丽新世界"中进退两难。事实上，大众文化语境下的"娱乐"所面临的这种矛盾境况，并非单纯是现代性的，作为西方现代性规划的产物，"娱乐"更多地是实践性的，活跃在现实生活中的娱乐，既有否定、颠覆、挑战传统的一面，也发挥着它对现实生活的积极建构作用，而"抵制派"与"赞同派"的理论论争，只是娱乐在西方现实生活境况中的理论反映。对这一理论博弈状况的回溯，不但为论题呈现出了一派立体化的、非单一维面的、语境性理论阐释空间，也为当代中国文艺娱乐化的现实境况提供了理论镜鉴。

四、"娱乐"在中国的当下境遇：传统与当代的纠葛

通过对当代西方大众文化语境中"娱乐"概念进行正反两个方面的意义求索，可以看到，大众艺术中蕴含的快感体验的复杂性及其充满辩证意味的意义转换过程。当然，这样的概念厘定也是在更具普适意义的当代审美文化视域中展开的，它所栖身的"市场化""资本化""消费化""媒介化""世俗化""日常生活化"的社会语境无疑是西方的。虽然来势汹汹的全球化浪潮已经不可阻挡地将这些源于异域的价值标准与生活形态冲入了古老东方文明的漫漫疆域，虽然在中国本土启动的全球化进程也是自主性战略抉择的结果，但"中国特色"的语域界定却是一个不容回避的主体性问题。正如有学者所指出

的："如果现代化属于时间的现实维度，前现代化或非现代化便是过去或现实的将要过去，这样后者就与传统关联起来。由此说来现代化本身就是一个相对于传统的命题，它从传统中走来。传统与发展在现代化中相遇、纠葛。"[①]当代中国的社会变革是建立在传统基础上的变革与延续，是以传统为依据的能量释放与现实重建过程，由此，对于"娱乐"概念的考察也必然要在传统与当代不断纠葛的特殊社会历史语境中进一步展开。

在当代中国的社会文化语域中，大众文化正在以前所未有的娱乐势头主导着普通大众的审美趣味，资本的利诱、媒介的推动，以及日常生活的重负，都催促着大众的审美品格，向着大众文化营造的这种令人快适的娱乐氛围无意识靠近。对此，有学者认为，在当代中国这种以娱乐为主导的大众文化语境中，"文化的政治功能、认知功能、教育功能甚至审美功能都受到了抑制，而强化和突出了它的感官刺激功能、游戏功能和娱乐功能"[②]。时至今日，"人文精神"倡导者所秉承的这一批评范式仍然在中国人文学者当中延续，这虽然体现了中国知识群体一以贯之的使命感与忧患意识，但必须承认，在这种持论的背后游动着的仍然是西方批判理论的魂灵。事实上，今日中国的这股由大众文化主导的娱乐风潮与前文中提到的西方社会语境中的"娱乐"必然有所不同，因为今日中国的娱乐风

---

① 高楠著：《文艺学：传统与当代的纠葛》，作家出版社2005年版，第16页。

② 尹鸿著：《尹鸿自选集 媒介图景·中国影像》，复旦大学出版社2004年9月第1版，第33页。

潮乃是传统世俗乐感的当代延续，大众在被外力牵引着与娱乐靠近的同时，传统文化特质又在推动着人们主动地去追随、营造一种乐感氛围；与此同时，今日中国的娱乐盛世与传统意义上的乐感文化又有着历时性的差别，前者既承载着后者，又延续与发展着后者，在变动不居的当代历史语境下，娱乐正经历着由感性的极度膨胀向理性的世俗超越的文化流转过程，一种更为立体、饱满的当代乐感之维正在形成。因此，在传统与当代、东方与西方之间爬梳"娱乐"的间性特质，将有助于解读"娱乐"在中国的当下境遇。

（一）"乐感"传统中的"娱乐"

中国传统儒家对于人性中感性愉悦的评价基本上可以"乐而不淫"概而括之。《论语·八佾》篇曾载："子曰：'关雎'乐而不淫，哀而不伤"，这是孔子由《关雎》而引发的对于《诗》中道德情感标准的界定，朱熹在《诗集传序》中将其解释为："淫者，乐之过而失其正也；伤者，哀之过而害于和者也。"可见，作为一首描写爱情的诗，《关雎》对欢乐与哀怨的把握都很有分寸，"写欢乐不过是琴瑟钟鼓，不涉于淫荡，写哀怨不过是寤寐反侧，不伤于和正，既把欢乐与哀怨的情绪充分地抒写出来了，又符合礼义道德之规范，防止了过与不及"①。当代著名学者李泽厚也曾经对儒家"乐者乐也"与"乐以节乐"两种看似矛盾的观念形态进行过品评："人需要快乐，但若不对快乐加以节制，就会对个体身心和社会秩序

---

① 童庆炳著：《中国古代文论的现代意义》，北京师范大学出版社2001年12月第1版，第83页。

产生害处。儒家既不禁止感官欲求，又不放纵感官欲求。"①
这种对于感性愉悦既肯定又节制的暧昧态度，事实上正是中国
传统文化特质的体现。中国传统文化特质的突出特点就在于
它的人伦本体性，"所谓人伦本体性，即是把人与人之间的关
系置于核心位置，这既是文化展开的出发点，又是文化发展的
归依，文化建构的一切问题都由此提出也都就此解决"②。人
伦关系有效而稳定的序列性是人伦文化建构的基本特征，在这
一经由中国漫长封建社会而形成的"人伦疏网"中，每一位社
会成员都力求找寻自己命定的序位，在礼仪之邦的生存定性
中，正是孔子"吾从周"的复古呼号奠定了人伦序列网络的基
始地位；然而，人伦文化源远流长的内在动因乃是其动态稳定
性使然，每一次朝代更替都是在对既有人伦关系体的冲击与复
归中完成的，这种循环推升、动态往复的人伦序列状况被称为
人伦文化的"钟摆"效应，"'钟摆'效应的实现在于它于不
间断的动态中总有一种趋中的运动倾向"，"人伦文化的趋中
倾向化入文化成员之人格，就形成了人伦文化所特有的中和心
态"③，也就是著名的中庸之道。

　　正是在"发乎情，止乎礼义"等传统人伦训教的召唤
下，中华文化语域中才形成了一套以"温柔敦厚""思无
邪"为标的的诗学情感准则，人们对感性愉悦的表达，也始终

---

① 李泽厚著：《实用理性与乐感文化》，三联书店2008年6月第1版，
第250页。
② 高楠著：《中国古代艺术的文化学阐释》，辽宁人民出版社1998年
版，第18页。
③ 高楠著：《中国古代艺术的文化学阐释》，辽宁人民出版社1998年
版，第45页。

在"过"与"不及"、"乐"与"不淫"之间寻求着一种平衡与自洽。据此，李泽厚先生从中西方文化差异的角度出发指出，中国不可能有真正的酒神精神，传统文化对于快乐的肯定"不是酒神型的狂放，它不是纵欲主义的。恰好相反，它总要求用社会的规定、制度、礼仪去引导、规范、塑造、建构"。①在这种强调"发乎情，止乎礼义"、倡导"中和"之美的人伦文化氛围中，无疑难以孕育出巴赫金意义上放浪形骸、撼人心魄的狂欢文化。

此种对现实中难以把握的抽象、超越性力量的否定与悬置，与人伦文化中蕴含的世俗功利性指向相互契合。正如现代新儒家所指出的，"中国文化主人文精神，西方文化主宗教精神"②，在中国这样一个眷恋人世多于向往天国的古老国度中，伦理文化视域中的时间永远是指向现实人伦的，"未知生，焉知死"，既然每个人最终都要走向死亡，那么在死后之事仍然幽晦难明之时，何不洒脱一些过好今日，由此，如何在有限的人生当中寻求一种欢欣、快乐、幸福的生存状态，就成了中国传统文化中生存意义得以建立的确证。在"天"与"人"融合为一的理性模式中，并不存在西方意义上充满了神圣敬畏的宗教情感，"天"的合理性总是要经由自身感性体验而获得。李泽厚就曾指出，"中国哲学无论儒墨老庄以及佛教禅宗都极端重视感性心理和自然生命"，它们"各以不同方式呈现了对生命、生活、人生、感性世界的肯定的执

---

① 李泽厚著：《华夏美学》，广西师范大学出版社2001年版，第19页。
② 陶东风著：《社会理论视野中的文学与文化》，暨南大学出版社2002年9月第1版，第3页。

着，它要求为生命、生存、生活而积极活动，要求在这活动中保持人际的和谐、人与自然的和谐"①。由此，他将中国古代文化界定为"乐感文化"，以区别于西方传统中的"罪感文化"，李泽厚认为，"乐"在中国古代哲学中具有更为本体的意义，它"乐"的是充满亲子之情、天伦之乐与仁孝伦常的人世之情，"情（人）本体"因而在乐感文化中居于一种核心地位，占据着准宗教性的人文序位。

在当下大众趣味权力化的特殊历史语境下，这一准宗教化的情感传统仍然把持着它难以撼动的人文序位。对于天伦之乐的恒久追寻、对于传统人伦关系的历史追怀，以及伦理传统的现实复呈，这些当代历史语境中升腾起来的伦理传统，在各类大众艺术文本中四处弥散，形成了一派极富中国特色的娱乐盛世，在很大程度上体现了当下中国大众的审美娱乐趣味。当然，随着市场经济时代效益价值观念的当代确立，对于个人价值的强调逐步发展为一种可以与群体价值观相抗衡的价值取向，也使当代中国大众趣味呈现出一种特立独行的个性化趋势。这既是一种值得关注的趣味转型，也是一个充满变数的文化主题。正如有学者指出的那样，"那些被高扬着个性的人物，他们的孤独与决然，究竟是为了什么而孤独与决然？"与西方现代派来源于个性间互不理解的孤独与决然不同，"中国跨世纪文学中不少个性人物的孤独与决然，却是离群索居的孤独与决然，或者说，是因为自己出离了传统人伦关系而生的孤

---

① 李泽厚著：《中国古代思想史论》，人民出版社1985年3月第1版，第309—310页。

独与决然"。①这无疑道出了以人伦传统与中和之美为指向的乐感传统绵延不绝的生命动势,以及它在当代中国大众文化语境中发挥的巨大本体性能量。

(二)对于西方娱乐理论之争的分析: "罪感"传统与"娱乐道德观"的博弈

与对人生采取乐观、肯定态度的"乐感文化"不同,西方社会是在对现实人生秉持悲观、否定态度的"罪感文化"情感氛围中向前推进的。在宗教传统和上帝背景下,人对自身罪感的不断忏悔是求得人神和解,并最终使人得以救赎的唯一路径,对神的敬畏之情事实上与康德所讲的实践理性道德情感相互融合,正如康德所说,"道德不可避免地走向宗教,通过它扩展自己为一个在人类之外的有力量的道德立法者的理念,因为它的意志便是最终目的,这同时是和应当是人的最终目的"②,从而在西方社会形成一种独特的"理(神)本体"价值信仰体系。在这里,上帝即是理性或知性特定观念的化身,它主宰着人的感性力量,人类对上帝的信仰和服从是在斩断恋生之情的基础上确立其绝对权威地位的,"'十字架的真理'是必经受难获取拯救(复活),背负苦痛赢来不朽(永生),其特征也是以身心极度受虐痛苦和血淋淋的死亡来惊魂

---

① 高楠、王纯菲著:《中国文学跨世纪发展研究》,人民文学出版社2008年1月第1版,第225页。

② [德]康德著,李秋零译:《单纯理性限度内的宗教》,中国人民大学出版社2003年10月第一版序 转引自李泽厚著:《批判哲学的批判——康德述评》,人民出版社1979年3月第1版,第316页。

动魄、震撼人心"①。为了与神相联结进而实现人格圣化，上帝的子民们不惜与人间欢乐及有限肉体的自然本能相决裂，这与儒家所倡导的人伦情感价值取向有着本质的差别，体现了理性思辨与感性经验的二元对立关系，昭示着思辨理性在西方文化心理结构中的基始性地位。

美国实用主义哲学创始人之一，威廉·詹姆斯曾经在对各种宗教经验进行详细评述的基础上，提出"健康心态的宗教"与"病态心灵的宗教"两种分类标准。前者对人生持有一种乐观、肯定、实在的态度，正如黑格尔所说："人之得救，人之有福，即在于人能达到与上帝合一的意识，于是上帝便停止其为外在仅仅的客体，因而亦不复是一畏惧和恐怖的对象。"②它强调的是人与神的同一，及由此带来的内心温暖、松弛愉悦，这样的宗教情感与中国传统的乐感文化在情理结构上较为接近，也是可以相互融通的。而"病态心灵的宗教"对现实人生则秉持着一种悲观、否定的立场，通过否定世俗生活、贬斥肉体生存使灵魂得到拯救，从而在神圣之境中体味精神超越的快意，对乐感文化来讲，这种潜心企求救赎的圣化心态无疑是一种较为陌生的宗教情感。

如果排除"健康"与"病态"两个词语背后所蕴含的价值判断，单纯审视詹姆斯对这世上的种种宗教经验所做的情感类型划分，还是有较强的概括性与现实意义的，这样的宗教情感状态已然正在构入今日人们对快乐、幸福的情感取向之

① 李泽厚著：《实用理性与乐感文化》，三联书店2008年6月第1版，第73页。

② ［德］黑格尔著，贺麟译：《小逻辑》商务印书馆1980年版，第377页。

中。西方文化对于极度快乐或极度痛苦的极度体验，与病态心灵所追求的神性超越相契合，晚年沦为疯人的尼采始终将反理性视为自身生存的重要条件，弗洛伊德则在极度的快乐中嗅到了死亡的味道。此种在极度快乐中感受苦痛，在人性的扭曲处寻觅神性的精神指向，事实上也正是西方后现代语境下大众文化的神意所在。在这里，惊世骇俗的心性展演以极端世俗化的方式，表达着对现代文明带来的人性退化、本质主义同一性，以及整体建构的中心主义的反叛与抗争。无论是詹姆逊在政治无意识层面，对呈现为欣喜若狂症状的后现代主义与大众文化所做的肯定性评价，还是德勒兹与瓜塔里提出的理想的精神分裂者意识，抑或是本雅明将"集体的放声大笑"视为对技术文明造成的大众精神错乱的有益宣泄，以及马尔库塞对大众文化中潜藏的"新感性"力量革命潜能的发掘，巴赫金对于狂欢体验中蕴含的反叛性冲动的指认，等等，这些对于大众文化语境下生活艺术中极度感性愉悦状态的肯定之声，事实上正在以一种后现代极端世俗化的方式，相反相成地营造出另一种否定并超越现实人际的情感状态，进而实现了对"病态心灵"宗教精神的辉映与延续。

正如马克斯·韦伯所说："虽然经济理性主义的发展部分地依赖理性的技术和理性的法律，但与此同时，采取某些类型的实际的理性行为却要取决于人的能力和气质。""各种神秘的和宗教的力量，以及以它们为基础的关于责任的伦理观念，在以往一直都对行为发生着至关重要的和决定性的影响"①。韦伯认为，虽然具有资本主义性质的商业行为与商业机构古已有之且遍布世界，但唯有在西方才实现了真正规模化、持续性的资本主义经济，这与新教伦理所倡导的禁欲苦行宗教精神有密切关联，现代理性资本主义所倡导的通过精于计算、精于职业使资本增繁的理性信条，正是以新教入世禁欲主义伦理为精神驱动力的，通过个人努力使资本获得持续性增繁这一信条经由宗教教义的疏浚而圣化为天赋职责，这事实上也与詹姆斯所描述的"病态心灵"宗教精神相暗合。然而，在《新教伦理与资本主义精神》一书的结尾，韦伯又不无担心地指出："当竭尽天职已不再与精神和文化的最高价值发生直接联系的时候，或者从另一方面来说，当天职观念已转化为经济冲动，从而也就不再感受到的时候，一般地讲，个人也就根本不会再试图找什么理由为之辩护了。"②当资本主宰着的工具理性日益强大，再也不依赖于宗教精神价值理性作为精神支撑的时候，资本主义精神就将难以避免地走向制度化与同一化，曾经对于宗教圣徒而言如斗篷般轻飘可弃的身外之物，如今却变成了一只难以撼动的"铁的牢笼"，冰冷而僵硬。正是在这个意义上，阿多诺指出了流行音乐标准化生产的基本特征，并揭开了其背后附着的现代资本主义经济制度的铁布衫，提示人们机械化了的心灵所渴求的，正是这种由标准化艺术生产线衍生出的令人心神涣散的大众娱乐方式。阿

①　[德]马克斯·韦伯著，于晓、陈维纲译：《新教伦理与资本主义精神》，三联书店1987年12月第1版，第15—16页。
②　[德]马克斯·韦伯著，于晓、陈维纲译：《新教伦理与资本主义精神》，三联书店1987年12月第1版，第142页。

多诺从感性愉悦的角度出发，揭示了晚期资本主义社会，娱乐成为资本牟利的工具，圣徒变成资本铁笼中的囚徒的现实境况。这也正是对贝尔提出的"资本主义文化矛盾"所做的"娱乐"注脚，随着韦伯意义上的"宗教冲动力"逐步衍变为桑巴特意义上的"经济冲动力"，"结果是'娱乐道德观'（fun morality）代替了干涉冲动的'行善道德观'（goodness morality）"，人们不得不在固化了的经济伦理和组织原则的框架内，扮演"白天'正派规矩'，晚上却'放浪形骸'"①的双面人。

可见，从詹姆逊、德勒兹、本雅明、马尔库塞等人对大众文化语境下生活艺术中极度感性愉悦状态发出的肯定之声，到阿多诺、波兹曼、鲍德里亚以及科林伍德等人对大众艺术娱乐化倾向的无限忧虑，这些都代表了"娱乐"在西方文化传统与晚期资本主义现实语境相互纠葛过程中的矛盾境况。波兹曼们关于"美丽新世界"的警世之语入木三分、发人深省；与此同时，西方宗教传统在极度体验中感受神性超越的宗教情感价值取向，却早已实现了对当代娱乐文化的精神植入。不论当代思想家们对充斥着感性愉悦的晚期资本主义文化盛世做出怎样的价值判断，都应该视为对传统与当代纠葛中的娱乐精神进行辩证解读的一种思想路径，具有理论阐释的合理合法性。可以说，从西方"罪感"传统与"娱乐道德观"的话语博弈中，既可以体会到娱乐在传统与当下相互纠葛的异域社会历史语境中所面临的矛盾境况，也为当代中国文艺娱乐化

---

① ［美］丹尼尔·贝尔著，赵一凡等译：《资本主义文化矛盾》，三联书店1989年5月第1版，第119页。

问题研究提供了重要的理论参照；在全球化时代潮流的冲击下，西方理论话语关于"娱乐"问题的思想博弈，既与当代中国文艺娱乐化现状有着难以斩断的互文性关联，又提示着研究者，对于当代问题的理论研究必须要经历文化传统的思想疏浚，才能使理论立足点得到更为准确的锚定。

（三）东方文艺娱乐化之变的本体性嬗变与本土性探讨

1."乐感"传统的本体性复呈与嬗变

与"病态心灵"宗教语域中呈现出的，传统与当代、神性与俗世互相纠葛的精神境况相映衬，"健康心态的宗教"同样在面向传统的解构与重建之间辗转腾挪。就思想传统而言，"健康心态的宗教"以人间作为个体存在意义的情感归依之所，从伊壁鸠鲁所倡导的通过身心和谐来体味生之快乐的快乐主义伦理思想，到我国传统文化对生之欢欣的不懈追求，以及在今日中国日趋成熟的大众文化语境中，文艺娱乐功能宿主地位的日益凸显，都在历时性人类宗教情感传承过程中，昭示着乐感文化生生不息的感性愉悦之流。然而，在这种强调中和之美的人伦文化氛围中，中国传统文化既承认感性愉悦的人间欲求，又在强调伦理定性的人世伦常中寻求着一种中和与平远，"乐而不淫""哀而不伤""哀乐互化""美善相宜"，在为伦理而活跃的艺术追求中，文艺娱乐功能的发挥也在人伦之序的情感向度中浸透着人世的温润。

时至今日，乐感文化的这一准宗教情感传统仍然在当代大众文化语境中、在大众趣味权力化的历史结点上绵延不绝。正如有学者指出："大众趣味最富于时下意义的就是这大众"，大众具体地存在于现实社会生活中，它无处不在，却又变动不居；它分享着群体的规定性，却又时常游离于众人之外；充分现实性是它永远的时态规定①。这是一种非历史性的对于"大众"的概念阐释，而乐感文化传统正是在这一具有普适意义的词语解读中得以传承。如前所述，中国传统文化始终是以现实人伦为最终指向的，与西方文化期冀在朝向彼岸世界的飞升中寻求一种面向现实的理性审视不同，前者既取向于感性现实又旨归于感性现实。这就使"大众趣味"在中国文化传统中充分浸润了现实感性化的文化特质，并在文化传统惯性的驱动下，以积极的姿态构入到当代中国大众文化文本之中。时下文艺领域中流行的那些轻松乐感的人生表述，戏谑调侃的修辞手法，抑或是乐中含忧的故事情节，都是现实感性化的大众趣味在艺术文本中的感性展扬。它并不接受"病态心灵的宗教"所追求的悲观、痛苦、救赎的艺术格调，反而倾情于明快、亮丽的人间乐事和当下化的情绪排遣。事实上，在大众趣味日益权力化的今日，正是这种以"快乐"为指向的感性呈现，使文艺的娱乐功能从文艺功能价值体系多维框架中跳脱出来，史无前例地在多功能艺术维度图底关系中凸显出来。显然，在"中国特色"的历史语境中，单一的资本逻辑并不是这一文艺功能价值体系娱乐化变革的唯一决定性因素，乐感文化传统对"大众趣味"的现实感性化精神同构，无疑是另外一重难以回避的理论题域。

　　当然，伴随着滚滚而来的全球化浪潮，各民族原有的文

---

① 参见高楠、王纯菲著：《中国文学跨世纪发展研究》，人民文学出版社2008年1月第1版，第265页。

化传统必然要面临新一轮的解构与重建。在今日中国的文化现场，乐感文化传统正是在与异域文化时潮相互撞击的过程中，逐步实现着"乐感"的新变，建构着当代中国的文艺娱乐之维。因此，探索多元文化间性共在的精神基点，挖掘"乐感"传统本体性嬗变的文化动因，就成为当代文艺娱乐化问题研究的重要内容。

首先，"乐感"传统与蕴含"宗教冲动力"的西方后现代大众文艺话语间，存在必然的文化碰撞。

当网络流行歌曲以戏谑的姿态发出针砭现实、否定自身虚无性的批判之音，当不同意识形态在大众电影错综复杂的影像游戏中暗自交锋，当被称为"网络文学公共领域"的博客空间中出现反讽恶搞式的辛辣时文，一种源于西方后现代大众文化语境的富于创新精神与批判性的大众文艺话语，以感性娱乐的方式隐现于当代中国大众文化娱乐文本之中，对传统意义上非思辨性的文化传统构成冲击之势。然而，在当代中国社会文化语境中，"大众趣味权力并不是批判的权力，批判的权力是理性的，而大众趣味权力只是一种感性的趣味权力，因此它无力在理性上否定或消灭什么"①。当下大众文化中不时涌现的反讽戏谑之音，也许只能被界定为众声喧哗的多声部合唱，很难说具有"狂欢"与"新感性"意义上的理性超越之姿，缺乏民族文化心理支撑的狂欢式的现世拷问，最终只能以"出世"之姿行"入世"之实，难以实现宗教意义上的精神提升。

① 高楠、王纯菲著：《中国文学跨世纪发展研究》，人民文学出版社2008年1月第1版，第197页。

　　当然，这些带有异域血统的感性激愤的大众文化形态，毕竟在倡导"中和"而"不逾矩"的东方文化土壤中实现了软着陆。改革开放数十年后，当"娱乐至死"的狂欢盛世在中国突现端倪，当源于西方后工业文明时期的大众娱乐浪潮，成为中国文化产业发展的重要参照系，中国文化传统中所蕴含的动态调试文化心理结构原则，便体现出了强大的实践创生性特质。李泽厚从人类学历史本体论出发将这一文化思想传统概括为"实用理性"，"依循中国传统，实用理性是'经验合理性'的提升，它重视现实的特殊性多于抽象的普遍性，重视偶然性多于必然性"[①]。这与康德意义上带有"先验"色彩的实践理性有本质差别，后者致力于在人类能动的实践操作活动基础上，构造出一个能够脱离现实事物的感性抽象世界，它保障着现实世界在"实践—操作—生产（科技）"的实际可能性中不断创生，毕达哥拉斯的数的宇宙、柏拉图的理式世界等均是这种超经验语言的代表。"而中国传统实用理性的最大缺陷和弱点就在于，对这一实践操作本性的感性抽象的意义和力量缺乏足够认识和充分发展"[②]。这就使得中国人长期沉溺于现实具体关系的思考中，以人事经验的心理情感原则为思想根基，它强调历史的积累和文化心理情感的积淀，注重从历史成果中吸取经验服务于现实社会生活，并以长期历史积淀过程中形成的"礼"来"塑建"人的感性，达到"节制有度""情理交融"的现实目的。这事实上对当代文艺娱乐化问题的呈现带来了正反两个方面的影响，正面的是，实用理性以不断积淀并

---

① 李泽厚著：《实用理性与乐感文化》，三联书店2008年6月第1版，第24页。

② 李泽厚著：《实用理性与乐感文化》，三联书店2008年6月第1版，第12页。

生成着的文化心理结构，将西方现代大众文化中蕴含宗教意义上的感性狂热接纳过来，化入自身平缓而宽广的艺术情感长河之中为己所用；负面的是，这种缺乏精神超越性的世俗乐感，可能难以读懂宗教语域中的超越性宗教语汇，而单纯对漂浮于其上的感性趣味做情绪化放大，成为一种娱乐的时尚。可以说，在当代文艺娱乐化转向的过程中，这一娱乐动势不可小觑，也是需要认真对待的。

其次，乐感文化所倡导的"人伦"趣味与注重个体欲望的西方"人本"趣味间，也存在着文化的交融与碰撞。

如果说蕴含"罪感"宗教意味的后现代大众文艺话语，正凭借感性狂热的神性意旨影响和改变着世俗乐感的趣味结构和价值判断，那么"两希"文明另一源头的"人本主义"传统，则是推动当代中国文艺娱乐化之变的又一异域文化动因。

被称为人类童年时期的古希腊文明在肯定原欲和世俗生活基础上，孕育出注重个体价值实现、满足个体欲望的西方人本主义传统，世俗人本意识经过文艺复兴与启蒙运动的思想涤荡，逐步发展为当代西方社会大众文化语域的重要精神动能。国内学者就曾从"个体性"角度出发揭示出"现代性"的文化特质，即"内在于自由主义的自然本性的世俗泛滥"、"各种私欲和意志被赋予了正当权利"以及"将个人价值凌驾于整体价值之上"①。承继了"现代性"之中的人本主义文化特质，将个体价值的实现和个体欲望的满足置于主体地位，当

---

① 汪民安、陈永国、张云鹏主编：《现代性基本读本（上）》，河南大学出版社2005年版，第32页。

代西方社会大众文化也为个体的自由发展提供了较为宽松的空间，对个人自由的宣扬、对情爱自由的崇尚、对血腥暴力的渲染，这些文化表象在西方大众文化的代表性文本中随处可见，某种程度上代表了世俗人本主义视域中大众文艺话语的趣味取向。

随着全球化历史进程的不断推进，西方大众文化产品逐步涌入东方，融入当代中国文艺娱乐趣味的河海之中，"人本"与"人伦"的对话也由此展开。国内有学者曾经指出，"以人为本，必强调人的自由追求的现实意义及其合理性；以人伦关系为本则是强调压抑人的自由追求的人伦关系的现实合理性"①。传统意义上的"乐感"之"乐"代表着置身亲子之情、人世伦常之中的怡然自得，是中华人伦主义土壤中培育出的趣味之果，决定着作为个体的人必然要在各种关系体的交织融合中求得人生在世的意趣。数千年来，这种人伦趣味绵延不绝，传续至今，与强调个人欲望实现的西方世俗人本意识汇聚于多元杂陈的当代中国"乐感"语域中。可以说，现今中国大众文艺文本中出现的张扬欲望、暴露隐私等娱乐化症候，与西方世俗人本意识的渗透不无关联，个人主体意识的提升从一个侧面推动了当代中国文艺娱乐之维的本体性嬗变，在某种程度上销蚀着既有的人伦之乐，体现出转型期文艺娱乐趣味的复杂情态。

然而，对"人伦"与"人本"间发生的这场趣味博弈进行辩证考察，可以看到，倡导个体价值实现与个体欲望满足的西

---

① 高楠著：《中国古代艺术的文化学阐释》，辽宁人民出版社1998年版，第19页。

方大众文艺趣味，虽然对传统人伦趣味造成冲击之势，但这场趣味的博弈毕竟以悠远持中的人伦文化传统为人文底色，正如当代中国大众文艺文本中对个体自由的追逐与宣泄大多源于人伦关系的不适与压抑，反传统的个性展演往往消融于大团圆的完满剧情之中，西方世俗人本意识的融入常常是在人伦主义的"乐感"空间内展开的，并最终化入由实用理性构筑的世俗情感语域之中。"人伦"与"人本"间的这场趣味博弈，很可能是以实用理性为思维路径的面向乐感传统的突破与复呈，"人伦主义"与"人本主义"正是在这个意义上完成世俗趣味的交融，进而推动当代中国文艺娱乐之维的本体性嬗变进程。

第三，在现代西方社会大众文化的人本主义谱系当中，还可以看到实用主义哲学的观念维度，在这方思想沃土中孕育出的"娱乐道德观"，对当代中国的文艺娱乐化大势也正产生着极为深远的本体性影响。

曾经有学者指出："如果不把人本主义看作与科学主义相排斥，实用主义无疑可归属于人本主义。"[1]从娱乐文化的视角审视，实用主义为以"资本"为驱动力的晚期资本主义"娱乐道德观"提供了哲学依据，在美国实用主义哲学土壤中孕育而生的娱乐工业文化，便是这种"娱乐道德观"的症候性文本呈现。在全球化的大众文化语境中，这种实用主义的"娱乐道德观"借助美利坚民族的娱乐艺术与乐感文化语境中的"大众趣味"展开互文性对话，它对当代中国乃至全球大众文化的发展都产生了极大的影响。从精神气质上讲，实用主义与被归于"健康心态宗教"的乐感文化所倡导的实用理性相

---

① 刘放桐著：《刘放桐自选集》，重庆出版社1999年11月第1版，第162页。

似，它们都对现实人生采取乐观肯定的态度，都反对先验主义，以现实物质生存为指向，并强调实践活动是人类理性的源泉，认为后者只是工具性的存在，一切要以现实经验为最终指向。正是在实用主义哲学的思想背景下，美利坚文化工业的生产线上，才创造出了以娱乐艺术为主导的好莱坞生活方式，与欧洲大陆通过戛纳、柏林、威尼斯电影节竖立起来的充满超越性原罪意识的文化旗帜相比，好莱坞娱乐艺术缺乏对于文化的本质主义追问，而是多种娱乐元素简单而纯粹的感性铺陈，一位好莱坞剧作家曾经说过："观众希望有趣的事情让他们兴奋，让他们消遣，让他们充满悬念……而更重要的事情是，观众希望电影'让他们愉快地回家'。"[①]这也可以解释，何以好莱坞电影作为一种源自异域的现代娱乐艺术形态，能够成为中国人文化价值取向系统中的重要内容，日益事实性地构入到他们的生活方式之中，并对中国电影自身精神气质的形成产生深刻的影响。正因为对人生在世的感性愉悦有着现实的希冀，实用主义与实用理性才在对现世乐感的无尽追寻中殊途同归、弹冠相庆。然而，实用主义又不能与乐感文化传统中的实用理性相等同，如前所述，后者强调在历史成果的积累和文化心理情感的积淀中，生发出"塑建"人类感性的绝对标准和价值，而前者则干脆将一切现实有用性视为真理，以工具理性的有色眼镜审视一切，正是在对实用主义哲学进行价值反思的基础上，阿多诺与霍克海默等人对文化工业语境下的美国大众文化展开了批判，波兹曼则毫不留情地将自己身处其中的美国大

---

① ［澳］理查德·麦特白著，吴菁、何建平、刘辉译：《好莱坞电影——1891年以来的美国电影工业发展史》，华夏出版社2005年版，第8页。

众文化斥为"娱乐至死"的物种。但不论如何，这两种相近的思想传统还是在文艺娱乐化的全球大趋势下相遇了，在实用主义"娱乐道德观"与实用理性"乐感"传统相互交融与对话的过程中，如何使"乐感"传统深厚的情感性内涵得以绵延，发挥实用主义"娱乐道德观"强大的娱乐文化创生功能，抑制标准化艺术生产带来的人心机械化弊病，这是当代中国文艺娱乐维度本体性嬗变过程中必须面对的现实问题。

全球化时代的中国文艺娱乐现场呈现出多元混杂的斑驳态势，蕴含超越性宗教意味的后现代大众文艺话语与"乐而不淫"的东方"乐感"传统相互碰撞，从形式上影响和改变着世俗乐感的趣味结构；注重个体价值实现和个体欲望满足的西方世俗人本主义文艺话语，在某种程度上销蚀着既有的人伦之乐，呈现出宣扬个人自由、张扬感性欲望的娱乐化症候；实用主义"娱乐道德观"所倡导的现实有用性娱乐生产理念与"乐感"传统的世俗感性欲求相呼应，现实地构入到当代中国民众的文化视域当中，丰富与积淀着"乐感文化"的子民们对于世俗趣味的体验与感知。

可见，当代中国文艺娱乐之维在与异域文化传统的碰撞中实现着"乐感"的本体性嬗变。但这一文艺趣味本体性嬗变的时代进程毕竟是以"乐感"文化传统为主体展开的，理性超越的"罪感"趣味诉求、西方世俗人本主义文艺话语与实用主义"娱乐道德观"，能否真正融入并改变世俗"乐感"趣味的本体性内涵；如何在有机融合异域文化趣味的同时，使"乐感"传统深厚的情感性内涵得以绵延而不失主体性意蕴，这些无疑是当代文艺娱乐化问题研究中需要着重审视的问题。

2.既有理性对于当代文艺娱乐化问题的本土性探讨

上世纪80年代末90年代初，伴随着80年代中期以来"探索文艺"①的被冷落，以及"当代大众文艺"②的崛起，本土学术界的目光开始越来越多地聚焦于这股来势汹汹的文艺世俗化、娱乐化浪潮。以一场声势浩大的"人文精神大讨论"为起点，知识群体对于当代文艺感性活跃现状的批判与否定不绝于耳，这些批判性话语或是从传统政治理性的角度出发，指出文艺作品中消闲娱乐成分的增强，会对政治伦理观念产生稀释作用；或是从传统伦理意识的角度出发，指出个体欲望的膨胀有悖于建立在人伦文化基础上的乐感传统；或是从精英艺术的审美视角出发，力图匡扶文艺世俗化的流弊。借助西方相关理论资源对本土文艺娱乐化现状大张挞伐也好，从文化传统中寻求辩驳的依据也罢。无论如何，这些由本土学界发出的对于当代文艺娱乐化问题的否定之声，事实上也正是既有社会理性对于以感性活跃为特征的大众文化的抵制与否定。建国以来的政治理性，源于精英群体的批判理性，以及传统伦理意识等，共同组构起了这个强大的既有

---

① 金国华曾在其《当代大众文艺：反拨、沉沦与拯救》（载《文艺理论研究》1992年第1期）一文中将"探索文艺"界定为"自80年代中期以来在文学（主要为小说）、艺术（包括电影、美术等）领域形成的以张扬创作者个性为标帜的不约而同的形式实验和内容探求。"

② 金国华曾在其《当代大众文艺：反拨、沉沦与拯救》（载《文艺理论研究》1992年第1期）一文中将"当代大众文艺"界定为"近年在大陆出现的包括通俗小说、畅销书、流行歌曲、通俗性的电视连续剧、放映点和民间流传的录相带、录音带在内的各种文艺制品以及由此构成的文艺和文化现象的总和。"

理性之躯，面对感性活跃的文艺潮流发出质疑之声，进而敲响了传统与当代相互碰撞的文艺强音。

1993年，王晓明一篇题为《旷野上的废墟——文学和人文精神的危机》的文章，成为引发"人文精神大讨论"的导火索。期间，杜书瀛、钱中文、雷达、许明等学者纷纷撰写争鸣文章参与论争，事实上，"大讨论"之初并未直接触及文艺娱乐化问题，而是以"大众文化"为核心话题展开的，但在大众文化与消费主义日益崛起的新的社会文化背景下，"大讨论"对于某些新文艺现象的大规模理论反思，正表达了知识阶层对文学及意识形态领域遭遇的意义与价值双重失落这一问题的忧虑，也从根本上型塑了他们对大众文艺层面"娱乐"的俯视姿态。在"大讨论"的过程中，著名学者钱中文提出的"新理性精神"曾经在学术界引起过极大反响。钱中文指出，"80年代中后期开始，中国文坛上不少作家表现了对人的自然本能的崇拜与激赏。在这方面，一些原本是写作严肃的作家竟也未能免俗。穿插于小说中的大量性事描写，一时使京城纸贵，显示了严肃文艺中的颓唐一面"[1]。针对此类文学艺术意义、价值下滑，人文精神遭到贬抑的现象，钱中文提出了"新理性精神"，"新理性精神主张以新的人文精神来对抗人的精神堕落与平庸"[2]，而新的人文精神的建立，"必须发扬我国原有的人文精神的优秀传统，在此基础上，适度地汲取西

---

[1] 钱中文：《文学艺术价值、精神的重建——新理性精神》，《文学评论》1995第2期，第46页。

[2] 钱中文：《文学艺术价值、精神的重建——新理性精神》，《文学评论》1995第2期，第51页。

方人文精神中的合理因素，融合成既有利于个人自由进取，又使人际关系获得融洽发展的、两者相辅相成互为依存的新的精神"①。钱中文提出的"新理性精神"命题在学术界赢得了一定反响，许明等众多学者撰文支持这一提法，如"新的理性……说到底，它是一种在新的高度，对中国传统、西方文化与马克思主义文化的综合，是对当代中国的现实的生活进程的一种深层开掘"②等等。可见，"新理性精神"的时代性崛起，其主要目的乃是重新夺回被西方理论占领的思想高地，建立起一种植根于本民族时代语境中的、现代性意义上的、能够与西方思想相互对话的新文论话语。"新理性精神"可以说是这场"人文精神大讨论"的重要成果之一，它是东方思想传统对于西方话语的一次应激反应与话语融合，体现了既有社会理性强大的精神主体性力量；而对于市场经济语境下"人文精神"遭受贬抑的关注与匡扶之意，则从根本上传递出了中国传统知识阶层骨子里浓重的忧患意识，体现了精英阶层的审美价值观。

在"人文精神大讨论"的时代背景下，学术界关于文艺娱乐化问题的集中探讨也在这个重要的历史结点上启动了。1995年12月，中国社会科学院文学所理论室组织了"精神文明与文艺的消闲性"专题座谈会。会后，学者们发表了一系列理论文章，如《消闲与文化和审美》（杜书瀛）、《世俗化时代文艺的消遣娱乐性》（陶东风）、《文艺的消闲娱乐功

---

① 钱中文：《文学艺术价值、精神的重建——新理性精神》，《文学评论》1995第2期，第50页。

② 许明：《新理性：当代中国的文化选择》，《作家报》1995第2版。

能及其格调》（何西来）、《休闲娱乐与审美文化》（罗筠筠）、《现实　历史　品味——当前文艺的娱乐消闲功能之我见》（童庆炳）、《反"消闲娱乐"论》（朱辉军）、《消闲——不是唯一的解释》（许明）等。学者们在肯定文艺消闲娱乐功能的凸显超越于以往只讲政治教化功能文艺观的同时，对过分强调消闲功能而忽视人文精神和审美意义的文化粗俗化现象更深表忧虑。杜书瀛结合席勒的"审美游戏说"指出："要珍惜消闲时间，提高消闲质量，使消闲成为审美的消闲"[1]；朱辉军认为，"我们能否以我们坚定的信念、雄辩的理由，去在一定程度上说服、引导那些'大众的偶像'、'大众的情人'，别再去迁就、迎合大众的趣味……但前提是，我们自己至少要走在正确的路上"[2]。可见，对于精神美学的强调在很大程度上主导着这场关于"文艺消闲娱乐功能"的讨论，理论的天平并未真正向感性美学的方向偏移，这场肇始于"人文精神大讨论"的，关于"精神文明与文艺的消闲性"的文坛论争，为上世纪末文艺娱乐化问题奠定了理论基调，进一步体现了既有社会理性强大的精神主体性力量。

随后，河南人民出版社于1998年推出了由廉静、王一川主编的"娱乐文化研究丛书"（丛书包括四部专著：王德胜的《文化的嬉戏与承诺》、高小康的《狂欢世纪——娱乐文化与现代生活方式》、贾磊磊的《武之舞——中国武侠电影的形态与神魂》、王一川的《张艺谋神话的终结——审美

---

[1]　杜书瀛：《消闲与文化和审美》，《文艺争鸣》1996第3期，第12页。
[2]　朱辉军：《反"消闲娱乐"论》，《文艺争鸣》1996第6期，第7页。

与文化视野中的张艺谋电影》），学者孟繁华的《众神狂欢——当代中国的文化冲突问题》等大众文化研究著述也相继问世；2000年初，魏饴在《文艺报》发表题为《悄然勃兴的休闲文学》的文章，也引发了一场关于"休闲文学"的大讨论。这些著述与主题争鸣都从某种程度上承继了"人文精神大讨论"的精神意蕴，对于文艺娱乐化的时代转向虽然坦然接纳，但更多地还是表达了既有社会理性对于以感性活跃为特征的大众文化的质疑与忧虑之情。

进入新世纪，伴随着全球范围内消费文化语境的确立、大众传播媒介的迅速崛起，以及世俗化进程中大众文化的全面繁荣，面对文艺实践过程中层出不穷的"娱乐化症候"，学界开始不断完善理论构架、拓宽研究视野，从大众文化、消费文化与媒介文化等多元化思维路径入手对"文艺娱乐化"现象进行理论剖析，关于相关问题的理论探讨也呈现出百家争鸣的繁荣态势。与上世纪末的研究状况相比，在新世纪以来这十余年的理论论争中，致力于剖析文艺娱乐化转向的正面效应、为大众娱乐艺术正名的理论倾向日趋显现，从文化研究视角对其进行符号现象学解读的较为持中的理论话语逐渐增多。如王先霈、徐敏就曾发表题为《为大众文艺减负增能》的文章，认为大众文艺是在社会现代化进程中逐步产生和发展起来的文艺样式，是对人民群众不断增长的消闲、娱乐等需要的艺术回应，由此形成了现时期文艺领域内，主旋律文艺、高雅文艺、大众文艺三足鼎立的崭新局面；文章指出，90年代以来关于大众文艺的相关讨论，大多对作品表达了较高的审美期望，目前应该适度淡化对大众文艺思想深度的要求，减轻大众文艺的思想重负，让它与国外娱乐产品相互竞争，将劣质文化产品排挤出文化市场。再如，面对"读图时代"的到来，和"图像转向"的范式更迭，高建平的《文学与图像的对立与共生》、吴子林的《图像时代的文学命运》等理论文章认为，虽然现代电子媒介制造出了大量的图像奇观，但文字与图像终将会共同丰富人们的精神生活，面对视觉文化与消费文化的冲击，没有必要哀叹文学性的消逝，进而表达了对"视觉文化"时代的理论认同。

从某种程度上看，这些肯定性理论话语的出现，也可以说是既有理性间话语博弈的结果。它们或是出于对以往占据主导地位的否定性理论话语的反驳与颠覆，或是出于对传统政治理性的批判与解构，前者暂不赘述，因为思想界内部的理论争端司空见惯，另外随着大众娱乐时代的日益繁盛，从"存在即是合理"的视角出发对其进行辩证解读也在情理之中，这里对后者略作说明。在既有社会理性框架中，批判理性与政治理性的博弈与对话是理性的常态，这在当代文艺娱乐化问题方面也有所体现。对于主流文化而言，大众娱乐时代的崛起虽然是社会发展的大势所趋，但这背后无疑存在着一种颠覆意识形态整一性的隐忧，一旦"娱乐"超越了应有的阈限，就应该对其提起必要的警惕了。2011年，广电总局出台新政"限娱令"，要求各地方卫视从7月起，在17：00至22：00黄金时段，娱乐节目每周播出不得超过三次。"限娱令"的出台引起了学界的广泛争论，对"限娱令"的初衷及效果表示质疑，学者展江在接受媒体采访时更直言不讳地指出："我反对公共权力打压媒体，为什么对'三俗'这么不宽容呢？做娱乐何必这么保守？底层

"限娱令"成为影响当代中国文艺娱乐化转向的重要因素

还要考虑精英想什么？批判者貌似很善良，很道德，其实，他们首先不宽容。"①展江的这番话具有一定的代表性，它体现了源于知识阶层的批判理性与政治理性之间话语博弈的矛盾境况，面对政治理性对"娱乐"的大张挞伐，源于知识阶层的批判理性竟然主动抛却了精英阶层的审美价值观，转而为以感性活跃为特征的大众文化站脚助威。这也从另一个侧面说明了在当代中国文艺娱乐化转向的过程中，虽然乐感文化传统在与源自异域的文化时潮相互撞击的过程中实现着"乐感"的新变，但既有社会理性及其内部的话语博弈，仍然是影响甚至主导当代中国文艺娱乐化转向的重要力量。

2013年底，国家新闻出版广电总局又发布了《关于做好2014年电视上星综合频道节目编排和备案工作的通知》，更严格地规定了上星频道引进国外版权模式节目、歌唱类节目、晚会等类节目的总量及播出时段等，因而被称为"加强版限娱令"。时隔数年，随着"限娱令"的改版升级，面对中国电视媒体在内容生产和经营收入等方面的艰难境地，学界又不得不就传媒业自身展开思考。有学者认为："尽管'加强版限娱

①　易哲：《"限娱令"利剑高悬各路人马见招拆招》，《新快报》2011年7月13日。

令'在短时期内会给电视传媒业带来巨大的冲击，但从长远来看，它让相关的电视台能够意识到可持续发展的重要性，让电视节目更具多样性，让电视传媒业更具自主创新能力。"①还有学者认为，尽管"近年来国内总体经济形势增长的趋缓，加上'限娱令'、'限广令'影响的持续深入，给一直以来依靠广告作为主要收入的媒体产业带来了前所未有的压力。"但目前"电视媒体的包袱和束缚，实际上就是过去成功的经验。问题倒逼改革，如今的电视媒体已经运行到了必须通过自我变革实现核心价值重塑的周期，首要的是必须具备突破既有价值观的思维能力。"②可见，世易时移，对"娱乐""限娱令"以及传媒业自身的理论反思，使当代中国文艺娱乐化问题的本土性探讨日渐深入、日益切实。

当下，学术界对于"娱乐"历史功能的反思已然展开。研究者们对当代中国文艺娱乐化转向这一问题的态度，从起初的抵制、否定，发展到当下的多元并存与话语论争；而当代中国文艺娱乐化转向的文化势头也从原初的俗众趣味，发展到当下的雅俗交融和多层次并存，从本能之乐，到感性之乐、理性之乐，乃至观念之乐，"娱乐"这样一个以多层并置内在心理结构形态存在的复杂体系，在当代中国多元文化语境下，在既有理性错综交融的外在社会结构影响下，正在变动不居与流动不息中逐步走向融通与自洽。

---

① 吴汉华：《"加强版限娱令"：电视在束缚下的"重生"》，《青年记者》2014第9期，第53页。

② 宋毅：《电视媒体发展战略趋势研究》，《中国广播电视学刊》2014第9期，第83—86页。

第三章
从政治本位到文化消费：
当代文艺娱乐化问题的时代之变

本章对于当代文艺娱乐化问题的历时性考察与语境性解读，是从上世纪中叶革命呼声四起的革命文艺时代开始的，期间经历了现代启蒙阶段精英与大众的娱乐"合谋"，直至市场经济时代娱乐话语的大众流溢。通过理论与文艺娱乐实践的有机结合，对当代中国不同历史时期的文艺娱乐现场进行特质性解读，并最终梳理出一条由政治本位向文化消费渐趋递进的时代线索。

革命文艺时代的娱乐，乃是经过政治意识形态话语疏浚了的娱乐，是依附并规定于政治的政治性存在。革命文艺时代娱乐的政治依附，首先导源于政治话语对于娱乐的需要，导源于工农兵群众对于娱乐的本体性诉求，导源于文化传统相关规定性的延续。在此过程中，政治话语一次次践行了对于文艺娱乐维度的政治化改造，成功地将革命的快感注入到了文艺娱乐维度的肌体之中。可以说，在革命政治话语强大的气场之中，娱乐对政治的依附乃是一种历史性的必然选择。

现代启蒙阶段的娱乐，既是从政治压抑性娱乐或娱乐的政治压抑中走出来的批判性娱乐，也是精英文化与大众文化共同制造的以批判意识形态一体性驯化为指向的"娱乐"合谋。精英与大众在这个渴求除旧布新的特殊历史时期，以不同的方式共同践行着召唤娱乐复归的历史重任。精英群体以"人学"的时代纲领为精神旗帜，为这一批判性娱乐精神的孕生铺陈了浓郁的思想氛围，而普罗大众的加入则使文艺娱乐之维在对于既往的反思中，真正走上了向大众复归的道路。这个时代的人们在感性有待解放的娱乐氛围中走出，对上一时代政治话语施加于文艺娱乐之维的压抑与束缚，进行着有力的批驳与改写。

市场经济时代的到来，大大加速了娱乐话语大众流溢的历史进程。伴随着新时期以拆解准宗教化意识形态为指向的社会文化世俗化发展进程，新启蒙时代感性有待解放的娱乐，经过一段短暂的试探与自我启蒙之后，终于乘着市场经济的东风肆意喷发出来。在由资本主导的享乐主义文化逻辑的推动下，在倡导视觉快感的电子媒介和以想象力娱乐著称的数字媒介共同编织的媒介娱乐主义时代，在前现代"乐感"、启蒙现代性和后现代娱乐趣味共同组构的大众娱乐趣味多元繁盛的当代文艺语域中，来自经济、技术、文化等多个领域的时代动因，共同催生了"娱乐新世纪"的当代凸显。

通过对文艺娱乐之维的当代境况所做的历时性特质梳理，可以看到，文艺的娱乐之维在不同的历史时期呈现出不同的时代特点，从革命文艺时代娱乐的政治依附，到现代启蒙阶段审美文化视域下精英与大众的娱乐"合谋"，乃至市场经济时代娱乐话语的大众流溢，文艺的娱乐维度在消费文化与媒介文化的双重助推下，伴随着大众趣味的日趋上位，成为了一种超越于意识形态教化之上的，可以与主流话语、精英话语相抗衡的文化力量。可以说，娱乐在当代中国事实上是在经历了很长一段时间的既有理性压抑，又经过了短暂的感性有待解放的自我启蒙之后，才得以释放的。这也是潜藏在中国大众心中长期被压抑的快乐需求现实性迸发的结果。

然而，当以往处于文化边缘地带的俗众，乘上大众传媒民主化、文化体系消费化的时代战车，闯入被既有理性占据的思想腹地，硝烟四起的娱乐战场便陷入了更加焦灼的时代境况之中。在这场旷日持久的指向文化分化的娱乐混战中，面对已经被既有理性渗透、型塑了的群体性文化无意识，面对来势汹汹的享乐主义消费伦理的冲击，高举感性娱乐大旗的大众趣味能否真正夺得并掌控时代话语权，这仍然是一个充满变数的问题。从新千年以来广电总局针对"凶杀暴力涉案剧""境外动画片""整容真人秀""选秀节目"等休闲娱乐类影视艺术产品下发的各项禁令，到文化部对数百首危害文化安全的违规网络音乐作品的清查，以及主流媒体对于恶搞"红色经典"现象的义愤与匡正，都昭示着既有理性面对难以收束的文艺娱乐化流俗的治世之意，也表明了消费主义对文艺娱乐之维进行意识形态询唤的现实状况。可见，当代文艺的娱乐化转向并非单纯的政治去束与文化消费，其间伴随着各种权力话语、文化传统与价值观念对于文艺娱乐维度的资源性开采与争夺，在这样一个欣欣向荣的娱乐盛世，感性娱乐的时代性勃发仍然是在既有历史语境的规定下有条件地展开的。

一、革命文艺时代：娱乐的政治依附（建国后）

对当代中国文艺娱乐化状况的考察，应该从革命呼声四起的上世纪中叶开始。1940年初，毛泽东在陕甘宁边区文化协会第一次代表大会上，发表了题为《新民主主义的政治与新民主主义的文化》的讲演（题目后改为《新民主主义论》），并在该文中提出"民族的、科学的、大众的文化"的思想口号，而这"大众"指的就是工农兵大众。直至《在延安文艺座谈会上的讲话》的发表，则标志着"工农兵文艺"的正式出现，此后"工农兵文艺"这一具有中国特色的文艺样式，经历了建国前的稚拙时期，以及建国后的"苏化"时期，直至"文革"走向了极端自我膨胀的非理性狂热期。可见，在当代中国大众文化蓬勃发展之前的革命文艺时代，文艺的娱乐之维始终是依附并从属于革命话语的，从根本上讲是为政治意识形态服务的。而革命文艺时代娱乐的政治依附事实上正导源于政治话语对于娱乐的需要。

首先，政治话语对于娱乐的需要既是文化传统相关规定性的延续，又是由人的内在心理结构，以及社会历史语境共同决定的。

"乐教思想"在儒家文艺观念中占有重要地位，儒家认为，"乐"能够更为切近地表达人的内心感受，通过以"乐"为媒介的"乐感"艺术浸染，人们就会更深切地在人伦之序的稳定性结构中体会到人间伦常之道，感受到此岸的欢欣，而道德身心也将在最大程度上得以修养与浸润，这事实上是一种关于道德修养的快乐价值观。然而，一直以来，由于缺少基督教意义上的彼岸世界宗教传统，中国的政治生活便与拥有准宗教地位的人间伦常相互缔结，"内圣"与"外王"相得益彰，"结果就产生出中国式的政教合一，伦理被视为政治，政治也被视为伦理"①。政治与道德伦理取得了同样神圣、不可撼动的地位，并与后者一样获得了通向于"乐"的必然性。而以人伦为指向的实用理性中蕴含的这种准宗教道德狂热，在上世纪近一个世纪的中国革命历史进程中得以体现，在

① 李泽厚著：《实用理性与乐感文化》，三联书店2008年6月第1版，第249页。

"五四"运动以来知识分子对"救亡"、"民主"的满腔热情中得以彰显。直至"文化大革命"时期，这种自"五四"以来便存在着的"热情有余"问题开始走向极致，一种准宗教般的政治狂热在走完了革命胜利的"第一步"后，又以"继续革命"的名义接续着夺取"文化领导权"的"万里长征"。在文艺领域，这种狂热则以"工农兵文艺"的特殊形式，表达着"俗"众对于被精心组织起来的意识形态化的高雅文化的无限崇敬，也体现了伦理政治对于"娱乐"的现实需要。

与此同时，政治话语对于娱乐的需要，与人的内在心理结构也有着极大关联。工农兵群体在以"革命"的名义出现之前，首先应该是以自然属性的"人"的面貌存在，拥有属人的类本质，而"娱乐"便是人性的基本需求之一。可以说，一般情况下，人之所以愿意接近文艺，就是因为文艺能够给人带来精神上的娱乐与消遣。从这个层面讲，工农兵群体也是需要娱乐的，这就构成了政治话语需求娱乐的一个重要的内在动因。但工农兵群体所接触的娱乐必须要经过政治话语的疏浚，也就是必须要接受政治化的艺术处理，从文艺"自律"的角度看，这虽然损害了文艺娱乐维度的自律性品格，但却是文艺的娱乐之维在政治意识形态话语空间中得以存在的一种必然选择。因此，政治话语对娱乐的需要乃是由文化传统定性和人的内在心理结构以及社会历史语境共同决定的。

其次，政治话语对文艺娱乐维度的政治化改造也是革命文艺时代的一个重要特点。

政治话语对于娱乐的需要这里面事实上隐含着一种洪子诚所说的"中世纪式"的悖论："政治观念、宗教教谕需要借

助艺术来'形象地'、'情感地'加以表现，但'审美'和
'娱乐'也会转而对政治产生削弱和消解的危险。"①在意识
形态一体化的严肃表情面前，任何稍稍具有感性愉悦属性与艺
术表现力的作品，都是不严肃、不诚敬的油滑之物，会潜在地
颠覆意识形态情感的纯净性与神圣性，应该被彻底剔除；然
而，被完全抽空"审美"、"娱乐"属性的所谓作品，又难以
有效地表达出革命话语抵抗物质主义、追求人类精神净化的超
越性冲动。因此，文艺娱乐维度要进入政治意识形态空间，就
必须接受政治话语的意识形态改造。从"革命历史题材"作品
展现出来的革命浪漫主义激情，到"革命样板戏"给人们带来
的革命快感的"高峰体验"，政治话语一次又一次践行了对于
文艺娱乐维度的政治化改造，成功地将革命的快感注入到了文
艺娱乐维度的肌体之中。

　　作为"工农兵文艺"的主要义项，"革命历史题材"作
品是政治话语对文艺娱乐维度实施政治化改造的主要成果。
在"革命历史题材"作品中，于1950至1970年间生产的一大批
"革命历史小说"首先肩负起了铺陈革命浪漫主义激情的历史
重任。从"这些作品在既定意识形态的规限内讲述既定的历史
题材，以达成既定的意识形态目的：它们承担了将刚刚过去的
'革命历史'经典化的功能，讲述革命的起源神话、英雄传奇
和终极承诺，以此维系当代国人的大希望与大恐惧，证明当
代现实的合理性，通过全国范围内的讲述与阅读实践，建构

---

① 　洪子诚著：《中国当代文学史》，北京大学出版社1999年8月第1
版，第203页。

（右侧竖排）
第三章　从政治本位到文化消费：当代文艺娱乐化问题的时代之变

（右下角页码）
105

国人在这革命所建立的新秩序中的主体意识"①。基于建国初期重塑革命主体意识的需要，这些作品大多被迅速改编为电影、舞剧、歌剧、话剧等多种艺术样式，甚至进入到基础教育语文课本中，从而形成了一套具有基始性与弥漫性的"革命历史话语"，以"工农兵文艺"的名义深入到了日常生活的罅隙之中，深入到了革命群众的灵魂深处。从《保卫延安》、《红日》、《红岩》、《林海雪原》、《红旗谱》、《青春之歌》、《上海的早晨》、《创业史》、《暴风骤雨》等革命历史小说，到《中华儿女》、《铁道游击队》、《烈火中永生》、《红色娘子军》等革命历史电影，都在一定历史向度上充满激情地谱写着新中国谋求新发展的宏大叙事。

　　这些"革命历史题材"作品遵循着"从失败走向胜利，从胜利走向更大胜利"的"革命进化论"创作模式，致力于营造一种乐观向上、劈荆斩棘，充满革命浪漫主义激情和远大理想的明丽精神氛围，进而将革命的浪漫主义激情与文艺的娱乐品性相换算，以审美的名义实现了对革命激情的艺术化改写。詹姆逊基于政治无意识层面对"快感"作出的肯定性评价，在这里却诡异地反转为意识形态话语对"快感"的有意识借用，前者看到了"快感"作为一种否定现实人际情感状态的宗教超越性特质，后者却是从理性化的思想情感出发，窥见了非理性的意识形态圣化潜能，实用理性传统在对"快感"的征服与转译过程中取得了阶段性胜利。

　　这种状况发展到"文化大革命"时期特殊的文艺样式

---

① 黄子平著：《"灰阑"中的叙述》，上海文艺出版社2001年1月第1版，第2页。

"革命样板戏"，则进入到了另一种"高峰体验"之境。鲁迅所说的"革命，革革命，革革革命，革革……"的循环革命论在夺取"文化领导权"的革命话语引领下被文学激进派进一步践行着。曾经率先肩负起"革命历史"经典化重任的"革命历史题材"作品，进一步遭到了不同程度的虐杀与重写，"十七年"文艺界中的大多数作家被当作"黑线人物"、"反动文人"受到摧残迫害，这些都表明了政治话语对文艺娱乐维度的政治化改造，在新的革命历史时期也有了新的变化。在这一时期，以"工农兵"大众为主体的"无产阶级文艺"对于倡导"写灵魂"、追求精神探索的文化精英群体，表现出了相当程度的敌视，但这并不代表他们对通俗文化中所蕴含的娱乐、消遣艺术属性的回归，相反，对文艺娱乐维度的政治化改造开始以更为整一化的面貌出现。

1966年2月，江青在林彪的支持下主持召开了"部队文艺工作座谈会"，会后发表了《林彪同志委托江青同志召开的部队文艺工作座谈会纪要》（以下简称《纪要》），指出要"坚决进行一场文化战线上的社会主义大革命"，要创造"开创人类历史新纪元的、最光辉灿烂的新文艺"，要"搞出好的样板"。在《纪要》所表达的走向一体化理想形态的激进文化思潮中，"样板"这一饱含着"大众化"、"可复制"、"易传播"等特殊意味的概念范畴，历史性地成为了这一时代统领文艺创作的核心词汇。在打造"样板"的过程中，戏剧在包括小说、诗歌、散文等在内的诸多艺术样式中居于中心地位。与其他文艺样式相比，戏剧特有的"场景化""角色化"特质与倡导"行动"的政治理性相得益彰，作为普通民众最主要的娱乐方式之一，它能够让接受者更直接地参与到文艺实践活动中来，使"样板"与革命群众保持更为紧密的关联，而小说、诗歌等更具"个人性"的文艺样式则因为难以形成某种成熟的模式，并且在接受方式上也缺乏集体性、整一性，而难以担当为无产阶级文艺提供"典范之作"的历史重任。可见，政治话语首先从文艺样式的选择上，就注意选择那些与工农兵大众的审美趣味较为接近，易于被他们接受的文艺样式，这无疑为政治话语对文艺娱乐维度政治化改写的顺利实施打下了良好的基础。

事实上，创造"样板"的活动在60年代初期即已展开，到了1967年，《红旗》杂志刊出了一篇名为《欢呼京剧革命的伟大胜利》的社论，首次使用了"样板戏"的说法，随后，《人民日报》发表社论《革命文艺的优秀样板》，列出了包括《红灯记》、《智取威虎山》、《沙家浜》等在内的"八个革命样板戏"名单。至此，革命"样板"的培育与普及工作便高潮迭起地开展起来。作为革命乌托邦想象与大众文艺形态相缔结的产物，"样板戏"利用京剧等传统文艺样式所具备的程式化特点，将政治伦理观念寓于脸谱化的人物及人物关系设计中，观念由此被符号化。这种程式化的创作思想在普及与传播"样板"的过程中得到了进一步贯彻，为了更加有力地树立起"样板戏"在公众中的"经典"地位，革命激进派除了组织"样板团"巡演、长年开办"样板戏学习班"外，还利用电影、书刊等传播形式对"样板"进行忠实地复制与普及，在"样板戏"综合本中，"不仅有剧本、剧照、主旋律曲谱，还有舞蹈动作说明，舞台美术设计，人物造型，舞台平面图，布景制作图，灯光配置说明等"①，以求样板移植工作能够在完全尊重"原始文本"的基础上深入展开。经过模式化、标准化处理之后的革命"样板"，成了政治意识形态建构一体化激进文化思潮的理性工具，革命信仰在将个体幻化为群众的过程中，取得了宗教意义上的神圣地位。

可见，"工农兵文艺"对戏剧等大众文艺形态的靠近，更多是出于一种革命策略上的考虑，而非单纯取悦大众，相反，娱乐、消遣性的增强恰恰会对作品中蕴含的政治伦理观念产生稀释作用，这也是早已被政治话语所参悟与警觉了的。以革命样板戏《沙家浜》的创编为例，《沙家浜》以汪曾祺根据文牧写就的现代沪剧《芦荡火种》基础上改编的同名京剧现代戏为"前文本"，在京剧现代戏《芦荡火种》中，故事主线是围绕着具有民间传奇色彩的一号人物阿庆嫂展开的，作为党的地下工作者，她"眼观六路，耳听八方，胆大心细，遇事不慌"（剧中人刁德一台词），并具有江湖中人与组织中人的双重身份。然而，正是这些增强作品消遣娱乐性的故事元素，却成了革命样板戏《沙家浜》的重点改编对象。根据毛泽东指示及江青讲话精神，1965年《人民日报》刊出文章《试评京剧〈沙家浜〉的改编》，文章指出，京剧《芦荡火种》"过分地强调了阿庆嫂地下斗争的作用，依靠智斗消灭敌人，解决战斗，而没有强调武装斗争的作用，因而不符合历史真实"②。于是，"以武装斗争为主""三突出""主题先行"等创作思想，就成了革命样板戏《沙家浜》的修改指南。原本处于陪衬位置的新四军战士郭建光被提到了一号人物的位置上，阿庆嫂被压缩成了二号人物，武装斗争相对于地下斗争的领导地位被突出出来，民间传奇对意识形态话语的依附性角色在艺术文本中得到了确认。汪曾祺在回忆当时的改编情况时写道，"'智斗'一场阿庆嫂大段流水'垒起七星灶'差一点被她砍掉，她说这是'江湖口'"①，整一、严肃的政治话语对鲜活、感性的民间话语的警惕、拒斥与改写之意可见一斑。

因此，作为一种服务于人民大众的文化，"工农兵文艺"虽然背负着通俗文化的外壳，但在骨子里却是意识形态一体化的产物，它以教育民众为最终指向，却缺乏主体意义上的审美娱乐属性，这事实上正是政治话语对文艺娱乐维度进行政治化改造的结果。据此，有学者指出，"无论从形式内容来看，还是从传播方式来看，'工农兵文艺'都是古典文化形态的一种形式"②，这样的论断不无道理。在实用理性异常强大的指向现实生成的"塑形"作用下，传统意义上游弋在雅文化周围、与其共存于同一社会时空中的通俗文化被召唤而来，将被意识形态精心组织起来的政治雅文化观念注入到通俗文化通俗娱乐性的形式框架当中，经由通俗文化长期积淀形成的认知定位和文化心理结构在民众中广泛传播，这事实上是以通俗娱乐的名义行"反通俗娱乐"之实，最终达到用政治雅文化塑建

---

① 汪曾祺著：《汪曾祺全集（第5卷）》，北京师范大学出版社1998年年8月第1版，第241页。
② 陈刚著：《大众文化与当代乌托邦》，作家出版社1996年9月第1版，第20页。

与熏陶大众社会心理的作用。

就这样，通过政治话语对文艺娱乐维度实施的政治化改造，文艺的娱乐之维成了依附并规定于政治的政治性存在。在这些作品当中，虽然不乏艺术成就较高之作，但却始终难以摆脱政治性凌驾于文学性之上的文学史命运，难以自绝于文艺审美娱乐功能依附于教化功能的思维定式。在这个政治被直接审美化的时代氛围中，审美娱乐与政治教化、感性愉悦与理性同一在高亢的革命呼号中相互撕扯着、借助着并消解着，但这终究是一场以意识形态话语为核心展开的游击战，非理性的势单力薄是早已被时代语境所框定了的。在革命政治话语强大的气场之中，娱乐对政治的依附乃是一种历史性的必然选择。

二、现代启蒙阶段：精英与大众的娱乐"合谋"（70年代末至80年代末）

漫长的革命历史时期随着"四人帮"的轰然倒台告一段落，现代启蒙时代的春风徐徐吹来，文艺的娱乐之维也开始从政治话语的束缚与改造中挣脱出来，憧憬着下一个春天的到来。20世纪80年代中国社会语境中的娱乐，乃是从娱乐的政治压抑中走出来的，从人性中极度渴求娱乐的原始本能中升腾起来的，带有批判色彩的娱乐。这个时代的人们在感性有待解放的娱乐氛围中，对上一个时代政治话语施加于文艺娱乐之维的压抑与束缚，进行着有力的批驳与改写。精英与大众在这个渴求除旧布新的特殊历史时期，以不同的方式共同践行着召唤娱乐复归的历史重任。

（一）精英文化的娱乐反魅

在现代启蒙阶段，精英群体对于文艺娱乐之维的召唤首先是以饱含着理性反思的方式展开的，他们在对于痛苦的沉吟般地回味中感受着战栗的愉悦，并借此呼唤蕴藏于人类内心深处的感性愉悦的复归。这种"痛并快乐着"的召唤方式，事实上是一种已经被时代异化了的心灵呈现，是上一个时代遗留下来的情感阴影的当下投射，是另外一种"乐"的异变。

1976年底由左倾激进派发起的旷日持久的"文化大革命"宣告结束，中国开始从狂热的革命语境中抽身，转而步入以经济建设为中心的历史新纪元。"新时期"是那个阶段文艺领域运用最为广泛的时间限定词，其中蕴含着与"文化大革命"时期相互断裂、相互诀别的强烈愿望。然而，历史的印记恰似一条割不断的脐带早已被植入人们的生命之中，成为后人思考与表达的起点。文革后初期，清算历史，书写历史记忆的"伤痕""反思"文学作品大量涌现，并在70年代末80年代初期达到高潮，这些作品以揭露文革灾难、追忆动荡岁月、反思民族心性为出发点与诉求点，反映了"文化大革命"这一悲剧性的历史事件为国人留下的心理伤痛。因此，有学者曾经以"受虐"来概括中国在20世纪70年代末80年代早、中期那个阶段的时代特征，"那个时代给人们留下的是历次政治运动中'挨整''受迫害'的记忆，以及一代人心灵的创伤、人格的扭曲"①，沉重、紧张、凝重是当时整个文艺界的情感基调。以文学创作为例，不论是以《班主任》（刘心武）、《伤痕》（卢新华）等为代表的"伤痕文学"，还是以《乔厂长上任记》（蒋子龙）、《沉重的翅膀》（张洁）等为代表的"改革文学"，以及承继并深化着"伤痕文学"传统的"反思文学"，这些作品大多以饱蘸着"文化大革命"记忆的晦暗笔调书写着作家们沉重的情感经验。即使是在80年代中后期出现的"文学寻根""现代派小说""先锋小说"等文艺潮流中，"文化大革命"遗留下来的精神印痕也是难以磨灭的，那些倡导"寻根"的"知青"作家们，他们对于文化传统的孺慕与探寻的冲动，可以从他们在"文化大革命"中被阉割的无知青春中找到答案；而以刘索拉、徐星等为代表的"现代派"作品，虽然在发表初期被誉为"真正的"现代派，但不久之后就在批评界引发了关于"伪现代派"的争论，因为，与其说他们是在以一种非理性精神表达着自己对现代社会的反抗，还不如说他们通过作品表达的是刚刚走出"文化大革命"阴影的一代人追求主体精神自由的时代情绪；还有那些主张"文体实验"的"先锋小说"，它们的"形式革命"，"它们对于'内容'、'意义'的解构，对于性、死亡、暴力等主题的关注，归根结底，不能与中国现实语境，与对于'文革'的暴力和精神创伤的记忆无涉"②。以至于人们在这一时期文艺的情感色调中很难寻得一抹亮色，当代文学史的编著者只能略带指出，"在80年代，能够以较为裕如和放松的笔调与风格来写作的作家并不多（汪曾祺可能是其中的一个）"①。

然而，娱乐乃是人性的一种本质需要，即使是在这种灾难过后哀鸿遍野的沉重氛围中也难以泯灭。在对于上一个时代遭受苦痛记忆的回味与反思中，书写者感受到的是批评的痛快淋漓，是另一个层面的精神愉悦。这样一种反思与批评的快慰，事实上也是知识分子文化特征的体现。随着"文革"的结束，从上世纪40年代起就受到政治势力打压与丑化的知识分子群体，终于取代了工农兵革命群众，成为文艺活动的主体。他们在创作中释放与宣泄着长期被压抑的情感与欲望，对准宗教化的圣王政治与领袖文化进行了充分的拆解与批评，从而掀起了80年代新启蒙运动的历史帷幕。这既是对"五四"时期知识分子文化传统的继承，也是中国士人传统中忧患意识的当代呈现。秉承着"以天下为己任"的入世理念，中国的知识阶层将生命实现的全部可能性都放置在儒家传统伦理的世俗框架内，80年代的启蒙思想者们更是将文艺作为介入社会、启迪国人的精神利器。

而在这种状态的背后，又事实性地潜藏着一种向被意识形态一体化所遮蔽与捣毁了的乐感传统复归的强烈渴望。有学者曾经指出，"中国古代的绝对王权统治与解放后30年的教条主义意识形态、个人迷信（以"两个凡是"为代表），使中国

---

① 洪子诚著：《中国当代文学史》，北京大学出版社1999年8月第1版，第250页。

社会带有'圣化社会'的特点"①。这样的概括大体不差。这一传统意义上的"圣人之道"为整个社会生活镀上了一层与西方世俗超越性意味宗教传统完全不同的、指向日常生活的政治宗教色彩，而"圣化"概念在十年"文化大革命"中则走向了极致。在那个极左思潮泛滥的年代，强大的政治理性在"亲不亲，阶级分"的呐喊声中对血亲家庭、人伦情感进行了无情的宰割，这同时也是对以世俗人伦为指向的乐感传统的否定与颠覆。但是，当这种理性全面压倒情感的极端状况随着"文化大革命"的结束而硝烟退去，以欢欣、快乐、消遣、享受为价值标的的现世乐感传统，便自然而然地在"伤痕""反思"等文艺思潮的挞伐声中悄然苏醒了。

于是，在文艺领域，出现了被誉为打响思想解放第一枪的话剧《报春花》，出现了引得全场笑声阵阵的讽刺话剧《白卷先生》，出现了以提倡婚育新风为题材的喜剧故事片《甜蜜的事业》。这些清新明快的文艺新作，既是那个时代思想境况的艺术映照，也可以被视为对"文化大革命"后沉闷情感色调的一种积极的"乐感"反驳。包括文坛中先锋派作家提出的、在中国小说界具有开创性意义的"叙事圈套"，以及朦胧诗派的异军突起，都以虚实交融、附丽象征的形式构组方式，表达了创作主体渴望摆脱思想束缚、获得精神自由的强烈愿望。有学者曾这样追忆当年的文坛盛景："辽宁虽地处东北，依然领风气之先，（辽宁大学）中文系78级四位女生阎月君、高岩、梁云、顾芳，跟踪搜寻、披沙拣金、荟萃精华、手

---

① 陶东风著：《社会理论视野中的文学与文化》，暨南大学出版社2002年9月第1版，第14页。

辽宁大学中文系78级部分学生　前排左起：高岩、梁云　后排左起：阎月君、顾芳（转自辽宁大学校友杂志《学缘》第43期）

抄整理，精心编辑了中国第一本《朦胧诗选》。""就是这本六毛钱的油印小册子，向世人展示了新时代的情感方式、精神方式和书写方式，让无数人兴奋不已，翘首以盼。一时间，全国各地纷纷发来求购信件，洛阳纸贵，一书难求。"①北大著名学者谢冕先生则为朦胧诗潮的来临写下了这样的文字，"封闭的时代业已结束。随着时代的开放而来的，必然是艺术的开放。""许多人都在这个'冬天里的春天'的美好季节中

---

① 宋伟：《中文系的"精神记忆"》，《学缘》2014第1期，第58页。

感受到了生活跃动的活
力。"①

　　刚刚从"文化大革
命"的噩梦中走出，秉承
着"五四"反传统的启蒙
批判精神，新启蒙思潮的
领导者们在进行深沉的政
治文化反思的同时，也表
达了对于个体感性欲求的
强烈肯定。在消解与批
判准宗教化政治文化的同
时，80年代的启蒙思想者
们引领中国社会文化，进
一步向着谋求感性解放

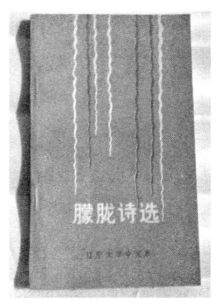

中国第一本《朦胧诗选》

的世俗文化方向迈进。有学者指出，"如果没有20世纪80年代
文化界与知识界对于准宗教化的政治文化、个人迷信的神圣光
环的充分解除，改革开放的历史成果是不可思议的"②。正是
80年代知识精英群体所倡导的思想解放运动，以及他们在文艺
领域所进行的积极探索，为以消遣娱乐为本位的大众文化历史
性前台跃居和乐感传统的当代复归开辟了道路。

———————
①　阎月君、高岩等编选：《朦胧诗选》，春风文艺出版社1985年11月
第1版，前言《历史将证明价值》
②　陶东风：《社会理论视野中的文学与文化》，暨南大学出版社2002
年9月第1版，第14页。

（二）文艺娱乐属性的大众复归

现代启蒙阶段的娱乐既是从政治压抑性娱乐或娱乐的政治压抑中走出的，带有批判性的娱乐，也是精英文化与大众文化共同制造的，以批判意识形态一体性驯化为指向的"娱乐"合谋。精英群体无疑为这一批判性娱乐精神的孕生创造了浓郁的思想氛围，而普罗大众的加入则使文艺的娱乐之维在对于既往的反思中，走上了向大众复归的道路。事实上，在上世纪80年代之前，中国既没有现代意义上的大众，也没有真正意义上的大众文化，在中国文艺领域居于主导地位的是完全意识形态一体化的革命群众文化，这种以政治意识形态为统领的文化形态所倡导的娱乐精神，并不是真正意义上的大众娱乐精神，乃是一种经过政治化改造的政治娱乐。只是新时期以后，在新启蒙思潮的冲击下，中国社会才开始由一体性文化向多元文化形态演进，精英文化与大众文化也才打破了高雅文化一统江湖、通俗文化偷安放吟的整一性格局，进一步从主流文化中游离出来，在反思与批判中共同营造出了一片新的感性活跃的艺术氛围。

首先，现代启蒙时代文艺娱乐属性的大众复归，是在知识群体提出的"人学"纲领召唤下，开始它对于政治压抑性娱乐的反驳与重建的。

正如陈晓明所说：大众文化"当时挂在知识分子的总体话语之下，宣言人性、个性解放，人道主义等主题"[①]，在反思"文革"的历史叙事中，有着漫长精神磨难史的知识分子群

---

① 陈晓明、张颐武、戴锦华等：《文化控制与文化大众》，《钟山》1994第2期，第186页。

体取得了文化权威的合法地位，他们提出的"人学"纲领也成为了统领新时期文艺精神的价值准则。在这一价值准则的统摄下，属"人"的娱乐史无前例地超越了政治性娱乐，在新启蒙的时代氛围中获得了合法性地位。它以一种感性活跃的娱乐品性，揭穿了政治性娱乐僵硬、呆板的意识形态整一化的时代面孔，其娱乐话语中蕴涵的批判性品格可能并不是那样的锋芒毕露，但在感性娱乐对于自身解放的渴求与尝试过程中，长期的思想禁锢逐渐冰释，革命时期意识形态话语绑缚在娱乐身上的压抑性政治话语被悄无声息地放逐乃至鄙弃了。

从日常生活中迪士高、卡拉OK等娱乐项目的流行，到1983年首届央视春晚和《乡恋》的解禁，在观众中引发的巨大的轰动效应；从电影《小花》冲破传统军事影片的题材禁区所表达的向美好看、向光明看的新情感诉求，到香港商业娱乐片《上海滩》、《射雕英雄传》为刚刚拥有"金星牌"黑白电视机的内地观众带来的情感愉悦，还有《加里森敢死队》、

李谷一在1983年央视春晚演唱《乡恋》

《佐罗》等译制片，以新奇的视觉刺激在人们心中激起对于那些震撼人心异国风情的无限神往。这些感性活跃的大众文艺文本在向着感性解放奔腾而去的过程中，将充满政治压抑性的娱乐话语搁置在了历史的滩涂上。

而台湾歌手邓丽君的到来，则将人性复归、感性解放的新启蒙时代文艺娱乐精神推进到了一个新的阶段，《夜来香》、《何日君再来》这样的流行音乐作品，直面人的个体生命与情感体验，进而获得了广泛的民间传播和大众的疯狂肯定，王朔就曾深有体会地说："听到邓丽君的歌，毫不夸张地说，感到人性的一面在苏醒，一种结了壳的东西被软化和溶解。"①还有后来的齐秦、罗大佑，港台流行音乐在那个再没人叫嚷要"割资本主义尾巴"的年代接连走进了人们的精神世界，还是借用王朔的话："他们给我的耳朵定了一个标准，就是好歌确实不仅仅是悦耳，也有那个文学性，即对人内心深处清脆的打击。"②可见，人性的时代性复苏为港台流行文化的涌入打开了方便之门，进一步深化了人们对于感性娱乐的认识，增强了批判性娱乐话语自绝于政治压抑性娱乐的决心和力度。

与此同时，受到港台以及异域大众文化神启的国产影视剧，也开始向着人性复归、感性解放的娱乐大势放手一搏。80年代中后期掀起的《红楼梦》、《西游记》等古典名著改编热

---

① 王朔：《我看大众文化》，转引自韩少功，蒋子丹主编：《在亚洲的天空下思想（作家立场卷）》，云南人民出版社2003年1月第1版，第33页。
② 王朔：《我看大众文化》，转引自韩少功，蒋子丹主编：《在亚洲的天空下思想（作家立场卷）》，云南人民出版社2003年1月第1版，第33页。

潮以独具中国特色的方式开启了文艺娱乐化的新篇章。与那个时代的心理节拍相互契合，大观园内的儿女情长消融着人与人之间的情感沟壑，九九八十一难之后的云开月明暗示着新生活的开启，没有大主题、大意义的宏大预设，也没有炫目的造型与特技编排，大颗粒感的创编思路带给人一种质朴、生活、充满俗趣的舒适感，它们的成功播出不但证明了经典的独特魅力与恒久的艺术品格，也表达了"久旱"之后的社会文化语域对于人性的渴求，对于感性解放的不懈追索。而80年代末90年代初50集电视连续剧《渴望》的播出更是为这一新启蒙时代的娱乐精神提供了进一步的艺术阐释。故事贯穿于从"文化大革命"那个社会动荡、是非颠倒的特殊历史年代到拨乱反正、改革开放新时期的整个历史时期，通过讲述几个年轻人复杂的爱情经历，将人们对于人生、人性的思考与大的时代背景有机融合，揭示了国人对于亲情、友情、爱情和美好生活的向往。可以说，《渴望》所体现的娱乐观正是对现代启蒙时期娱乐追求的代表性艺术展现，这是一种沉浸于人性复归、思想解放时代氛围之中的娱乐，是有血有肉有情有义的人对于经过政治抽象的人的否定，感性之乐由此消融在呼唤人性、亲情、真情复归的新启蒙社会理性之中。

可见，正是在倡导人性复归、批驳政治压抑性娱乐这一时代使命的召唤下，现代启蒙阶段的精英与大众才共同致力于，从过去僵硬的国家话语中将人的主体分离出来，将感性解放作为共同的时代性文艺诉求。与此同时，这两个层面的基本社会文化形态又是在相互交融中走向感性活跃状态的，从王朔对于港台流行音乐的感性认同中，不难读出知识分子所倡导的朦胧诗中包蕴的情感氛围，而《射雕英雄传》、《红楼梦》、《西游记》等影视文本中所蕴含的质朴的艺术气息与审美倾向，也在某种程度上承继了传统审美文化所倡导的"溶解性"审美娱乐特质。新时期精英文化与大众文化中蕴涵的娱乐话语正是在交融中、在对于既往政治压抑性娱乐的弃绝与批驳中取得了默契，达成了共谋。

其次，从拆解准宗教化意识形态的角度出发，精英文化与大众文化共同反对政治压抑性娱乐的文化合谋，乃是以社会文化发展的世俗化为最终指向的。

以历史主义视角审视，从中国古代的王权统治到建国后的教条主义意识形态，中国社会始终带有一元意识形态的"圣化"色彩，而始于80年代的这场以世俗化社会文化发展方向为指向的社会与文化转型，其所要消解的正是这种准宗教性的教条成规与国家意识形态。这一出发点与西方现代化意义上的世俗化是完全不同的，后者是"指从社会的道德生活中排除宗教信仰、礼仪和共同感的过程"①，是日常生活经验与宗教伦理相分离的过程，是从天国向人间的信仰拆解。

前者所经历的世俗化社会变迁虽然在大众对于日常生活幸福的热切吁求方面与后者有一定相似性，但大众文化在其间扮演的角色却有极大差别。肇始于20世纪80年代的中国大众文化与社会现代化的历史进程同步，它在对传统前现代享乐主义的纵向承领中，展现出一种消解准神圣化专制王权的现代意义，而西方现代大众文化的出现，事实上对已经被经典化与博

---

① ［英］亚当·库珀等编：《社会科学百科全书》，上海译文出版社1989年2月第1版，第680页。

物馆化的西方现代思想构成了威胁，其中所蕴含的带有颠覆现代性意味的后现代因素，以一种后现代极端世俗化的感性方式，营造出一种否定并超越现实人际的情感状态，进而在某种程度上实现了对西方宗教"罪感"传统的精神延续。可以说，西方的世俗化感性复归是针对现代性异化状况所做的现世批判与神性召唤，而肇始于新启蒙时代的中国世俗化社会变迁，在更大程度上是对准宗教性专制王权的现代性颠覆与世俗乐感复呈，前者是对现代性异化状态的解构与神性复归，而后者则是以批判准宗教性专制王权感性压抑与重建现世乐感为落脚点的。

　　事实上，这也正是"中国特色"的特色所在。在乐感文化的传统语境中，从来就没有真正超越性意义上的神仙、上帝以及彼岸世界，这些人世难以触摸的缥渺之物只有被镀上一层欢欣、愉悦的世俗乐感之后才能真正进入人们的精神视野中，真善美意义上的幸福人生常常要以一种大团圆的故事结局完满收场，向对于现世拥有无限期待的人们敞开怀抱。这既是传统文化语境下精英文化与通俗文化共同的精神诉求，也是深埋在当代中国大众文化之中的一种本体性娱乐精神。以至于80年代新启蒙时期，当知识分子高举起人性复归文化旗帜的时候，人民大众根本不需要任何心理转换就接受了这一精神诉求，并以大众娱乐的名义进一步将其向着充满人间伦常与世俗欢欣的方向推衍，而这原本就是民族精神和文化传统的重要元素。从《上海滩》、《射雕英雄传》、《红楼梦》、《西游记》，到邓丽君的流行音乐，直至《渴望》，可以说，这一时期的大众文化文本既代表了中国大众文化发展的初级阶段，也是最具中国特色的本土大众文化的精装本。在这个极左思潮灰飞烟灭、人性旗帜高高飘扬的特殊历史时期，在思想解放与文化热潮自上而下地波及社会生活各个角落的火热年代，当经济建设的列车刚刚启动，还未驶入消费社会的快车道之时，中国的大众文化在简单质朴而朝气蓬勃的时代氛围中，开始实践它饱含民族文化传统与艺术底蕴的通俗化、娱乐化发展之路。它虽然与西方消费社会语境下具有较强商品性与后现代特质的大众文化迥异其趣，因而难以被界定为纯粹意义上的大众文化，但却代表了一种更具中国特色的感性愉悦。它虽然在感性解放的力度以及文艺的娱乐化转型方面略显保守，但却记录着从政治压抑性中走出来的批判性娱乐的时代强音，在大众文化感性解放的历史丰碑上彪炳后世。以至于若干年后人们仍以其为

　　跨越新千年之后，逝去的不是陈晓旭，而是象征着民族审美品格的林黛玉

标准对经典重拍的过度娱乐化问题进行批评指责，对于这些亲历者们而言，跨越新千年之后，逝去的不是陈晓旭，而是象征着民族审美品格与感性解放欲求的林黛玉，是一种感性有待解放的新启蒙时代民族文化精神的流逝。从这个意义上讲，新启蒙时期文艺娱乐属性的大众复归也是一种以民族文化传统为背景、以世俗化感性解放为标的的文化探索，而感性娱乐经由这段时间小心翼翼的试探，终于在90年代之后喷涌而出，四流漫溢了。

最后，在新启蒙时代短暂的感性有待解放的历史画卷上，还有一抹介于精英娱乐的深沉与大众娱乐的活跃之间的似明非明、似暗非暗的杂色，那就是活跃于新启蒙时代末期的王朔以及他所标榜的"痞"性文学。作为新启蒙时代较有代表性的一种娱乐文学形态，"痞子文学"秉承了批判性的时代娱乐精神，从市井小民的视角出发，以反叛、嘲讽和玩世不恭的方式，表达了自身对于人生的"黑色幽默"式的思考。它否定既有社会于失序，它颠覆普遍接受的社会价值观，它以嘲讽人生的方式沉吟人生。可以说，王朔是在以一种"大众"的娱乐方式，以一种举重若轻的态度，对人生进行着"精英"式的思考，传递着一种更为有力的批判性娱乐观。

上世纪80年代中期，王朔开始在文坛崭露头角，如果忽略初出茅庐时的他在作品中流露出的青春的迷惘与幻想，那么80年代中后期弥漫在王朔作品中的正是那种逆反于权力话语的痞子精神。从《橡皮人》中参与非法倒卖汽车、彩电的"我"及"我"的狐朋狗友们，到《一半是火焰，一半是海水》中骗取纯情女学生感情，最终却良心发现，走向自我救赎的"我",以及《顽主》中开办"三T"公司,替人解闷、解难,替人受过的无业青年,还有《顽主》续篇《一点儿正经没有》中一群在万般无奈中玩儿起文学的游手好闲的年轻人。王朔刻画了太多市井中鲜活生动的痞子、群氓形象,看似市民文化的代言人,但骨子里念的却并不是一本"俗"经。正如有学者所指出的:"王朔的文本是后文革时期的文化反叛,他以平民化粗鄙化的文学方式完成了对伪价值、伪神圣的调侃、亵渎与颠覆。从这个意义上说,王朔的小说是一个具有纯文学意义的文化文本。"[①]从历史主义的视野出发,王朔的调侃式文本正是对那个荒谬时代的狂欢式回应,作为"大院文化"氛围中成长起来"大院子弟","王朔们"既在想象式的革命中风风火火地度过了自己将走资派"打翻在地,再踏上一只脚"的"红小兵"时代,又经历了"告别革命"之后成为街头群氓,过着坐在林肯牌豪华汽车里满街兜风的"阳光灿烂的日子"。所有这些经历造就了王朔固有的既反叛又缅怀的玩世不恭的姿态,以及他在作品中表达出的对于苦难、生活以及人性的"黑色幽默"式的思考。

这种"痞性"娱乐观伴随着王朔广泛而巨大的社会影响,经过刘震云、王小波等人的文学演绎,迅速汇聚成一股弥漫于80年代末90年代初充满智性品格的"王朔主义"[②]喜剧氛

---

① 宋一苇著:《审美视界》,辽宁大学出版社2002年7月第1版,第126页。

② 王一川将"王朔主义"界定为"通过王朔的作品和其他媒介行为呈现出来的以调侃去想象地反叛又缅怀权威、破坏规矩又自我扯平、标举又消解个人主义的精神。"王一川:《想象的革命——王朔与王朔主义》,《文艺争鸣》2005第5期,第44页。

围，甚至有评论家认为"这三个人代表了喜剧成就在20世纪中国文学史上所达到的高峰"①。从这个意义上讲，王朔的文学并不属于大众文化。恰恰相反，在王朔看来，"最不要思想的就是大众文化"，它们"只是社会大众一致要求的道德标准"，而"思想是发现，是抗拒，是让多数人不舒服的对人性本质和生活真实的揭露"②，是王朔作品中真正有价值的痞子精神。王朔的这段说辞事实上也是新启蒙时代娱乐精神的缩影，在这个感性有待解放、又亟须解放的历史时期，对此前政治压抑性娱乐的批判与反驳的艺术精神，贯穿于从小说到影视的各类文艺样式之中，潜藏于从精英到大众的多个文化层面之中，思想的力量事实性地主导着新启蒙时代文艺娱乐精神的走向。而王朔所质疑的"大众文化"更多地是指在消费社会语境中成长起来的以"资本"为指向的文化的大众消费形态，此种差别可见一斑。

在这个新旧交替、雅俗互化的特殊历史时期，王朔和"王朔主义"以其特有的"痞"性，成了娱乐批判性转型的见证人、推动者和思考者，而他那充满智性色彩的调侃文本，也由此成为了新启蒙时代批判性娱乐的典藏本，归入到了文学史的漫漫长卷之中。

---

① 摩罗：《喜剧姿态与悲剧精神——从王朔、刘震云、王小波谈起》，《社会科学论坛》2002第1期，第62页。

② 王朔：《我看大众文化》转引自韩少功，蒋子丹主编：《在亚洲的天空下思想（作家立场卷）》，云南人民出版社2003年1月第1版，第37页。

三、市场经济时代：娱乐话语的大众流溢
（90年代至今）

　　然而，新启蒙时代语境中精英与大众的娱乐合谋毕竟是在历史无意识的层面上展开的，伴随着始于20世纪80年代以拆解准宗教化意识形态为指向的社会文化世俗化发展进程的持续推进，新启蒙时代感性有待解放的娱乐经过一段短暂的试探与自我启蒙之后，终于乘着市场经济的东风肆意喷发出来，原本由知识精英把持的文化腹地，在大众文化感性趣味的强大攻势下变得危机四伏，而对这种转型时期文化状况进行时代性标的的一个典范性文本仍然是《渴望》。

　　在1989年之后持续两年的"反对资产阶级自由化"主流思潮统摄下，王朔和他的痞子文学一直被官方视为"自由化"的文艺表率之一种，也正是在这样一个消费文化"忽如一夜春风来"的重要历史结点上，大众文化向陷入困境的文痞王朔抛出了"媚眼儿"，于是，便有了"痞子文化"的"从良"之作《渴望》。

　　可以说，《渴望》既是新时期人性复归娱乐追求的代表性艺术文本，又是大众文化运作模式的产物，带有市场经济时代的娱乐胎记。从这个角度讲，《渴望》是接续新启蒙与市场经济时代娱乐精神的一个"混血儿"。据王朔回忆，"一进入这个剧组我就感到了这一次与以往的不同，大家上来就达成了共识：这不是个人化创作，大家都把自己的追求和价值观放到一边，这部戏是给老百姓看的。""什么是老百姓的价值观和

欣赏习惯？这点大家也无争议，就是中国传统价值观，扬善惩恶，站在道德立场评判每一个人，歌颂真善美，鞭挞假恶丑，正义终将战胜邪恶，好人一生平安，坏人现世现报"。正是在明确了游戏规则的基础上，几个率先嗅到大众文化味道的"文化人"，在根本没有剧本的情况下凑在北京香山的一个摄影棚里，按照工业化生产路线开始生产与中国的大众趣味相契合的大众文化产品，"所有角色的性格特征都是预先分配好的，像一盘棋上的车马炮，你只能直行，你只能斜着走，她必须隔一个打一个，这样才能把一盘棋下好下完，我们叫类型化，各司其职"①。也就是这样一个情节密度大、戏剧冲突多、人物个个走极端，严格按照大众文化铁律与大众趣味，批量生产出来的本土电视连续剧《渴望》，却把稳了大众娱乐趣味的脉搏，赚足了老百姓的眼泪，史无前例地创造了一个由本土"文化媒介人"缔造的收视传奇。

　　如果将《渴望》的成功放在90年代时代语境下审视，可以看到它是在社会转型期政治、经济、技术与文化等多个因素协同作用下发生的文化事件。首先是1989年的特殊政治背景促进了多元文化空间的建立，为感性娱乐的进一步解放创造了较为宽松的氛围；而社会主义市场经济建设也正在对"下一个春天"的翘首以待中积蓄着力量；包括以电视为代表的"新媒介"形态的日趋成熟与快速普及等等，这些都是《渴望》得以历史性地浮出水面的重要依托。于是，就有了王朔创作观念上的180度式的大众娱乐趣味转向，以及他将文学作为一种"技术活"的产业化"提

① 王朔：《我看大众文化》转引自韩少功、蒋子丹主编：《在亚洲的天空下思想（作家立场卷）》，云南人民出版社2003年版，第34—35页。

第三章　从政治本位到文化消费：当代文艺娱乐化问题的时代之变

《渴望》中的"王沪生"与"刘慧芳"

升"，就有了王朔与电视、电视剧以及各类大众传播媒介的亲密接触，有了他与大众以及正在兴起的民间社会的文化言欢，有了中国大众文化在大众文化发展史上的一席之地，有了市场经济时代娱乐话语的大众流溢，有了旷日持久的人文精神大讨论。

正如潘知常曾经指出的："当代文化的转型，主要与两个东西有关。其一是技术性的史无前例的介入，导致了技术文化的出现，其二是商品性的史无前例的介入，导致了消费文化的出现。它们推动了当代美学的转型。"①而这一切又都是在中国特色的历史语境下展开的，因此，从经济、技术、文化传统等多个视角对90年代以来的文艺娱乐化问题进行横向考察，就是一种重要而必然的选择。

---

① 潘知常著：《美学的边缘——在阐释中理解当代审美观念》，上海人民出版社1998年11月第1版，第123页。

（一）经济助推下的娱乐新世纪

1992年，改革开放总设计师邓小平视察中国南方城市，并发表了著名的"南方谈话"，标志着中国的改革开放进程经过一段时间停滞之后又踏上了深入发展市场经济的新征程。可以说，市场经济体制的确立和发展以及30余年改革开放进程，不但加速了商品意识向社会各个领域的渗透与蔓延，也实现了对当代中国文艺结构与基本面貌的整体性改造。随着文艺体制改革的逐步深入，逐渐脱离意识形态话语权力控制的文艺娱乐之维，经过短暂的感性积蓄之后，开始乘着"文化消费"的东风向着感性活跃的娱乐新世纪飞升。

需要指出的是，当代意义上的市场经济、消费文化都是西方社会历史语境下的产物，与晚期资本主义社会中的享乐主义思潮有着必然的文化同契性；而发生在当代中国文艺领域中的娱乐化现象，又是"世界经济一体化"格局下多元娱乐文化共存共荣的结果。因此，可以从晚期资本主义享乐主义文化逻辑和全球多元娱乐文化视角出发，对经济助推下的当代中国娱乐盛世做进一步理论剖析。

首先，晚期资本主义社会中的享乐主义思潮，与当代中国社会以及文艺领域的感性活跃状况有着必然的文化同契性。

正如丹尼尔·贝尔所言，资本主义实际上有双重起源，即韦伯所说的禁欲苦行的"宗教冲动力"和桑贝特所说的贪婪攫取的"经济冲动力"，随着资本主义的发展，20世纪50、60年代，后者在对消费社会热情拥抱中迎来了享乐主义迅速膨胀的娱乐新世纪，并乘着"经济全球化"的资本快车在世界范围内蔓延。而社会主义市场经济体制在中国的确立，使"重义轻利"的前现代消费伦理和具有数十年历史的计划经济体制，受到了前所未有的观念性冲击与思想改造，也将重消费、重享乐的晚期资本主义文化逻辑输入进来。这种"向享乐奔腾而去"的世纪末热潮，在日常生活领域呈现为以演歌厅、高档洗浴中心等为代表的享乐行业的大规模兴起，在文艺领域则体现为艺术活动主体对"个人化""欲望化""娱乐化"感性活跃与感性满足状态的热切追逐，以及个体性"欲望叙事"对此前被意识形态话语垄断了的"宏大叙事"的颠覆与超越，文艺价值功能体系中的娱乐属性由此得到了前所未有的凸显。

　　这种以世俗社会为指向的文艺娱乐化浪潮，在初期表现为"痞子文人"王朔的大红大紫以及各类大众文艺的共时性繁荣。正如"为人精明"的王朔以一部《渴望》开始了他技术化、流水线化的大众文化转型，电视剧、电影、流行音乐等主要的大众文艺样式成了市场经济时代文化人自我推销的强有力的广告媒介。从"琼瑶剧"中斩不断理还乱的儿女情长，到"金庸剧"中快意恩仇的侠肝义胆，正如学者金国华在当年的一篇评论文章中指出的，"浓稠的'情'与'爱'最终发挥了与'侠'的主题相近的功用，即受众的自我迷幻。生命的痛苦暂时隐遁，对于痛苦的感受性日渐迟钝，批判的美学让位于故作轻松的存在"[①]。一时间，一种以市场为指向的迎合大众趣味的感性情绪，在市场经济体制确立之初的中国社会中弥漫开来，从引文的字里行间也可以体会到，这种由文化工业营造出

---

① 　金国华：《当代大众文艺：反拨、沉沦与拯救》，《文艺理论研究》1992第1期，第67页。

来的失衡于传统的感性氛围引起了知识精英群体的警觉与义愤，并最终在文化界引发了一场声势浩大的"人文精神大讨论"。事实上，"人文精神大讨论"的真正所指并不是王朔式"玩文学"中蕴含的价值虚无主义以及大众文艺中感性弥散的现实境况，而是商业化浪潮冲击下知识精英阶层文化主导地位的日渐丧失与大众趣味的中心化跃居，是在当代中国历史语境中发生的一次审美文化对以感性活跃为特质的大众文化的大规模反攻。然而，市场经济体制下文化的分流化、多元化发展方向是早已被时代语境规定好了的，始于新启蒙时期的主流、精英、大众文化三足鼎立的文化格局在消费文化基本发展成型的市场经济语境下愈发清晰。虽然1993—1995年间关于"人文精神"的论争由于理论立场与言说对象的错位而难以形成某些共识性的结论，但不同文化形态间的差异与矛盾却得以呈现。刚刚实现了政治大逃亡的文艺领域转而埋头于市场经济体制下的产业性延展，文艺在走向大众的同时，逐渐形成了一个精英与大众、正统与民间并列而行又相互交融的文化场域，而驻足于大众层面的文艺则在市场经济语境下循着被消费社会内化了的享乐主义逻辑，向着众神狂欢的"娱乐新世纪"一路狂奔。

其次，发生在当代中国文艺领域的娱乐化现象，还应该是"世界经济一体化"格局下多元语境中娱乐文化共存共荣的结果。

自1992年国务院将文化事业正式列入第三产业以来，"文化"在中国作为一种以资本为指向的"产业"就逐步向世界敞开了怀抱。延续着80年代在大陆的良好开局，港台大众文化产品更是借着政策的东风，在跨世纪的数十年光景里向大陆文化腹地进行了大规模输入。先是90年代初期金庸剧、琼瑶剧掀起的收视热潮；而后是《戏说乾隆》引发的"戏说爆炸"，以及此后国内电视剧领域包括《康熙微服私访记》、《铁齿铜牙纪晓岚》在内的持续十余年的"清宫戏"热潮，还有后来以谐趣、戏说为主打的《还珠格格》所掀起的新一轮琼瑶热，这些也不能不说是延续了此一路线；而以《大话西游》为开端，由"无厘头电影"鼻祖周星驰引发的以改写与戏说经典为基本特质的"大话文艺"热，更是从文艺圈蔓延至以《水煮三国》、《孙悟空是个好员工》等为代表的经济管理类畅销书领域，其特有的戏拟、拼贴、混杂等后现代叙事方式，甚至影响到了后来包括《武林外传》在内的大批本土影视作品，形成了一种蔚为壮观的跨世纪"大话"风潮。还有李安执导的《卧虎藏龙》所取得的骄人桂冠与票房佳绩，更是催生了《英雄》、《无极》、《夜宴》、《十面埋伏》等一批古典武侠片，这些逐潮之作在艺术上虽然广受诟病，但它们对中国电影经济的贡献以及对文化娱乐产业的推动作用却不可小觑。2005年，乘网络东风而来的台湾综艺娱乐类节目《康熙来了》，使妖妇"小S"与读书人蔡康永成了新世纪大陆娱乐文化的先锋符号，大陆各地方电视台开始争相推出同类节目，从《娜可不一样》、《娱人码头》、《太可乐了》到《快乐大本营》等等，形成了一股综艺娱乐风潮，深刻地影响着大陆的电视制作。

　　1995年，广电部下发文件，决定"每年引进十部基本反映世界优秀文明成果和当代电影艺术、技术成就"的好影片，就此为好莱坞大片的中国淘金之旅开启了尘封已久的大门，此后，《阿甘正传》、《真实的谎言》、《泰坦尼克号》、《侏罗纪公园》、《拯救大兵瑞恩》、《哈利波特》等众多好莱坞影片的上映，都会在中国观众中引发节日般的轰动效应。正如有学者指出的，"那些贴着好莱坞标签的娱乐艺术征服全球大众不是因为好莱坞而是艺术化的娱乐本身"，这一切秘密就在于"他们总是企图掌握大众文化、大众哲学，通过成功和失败不断测试大众的体验内容，从而最终确定自己的方向"[①]。拥有多年市场征战经验的好莱坞电影凭借一套成熟的娱乐产业化发展模式成为了本土电影商业化进程的引路者，它的到来不但为中国电影产业带来丰厚的利润，也使国人分享了好莱坞电影娱乐艺术带来的感官体验，影响着他们的娱乐品位。当然，除了好莱坞大片，还有由日剧《东京爱情故事》（1996年在国内播映）和韩剧《爱情是什么》（1997年在国内播映）引发的哈韩哈日风潮，也以言情狂欢派对的叙事方式令国人欲罢不能，他们共同影响着当代中国的大众娱乐趣味。

以上所说的不论是纯粹的文艺现象还是泛化的文化现象，不论是港台还是欧美、日韩的大众文化产品，都事实性地在大陆构成了一种遵从发达地区文化工业生产模式的商业化氛围。毕竟，经过市场验证了的阿多诺意义上的"标准化"的文化工业生产模式才是保证文化资本增繁的捷径，要在"告别革命"的失乐废墟上建立起一座雄伟的"娱乐"产业大厦，"借鉴"是必要的，而港台、欧美、日韩大众文化产品中蕴含的较为成熟的娱乐特质，作为增强产业竞争力的一种重要手段

---

① 蓝爱国著：《好莱坞制造：娱乐艺术的力量》，宁夏人民出版社2007年1月第1版，第23—24页。

也被快速地吸纳进来。

第三，在这种由多元文化共同营造的娱乐工业语境中，本土文艺领域也在"大力发展文化产业"时代浪潮的推动下恰逢其时地"娱乐"了起来，并且在资本的助推下，营造出一派以"奇趣"取胜的文艺娱乐化氛围。

从主打"快乐"王牌的赵氏小品以及本山传媒的快速崛起，到以"美学逆反"颠覆"歌颂体形式"的相声演员郭德纲以及由他领衔的民间曲艺团体"德云社"，还有融各派冷面滑稽于一体的海派清口创始人、"上海活宝"周立波；从《编辑部的故事》引发的延续至今的"情景喜剧"热，到以电影《甲方乙方》起家的"冯氏"贺岁喜剧；从音乐评书《东北人都是活雷锋》掀起的网络FLASH动画风潮，到《老鼠爱大米》、《爱情买卖》、《忐忑》等通俗音乐作品的网络窜红；以及由《超级女声》的成功举办而引发的电视综艺节目选秀热。在上世纪90年代至今的数十年时间里，文艺以其固有的娱乐属性为文化产业的发展开掘出了一座又一座的金矿。

而这种以世俗享乐主义为指向的大众娱乐信条在市场经济的润滑作用下正广泛渗透到文艺领域的各个角落，精英文学的"泛大众化"现象就是一则典型例证。而精英向大众靠拢的娱乐症候更在于，它营造出一派以"奇趣"取胜的文艺娱乐化氛围，这里既有好奇心的涌动，又有性意识的唤起，使经济助推下的娱乐新世纪呈现出一派新奇的娱乐气象。

先是贾平凹的长篇小说《废都》在1993年6月问世了，这部抓住了时代潜意识的饱受争议之作，在与商品知识分子的精神颓废史取得共时性契合的同时，又与当时那个历史场域中人们对性话题的极大热情和性感的时代性勃发相投合，进而赢得了巨大的社会影响和商业上的成功。在市场经济的冲击下，作家的社会身份与以往有了极大的差别。大多数文学写作者脱离了主流意识形态的规训，成为了一个个游荡在市场之中的自由个体，由此造成了知识分子群体的进一步分化。作为知识阶层阵营分化的产物，《废都》以反讽的娱乐笔法，对知识分子精英地位及其自命清高的生命状态进行了否定，并在性意识的唤起方面进行了大胆的文学尝试，这些都为《废都》赋予了一重替大众娱乐趣味去精至华的时代意义。《废都》虽然招致了来自知识界的最为严厉的批评，但却因"奇趣"得以彪炳当代文艺史册，受到大众的推崇，进而成为当代文艺娱乐化的典范性文本。

还有当时位居畅销作品榜首的《北京人在纽约》、《曼哈顿的中国女人》等"留学生文学"，虽然以媚俗、刻意取悦大众、迎合市场为由招致批评界的不满，但却在娱乐与媚俗中实现了对于新奇之事的呈现和同人意识的唤起，进而牵动起大众的猎奇之趣，充分实现了自身的娱乐价值。

新千年伊始，这股追寻"奇趣"的娱乐之风更是以"性趣"的名义甚嚣尘上。2000年，冰冷沉寂的中国诗坛爆发了一件大事——《下半身》丛刊创刊，这一事件以"身体"的名义为新世纪文坛标注了关键词。"下半身"写作的"开先河者"沈浩波在《下半身》创刊号的发刊词中写到："所谓下半身写作，指的是一种坚决的形而下状态。对于我们而言，艺术的本质是唯一的——先锋；艺术的内容也是唯一的——形而下。""承担和使命，这是两个更土更傻的词"，"让这些上半身的东西统统见鬼去吧，它们简直像肉乎乎的青虫一样令人腻烦"，"而我们更将提出：诗歌从肉体开始，到肉体为止"[①]。与其他艺术形式相比，诗歌虽然以其较弱的商业化品质而难以与经济效益取得更为切近的关联，虽然"下半身"写作的倡导者一再强调自身进行艺术革新的先锋立场，但发起者的积极炒作及其对于"上半身"的刻意颠覆则反射出了一种时代的文化姿态，即消费主义时代"下半身"崇拜的畸形裂变，进而宣告了"身体叙事"的新世纪走向。除了爆发于诗坛的"下半身"写作，千禧年间出现的以卫慧、棉棉等"美女作家"为代表的"身体写作"，以及木子美和《遗情书》的横空出世，都在一步步地将文学对于感性之躯的探寻推向娱乐化、消费化的猎奇之境。而对于"欲望"毫不避讳的木子美也"一夜之间"得到了来自"欲望"的最为丰厚的馈赠，名利双收，最终实现了对文学史的消费主义改写，其特有的"丰碑"意义难以磨灭。

可见，"奇趣"与"性趣"的当代文坛凸显有着深刻的消费文化背景，当代文艺的娱乐化转向是在市场经济语境下展开的，是在资本的助推下提速的，是在既有的社会结构中进行的。当然，还有文学性的扩散以及日常生活审美化等新世纪文化景观，都共同印证了消费文化语境下文艺的去精英化取向，及其以世俗享乐主义为指向的大众娱乐氛围在当代中国的广泛蔓延，标志着文艺由"生产"向"消费"、由"载道"向"娱乐"的时代性转变。

---

① 杨克主编：《中国新诗年鉴2000》，广州出版社2001年7月第1版，第545—546页。

（二）媒介娱乐主义的时代转换

在当代文艺娱乐化转向的过程当中，媒介文化无疑扮演着极为重要的角色。美国媒介文化研究者波兹曼，曾经在他的著作《娱乐至死》中从媒介文化的视角出发，极具概括性地描摹了美国媒介文化的转换过程，即由印刷业开创的"阐释年代"已经让位于由电视开创的"娱乐业时代"。随着大众传播媒介"全球一体化"进程的推进，由媒介变迁引发的文化代际更迭也成为了当代中国文艺娱乐化发展过程中难以回避的理论题域。因此，从媒介变迁的视角出发，对当代中国文字媒介时代、电子媒介时代以及数字媒介时代中蕴含的娱乐症候进行历时性解读，将有助于进一步揭示市场经济时代娱乐话语大众流溢的时代动因。

首先，由视觉文化主导的"电子媒介时代"对以阐释性为文化特质的"文字媒介时代"的欲望化改写，成为媒介娱乐主义时代转换的先声。

回首20世纪80年代中国的文化现场，那是一个印刷媒介独领风骚的时代，书面文字享有绝对的文化霸主地位。正如"没有批评，哲学就无法存在"①，书面文字将思想以语言的方式凝固下来，以便接受后人持续而严格的审查，哲学家、修辞学家、科学家才由此诞生；而几乎每个曾经对阅读过程进行过深入探讨的学者都承认，"阅读过程能促进理性思维，铅字

---

① ［美］波兹曼著，章艳译：《娱乐至死》，广西师范大学出版社2004年5月第1版，第15页。

那种有序排列的、具有逻辑命题的特点"①，能够培养读者对知识的分析管理能力。在那样一个由"文字"主导的"阐释年代"，国人逐渐形成了一种理性、严肃、善思的社会性格，由此营造出一种颇具审美主义品格的时代风尚，而文艺的娱乐维度则在审美文化的视野中散发着特有的智性气息与反思性品格，本土大众文艺正是在这种简单质朴而朝气蓬勃的时代氛围中，践行着它饱含民族文化传统与艺术底蕴的通俗化、娱乐化发展之路。

然而，这样一个短暂的由文字主导的"阐释年代"最终随新启蒙时代的落幕一同逝去了，取而代之的是由新媒介统领的"娱乐业时代"。这首先是一个波兹曼所说的用"看"取代了"读"的时代，或者说"读图时代"，海德格尔意义上的"世界图像的时代"、本雅明所说的"机械复制的时代"、托马斯·米歇尔的"图像转向"，以及鲍德里亚的"仿像"等，都是对这个时代的理论诠释。在这个以"眼见为实"为认识论公理的"眼睛美学"时代，康德意义上的传统审美文化对超越性精神理想的追求，蜕变为可以体而验之的世俗感官享乐，日趋形成了一种浓重的"媒介娱乐主义"氛围。而媒介对于欲望化、性感化、奇观化的娱乐产品的热切追逐，实际上又受到资本主导下的享乐主义文化逻辑的支配。在"收视率""点击率"决定成败的媒介空间，"好玩儿""有趣""新奇""刺激"的感官享乐逻辑早已衍变成了一种具有消费意识形态规约性质的媒介娱乐主义信条，有学者就曾直

① ［美］波兹曼著，章艳译：《娱乐至死》，广西师范大学出版社2004年5月第1版，第67页。

截了当地指出：“媒介娱乐化的背后实际上是商业利益的驱动，媒介娱乐主义实际上是媒介商业主义的委婉表达”①。对于传媒机构而言，既然视觉快感的尽情编织能够在最大程度上吸引受众的眼球、实现媒介资本增繁的时代使命，那么它就必然地成为了媒介商业主义对商品性进行甄别的重要标准，文艺自身所具备的娱乐属性也正是在这重意义上被空前强化的。

让我们以文学作品的影视剧改编为例，来解读一下在媒介娱乐主义时代文艺娱乐属性空前凸显的价值转换过程。1988年，被称为“王朔电影年”，《顽主》、《一半是火焰，一半是海水》、《大喘气》以及《轮回》四部由王朔小说改编的电影被搬上银幕，由此掀起了中国影视大规模娱乐化的第一个浪潮。而中国当代文学与影视的大面积接触是从20世纪90年代初开始的，从《大撒把》、《北京人在纽约》、《爱你没商量》、《海马歌舞厅》、《过把瘾》等电视剧的热播，到世纪

　　《大喘气》（导演：叶大鹰；原著《橡皮人》）　　《轮回》（导演：黄建新；原著《浮出海面》）

① 赵勇著：《大众媒介与文化变迁》，北京大学出版社2010年1月第1版，第240页。

《顽主》（导演：米家山；　　　　《一半是火焰，一半是海水》
原著《顽主》）　　　　　　　　（导演：夏钢；原著《一半是火焰，
　　　　　　　　　　　　　　　一半是海水》）

末贺岁片浪潮的涌起，正如有评论家指出的，如果说此前社会与文坛对"娱乐片"改编颠覆文艺"载道""教化"功能的做法还持有异议，那么当追随者日众、浪潮迭起之时，人们的接受心态已趋平和，以至于"进入新世纪，对文学的影视娱乐化现象已没有人再用'浪潮'来比喻，因为文学的影视娱乐化已成为常态"①。

　　当然，这同时也是一个渐进的过程，期间的价值转换可以导演张艺谋的电影创编之路作以剖析。张艺谋与文学的机缘

<hr />

① 　高楠、王纯菲著：《中国文学跨世纪发展研究》，人民文学出版社2008年1月第1版，第83页。

始于1980年代中后期第五代导演集体出击以及先锋作家横空出世之时，从《红高粱》、《菊豆》、《秋菊打官司》到《大红灯笼高高挂》，双方在精神气质与价值理想方面的同契性关系，使莫言、刘恒、陈源斌等作家与导演张艺谋之间的交往合作，呈现出"文学性"主导视觉艺术的审美文化特质。以小说为艺术文本的精英文化中所蕴含的丰沛的精神诉求，借助于精英化的视觉艺术形式得到了进一步传播，这事实上也是高雅艺术对于自身艺术阵地的守护，艺术活动主体利用在人们心中尚存的传统艺术观念和对于现实主义的留恋，成功地营造了艺术理性的娱乐氛围，从而为长期浸淫于"教化"之途且先天贫血的中国电影注入了艺术生机。

但随着新启蒙时代的落幕与视觉文化时代的来临，在享乐主义消费伦理的宠信下日渐"抖擞"的影视艺术却摇身一变成了"艺术母体"，将文学拉下了价值主导者的宝座。先是1993年，苏童、格非等六位作家应张艺谋之约为其即将开拍的电影《武则天》撰写同名小说作为改编底本，以完成他的商业诉求和另外一种更为隐秘的拍摄动机——让他的心上人巩俐当一次女皇①，算是为其他作家做了一次重要的示范。随后，代表着视觉文化的"张艺谋趣味"便开始以强烈的故事性、情节性和浓重的暴力、性爱、色情色彩，践行着对于文学写作的逆向化改写，与文学性日渐远离的财大气粗的张艺谋电影，也由此沉迷于《英雄》、《十面埋伏》等构筑的"武侠童话世界"之中不能自拔，文学写作开始向着"技法剧本化""故事

---

① 参见黄晓阳著：《中国印象：张艺谋传》，华夏出版社2008年8月第1版，第157—161页。

通俗化""思想肤浅化"①的方向演进。正如布鲁斯东所说："小说是一种理念的、推理的形式，而电影是一种视象的、表演性的形式"②，后者"只能以空间安排为工作对象，所以无法表现思想；因为思想一有了外形，就不再是思想了"③。布鲁斯东对于电影媒介的这番高论事实上也适用于包括电视在内的其他类型视觉文化介质，视觉文化的当代崛起就在于它能够为消费社会中疲于奔命的普罗大众，提供无须思想转换即唾手可得的视觉快感与情感宣泄，文艺价值功能体系的感性娱乐之维也正是在对视觉消费潮流的共时性攀附中空前凸显出来了，而精神价值维度上的思索与超越则在众声喧哗的媒介娱乐主义氛围中被无声地稀释了。

包括2003年，广西"晚生代"作家与电影界的亲密接触和集体"触电"；以及《手机》、《我叫刘跃进》、《天下粮仓》、《康熙王朝》、《大腕》、《黑洞》、《赵氏孤儿》、《非诚勿扰》、《建党伟业》等"影视同期书"的大面积绽放，也都暗示着影视逻辑对于文学的渗透与改写已经成为了一种不可逆转的文艺趋势。而在如此浩荡的消费性影视文学文本之中，由作家刘震云和影视导演冯小刚联手打造的《手机》，可以说是当代文艺娱乐之维由传统艺术情景向市场式大众趣味情境转型的又一标志性建筑。作为当代文坛的重要人

① 赵勇：《影视的收编与小说的末路——兼论视觉文化时代的文学生产》，《文艺理论研究》2011第1期，第117—119页。

② ［美］布鲁斯东著，高骏千译：《从小说到电影》，中国电影出版社1981年8月第1版，（序言）第2页。

③ ［美］布鲁斯东著，高骏千译：《从小说到电影》，中国电影出版社1981年8月第1版，第51页。

物，刘震云来自农村，落脚城市，从《塔铺》、《新兵连》到《单位》、《一地鸡毛》，刘震云通过对现实生活的真实描摹，以乡土作家素有的深沉与审慎，表达了一种"中国式的痛苦"和对于当下人生的冷面思考。然而，就是这样一个文学圈里的非通俗作家，在与知名商业片导演冯小刚的强强联手中转变了路数。《手机》首先在创作过程上遵循一种反常规的运作模式，刘震云先是以编剧的身份写出电影剧本，而后又在电影剧本的基础上编辑成书，这种逆向化的运作方式使小说版《手机》变得更像是影视艺术的附属品，至少从形式上成了冯小刚与刘震云、文学与影视相互借助、相互撕扯、相互妥协的产物。事实果真如此，刘震云在《手机》中一改以往深沉、审慎的书写风格，极尽调侃、嘲讽、媚俗之能事，在两性之间那点小事情上猛作文章。虽然他也希望提升作品的文化品位，进而在高度现代化面前摆出农业社会的道德关怀来展现作品的思想深度，但既然先期被纳入冯氏贺岁片的趣味框架之中，就必然要遵从冯氏贺岁片的价值水准和文化档次。于是，原本植根于社会道德领域中的婚外恋问题被简单地归咎于一个小小的手机以及由其引发的一串串闹剧，被归咎于农村人与城里人之间的道德对比上，被简化为"农业社会好"还是"工业社会"抑或"后工业社会"好的一道单项选择题。冯氏贺岁片成功地以平民化、生活化的审美趣味使《手机》得以简化，展现了影视艺术视觉思维的直观化特质，也宣告了电子媒介时代大众趣味的又一次胜利。在这里，先前为人们普遍接受的生活秩序及其由文字媒介建立起来的艺术表现被"视像的快感"解构了，这是事实上也是纯艺术被大众趣味解构的一种艺术体现。

其次，如果说单纯的视觉快感是电子媒介时代的娱乐逻辑，那么当跨越千禧之年的中国传媒业进入到数字媒介时代，以网络媒介为代表的"比特娱乐"逻辑则进一步实现了对媒介娱乐主义的精神改写，成为统领新世纪文艺娱乐化之路的先锋力量。

"数字革命传教士"尼葛洛庞帝曾经在他的《数字化生存》一书中描绘出了从原子到比特（bit）的数字化社会发展图景，在他看来，以期刊、书籍等原子形式存在的信息传播方式是机器化大生产时代的产物，而在后工业时代，以比特为基本信息单位的数字技术则取代了原子成为信息传播的主导因素。然而，数字化变革的意义并不仅仅在于介质的变换，更重要的是由此引发的文化思维方式的改变。以比特为基质的数字化新媒介与当代一种具有弥散性的后现代文化症候有着某种程度上的精神同构性，它所具有的以边界融合、距离感消逝、深度模式抹平等为表征的巨大消解力量，正是比特逻辑的文化表达，当这种无远弗届的媒介力量与文艺的重要特性之一"想象性"相遇，后者便有如神助般地摆脱了一切束缚，满世界撒欢儿去了，网络文学、网络恶搞、网络音乐等网络艺术形态正是借此东风开启了"想象力娱乐"的媒介娱乐主义新篇章。新千年之后，中国的互联网告别了上世纪末的起步阶段进入到一个新的繁荣时期，中国的网络艺术也正是在此期间步入了比拼"想象力"的娱乐新世纪。

以网络文学为例，中国网络文学的星星之火燃起于20世纪末叶"榕树下"等原创文学网站的勃兴时期，但固守纯文学理想的"榕树"们却在市场经济的沃土中日渐枯萎。而2004

年，"起点中文网"的崛起则开启了原创文学网站商业化转轨的时代序幕，商业性的全面注入不但使网络文学的发展获得了新的活力，而且确认了"点击率"决定成败的网络法则，进而从根本上改写了网络世界的艺术规则。自"起点"为文学网站的发展确立了一套行之有效的商业运营模式，网络写手的热情得到了极大的调动，读者与作者的数量开始急剧膨胀，网络文学也就此进一步向着类型化、玄幻化的方向发展。从灵异、网游、都市言情，到历史架空、体育竞技，遵循读者的阅读取向并参照较为成功的人气作品，网络文学逐渐形成了几个大的写作门类，而贯穿于诸多门类之中的则是一股历久弥新的玄幻之气，从《诛仙》、《小兵传奇》到《鬼吹灯》，主要人物动辄穿越千年来到故国异境，要么个个上天入地、法力无边，可谓

《诛仙》作者萧鼎：写网络小说是为了发泄（北京晨报，2014.11.9，A23版）

极尽装神弄鬼之能事。早有论者指出，表面看弥漫于网际的玄幻之风与《西游记》、《封神榜》等古典志怪小说及传统武侠小说之间虽然存在渊源，事实上却有本质差别。后者在描写魔法妖术的同时却包含着深切的人文关怀，在传统道德价值的控制之下践行着较为稳定的价值判断标准；而前者则在想象的"无根"状态中走向了"为装神弄鬼而装神弄鬼"，将"装神弄鬼作为一种掩盖艺术才华之枯竭的雕虫小技"[1]。那么新世纪的网络文学何以沉迷于玄幻？这仍然要从媒介及媒介娱乐主义的时代转换谈起。在遵循比特逻辑的数字媒介时代，精英与大众之间的界限日益消弭，没有了传统文化体制下多重环节的严格监审和创作身份的特定要求，草根庶民在最大程度上获得了公开书写与表达的自由，而"想象力"也随着虚拟与现实、过去与未来边界的日趋融合而空前飞升起来。然而，这既是一个自由想象的时代，也是一个"文化妄想"[2]的时代，面对文化消费时代对于"想象"的消费性渴求，精神积淀与文化资本原本就匮乏的草根写作群体，已经无暇顾及传统意义上的超越性想象所必须的思想沉淀与话语蕴藉，而是在一种"无根"的虚妄中制造着想象的繁荣，也寻求着想象的皈依之所，正如《诛仙》作者70后网络小说家萧鼎所说，"写网络小说是为了发泄"[3]，这句话事实上说出了众多网络写手的心

---

① 陶东风：《中国文学已经进入装神弄鬼时代？——由"玄幻小说"引发的一点联想》，《当代文坛》2006第5期，第9页。

② 张柠．欠发达国家的文化妄想症 转引自部元宝编选：《2005—2006中国文学评论双年选》，花城出版社2007年版，第310页。

③ 陈辉、萧鼎：《有读者喜欢就已经说明一切》，《北京晨报》2014年11月9日A23版。

声。但对于这样一个以"80、90后"为主体的网络写作群体来说，网络游戏和文化消费的时代记忆占据着他们的大部分精神空间，因此，繁荣于世纪初的网络文学想象仍然要在"无根"的魔幻之境中继续漂浮。

除了沉迷于玄幻之中的网络文学，还有音乐、诗歌、影视等很多艺术门类也在数字媒介时代开始了"想象力"大比拼的娱乐实践。从胡戈的"馒头血案"引发的网络恶搞风潮，到《老鼠爱大米》、《猪都笑了》、《我不想说我是鸡》、《忐忑》等网络音乐作品在戏谑、调侃中展现出的快乐超脱的音乐叙事姿态，当代文艺遵循着"比特娱乐"逻辑在"想象"的愉悦中实现着媒介娱乐主义的精神改写与时代转换。可见，在电子媒介与数字媒介共同编织的媒介娱乐主义时代，由印刷业开辟的"阐释年代"与审美文化趣味已经渐行渐远，"新感性"旗帜随着媒介意识形态的当代转换高高飘扬在历史的天空中。

（三）大众娱乐趣味的多元繁盛

当然，对当代文艺娱乐化现象进行解读又必须与"中国特色"的历史语境相结合，这样一个前现代、现代、后现代多元杂居的社会文化环境就决定了它不可能只遵循单一的商品经济或媒介技术逻辑，驳杂的文化境况也是剖析文艺娱乐化现象无法绕开的重要维度。

有学者指出，在市场经济繁荣的当下，"大众以无所不在的方式构成并拥有市场，成为市场的主导力量"，"大众趣味"因而以其特有的"市场主导性""规定并主导着生活各个方面"①，进而成为跨世纪前后的文化主导力量。客观来讲，当代大众趣味虽然呈现出难以把握的多变态势，但一些显在的趣味取向还是易于辨识的，"娱乐"便是其中之一。然而，即便是"大众娱乐趣味"这条主脉也仍然呈现出多元繁盛的文化面貌，在前现代、现代、后现代娱乐趣味并存的当代中国文艺领域，文艺娱乐化之变也是一个五味杂陈的复杂过程。

首先，在当代文艺的娱乐化转变过程中包含着对传统前现代"乐感"的纵向承受。

事实上，在以伦理为本位的中国特色的世俗社会中，追求"生的欢欣的平远"的乐感文化传统早已通过对个体性艺术文本的历时性植入，成为埋藏在广大民众之中的文化潜意识。从《上海滩》、《少林寺》、《射雕英雄传》到《红楼梦》等古典名著的影视改编，勃兴于新启蒙时期的中国大众文化文本，依然呈现出一派以世俗乐感为指向的质朴而稳定的价值世界；即便是以金庸、古龙为代表的武侠小说也大多是在"不淫"、"不逾矩"与"不轻言'怪、力、乱、神'"的儒家文化传统范畴内，宣扬着恶有恶报、邪不压正的道德伦理观念。而开启市场经济时代本土大众文化新篇章的"大陆新时期第一部室内通俗剧"《渴望》，则进一步厘定了中国大众的文化趣味，也就是王朔所说的，"歌颂真善美，鞭挞假恶丑"的中国传统价值观与"惩恶扬善"的道德评判立场。这部以大众熟悉的生活、语言讲述他们熟悉的故事的本土制造电视剧，为中国电视人开辟出了一条成功的创作路径，一股"你熟悉

---

① 高楠、王纯菲著：《中国文学跨世纪发展研究》，人民文学出版社2008年1月第1版，第23页。

的"伦理之风伴随着家庭伦理剧的兴盛开始遍布电视荧屏。继《渴望》之后,《皇城根儿》、《年轮》、《贫嘴张大民的幸福生活》、《空镜子》、《金婚》、《婆婆》等围绕着柴米油盐、生老病死、儿女情长等日常家庭生活故事展开的家庭伦理剧接连涌现,且都获得了不俗的收视佳绩。社会变迁对日常生活的影响都通过以"家"为核心引发的人伦情感矛盾碰撞彰显出来,不论是父母之爱、夫妻之情,抑或是手足之缘、邻里之故,在中华乐感文化语域中居于核心地位的"情(人)本体",通过家庭伦理剧对于人伦纠葛的艺术性呈现一再升腾起来,既应和着社会转型期伦理场域的时代之变,也使从五千年乐感文化氛围中一路走来的当代民众感受到了人间伦常之"乐"。可见,在大众趣味占据市场主导性地位的当代社会语境中,前现代乐感传统依然是缔造大众趣味的一脉重要文化渊源,也是大众文化时代中国大众娱乐趣味的"特色"所在。

当然,在乐感文化传统中潜藏着的前现代享乐主义、反智主义与犬儒主义等思想积习,也是当代文艺娱乐化现象走向"粗鄙"的一重难以回避的精神线索。从影视及广告文本中一再标榜的"皇家气派""王室尊荣",到充斥于"痞子文学"文本的"实用"与"虚无"、"混世"与"玩世"相结合的"痞"性,乃至网络玄幻文学、《神话》、《英雄》、《无极》等大众文化产品中流露出的打着艺术虚构旗号、充满不可知论的封建神怪思想,这些都是前现代乐感语域作为一种文化无意识遗留下来的精神成俗,它们在具有实践创生特质的实用理性文化传统推动下,与由资本主导的市场经济语境相勾连,使文艺娱乐化现象呈现出一种极端前现代封建世俗主义色彩。也正是基于此，学者陶东风在上世纪末叶的人文精神大讨论中提出了"人文精神论者与世俗精神论者"应该"握手言和"的"第三种立场"[①]，毕竟，在以世俗为指向的中国特色乐感文化语境中，由于宗教神性维度的缺失，并不存在西方意义上的以尘世抵抗神性的人文精神，这就使人文精神寻思者所说的"人文精神失落"这一前提变得可疑，事实上，大讨论所说的已经失落的"人文精神"恰恰与西方世俗化历史进程相逆的具有超越性特质的终极关怀，是对实用理性支配下的世俗化工具理性传统的一种反拨。然而，伴随现代化转型历史进程的推进，对于世俗精神的肯定性话语日益壮大并显露出它在乐感文化语境中的合理性与文化传承意义，因此，从道德理想主义视角出发，批判其中蕴含的前现代陋习，强化其具有进步意义的现代性精神，最终为人文精神大讨论留下了一段具有价值"中和"色彩的尾声。

其次，当代文艺的娱乐化转型也包含着启蒙现代性的解神圣化意义。

站在世俗精神论者的立场审视，当代文艺的世俗化、娱乐化之变无疑具有消解官方文化与一元意识形态圣化色彩的现代意义。在20世纪80年代以前，政治无论在文艺领域还是在人们的日常生活中都占据着主导性地位，而市场经济时代的到来则以启蒙现代性的世俗化维度实现着对政治意识形态的消解与弱化，不论是本山大叔领衔的赵氏小品与东北二人转的民间崛起，还是"春晚"舞台向草根文艺阶层的历史性敞开，抑或是

---

① 陶东风著：《社会理论视野中的文学与文化》，暨南大学出版社2002年9月第1版，第24页。

由"超级女声"成功举办而引发的平民选秀热潮，以及进入网络媒介时代以后出现的比拼"想象力"的网络娱乐实践，都昭示着市场经济时代文艺娱乐话语的大众化流溢趋势，也在某种程度上践行着启蒙现代性规划中的"自由"理想。而当代世俗文化的载体——大众传媒——更是在中国特色的历史语境中扮演着不同于西方的启蒙先行者角色。在西方，现代启蒙思想的传播与社会现代化过程在电子传媒与大众文化出现之前就已基本完成，所以大众传媒与大众文化在西方事实上附着着一层浓重的后现代文化色彩，对已经博物馆化的西方现代思想进行着某种程度上的消解与颠覆。而中国始于上世纪80年代的现代化进程是与"金星牌"黑白电视机一同走向民众的，正如学者徐贲所说："在中国，启蒙运动从来没有能像媒介文化那么深入广泛地把与传统生活不同的生活要求和可能开启给民众。群众媒介文化正在广大的庶民中进行着五四运动以后仅在少数知识分子中完成的现代思想冲击。"①

于是，媒介娱乐主义在当代中国的出场便被赋予了与阿多诺的影视文化批判不同的时代意义，后者从艺术自律意义上的康德审美文化视域出发将文化工业产品视为体现统治意识形态的工具，受众进而成了完全被动的文化消费者；前者则凭借大众传播媒介广泛的社会影响力开启大众心智，使他们成为社会变革的参与者、创造者。时至今日，虽然中国的大众传媒依然是意识形态国家机器的重要组成部分，但它从内容到形式都已经发生了很大变化，逐步实现着由教化向消闲娱乐的功能性

① 徐贲著：《文化批评往何处去——八十年代末后的中国文化讨论》，吉林出版集团有限责任公司2011年1月第1版，第103页。

第三章 从政治本位到文化消费：当代文艺娱乐化问题的时代之变

转换，正如有学者指出的："娱乐意识形态或者改变了政治意识形态的颜色，或者在很大程度上完成了对政治意识形态的理念偷换。结果，政治在一些媒体中逐渐退位甚至被彻底删除，媒介娱乐主义在不经意间实现了它的去政治化过程。"①

　　然而，由于在文化传统中缺少具有超越性的宗教维度，使中国的世俗化、现代化进程不像西方的世俗化那样带有更多开拓性的精神诉求②，当代文艺的娱乐化转向也因此面临着新的困窘。刚刚在某种程度上实现了"去政治化"之变的当代文艺，又在"娱乐化"的轨迹上遭遇到消费意识形态的侵袭，无论是以PK选秀、游戏狂欢、情感体验、名人访谈等为主要形式的电视娱乐节目"全国总动员"，还是革命历史题材的影视改编热潮，抑或是网络玄幻之风的产业化崛起，都可以在文艺娱乐化的欢腾之势背后窥见"资本"驱之不散的魂魄，使原本就粘着于俗世的文化心理传统进一步在消费实用主义的诱导下走向"俗"的恶化。可见，当代文艺的娱乐化转型既包含着启蒙现代性的解神圣化意义，又在消费文化语境下，面临着被资本逻辑再次"圣化"的可能，刚刚在审美的视界中实现"自由"返魅的"娱乐"又背负起消费理性的精神枷锁，启蒙的悖结在中国特色的历史语境中昭然若揭。

　　最后，当代文艺的娱乐化转向中还掺杂着一定的后现代娱乐趣味。

----

① 赵勇著：《大众媒介与文化变迁》，北京大学出版社2010年1月第1版，第242页。

② 参见　陶东风：《官方文化与大众文化的妥协与互渗》，《中国社会科学季刊（香港）》1995第8期。

文化的后现代转向在西方始于20世纪60年代，在中国则是伴随着新启蒙时期的到来与现代性并行而至的。正如法兰克福学派传人韦尔默所说，"对现代性的批判从一开始就是现代精神的一部分。如果后现代主义中有某些新东西，那并不是对现代性的激进否定，而是这种批判的重新定向"①。换言之，所谓后现代应该理解为"从现代性危机意识出发，对现代性危机进行反思批判的一种态度、气质或哲学生活"②。这种社会文化形态在文艺领域则体现为创作理念上的非理性、随意性与虚构性，艺术手法上的反讽、戏仿与拼贴，以及在对现代主义进行颠覆与批判的过程中呈现出的癫狂与虚无之态。此种后现代娱乐趣味首先在以王朔为代表的"痞"性文艺中得以呈现，从痞子文学中体现出的红小兵对现成权威的想象式反叛，到顽主式的调侃性语言中蕴藏的文化反思意味；从王小波杂文中呈现出的奇绝怪诞的游戏性书写，到冯氏贺岁喜剧中以反理性的市民娱乐因子对崇高意象的消解与颠覆。还有网络媒介时代出现的以《一个馒头引发的血案》与《闪闪的红星之潘冬子参赛记》为代表的网络恶搞风潮，以及媒介娱乐主义向拇指时代延伸而引发的"段子"狂欢，都在幽默中向人们展现着生存的荒谬与真相。正如徐岱所说的，"那让人开怀大笑的谐趣不仅让芸芸众生日益萎缩的生命力重新得以激发，而且在其笑声里还积蓄着一种毁灭

① 　周宪：《现代性的张力——现代主义的一种解读》，《文学批评》1999第1期，第133页。
② 　宋一苇：《后现代在中国：时尚的？还是批判的？》，《中国图书评论》2006第3期，第27页。

性的批判力量"①。以戏谑、反讽的游戏表情现身当代中国文艺领域的后现代娱乐趣味，事实上正充当了处于极速现代化进程中的当代中国反观自身的一面"照妖镜"，扮演着现代社会"探究人为权力界限及其局限"②的对抗性文化角色。然而，正如曾经严厉拒斥制度化、经典化的现代激进艺术与对"业已制度化了的盛现代主义深表不满"③的早期后现代主义，都无可选择地走向制度化、经典化一样，在当代消费主义与传统实用理性主宰的当代中国，源于文化现代性的这种后现代娱乐趣味也遭遇到了消费意识形态的制度性围剿，最终沦为金元价值观的装饰物。当王朔主义在冯氏贺岁片的承继下逐步裂变为追逐市民娱乐因子的影视娱乐商品，当"段子"狂欢衍变为通讯运营商追求信息流量与经济效益的商业链条，当充满后现代戏谑之音的网络歌曲《老鼠爱大米》在超高的网络点击率与三番五次的版权官司的推动下，成为遍布各类娱乐终端的听觉炸弹，沦为"恶俗网络歌曲"代名词的时候，曾经以戏谑粗鄙的文化姿态拒斥制度性驯化的后现代娱乐话语，却成为了消费意识形态实现资本增繁的文艺工具，摇身一变成为一种文化时尚。这种文化时尚不但对官方文化的主导地位进行着消解，而且也消弭着人们对于终极意义与超越性价值的深度求索，吞噬着文艺娱乐维度中的审智品性，这无论如何都是需要警惕的另一种粗鄙化的文艺娱乐化走向。

---

① 徐岱著：《感悟存在》，山东友谊出版社2002年10月第1版，第75页。

② 金元浦主编：《多元对话时代的文艺学建设 新理性精神与钱中文文艺理论研究》，军事谊文出版社2002年12月第1版，第182页。

③ 周宪著：《审美现代性批判》，商务印书馆2005年3月第1版，第284页。

（四）对娱乐话语大众流溢的时代性思考

市场经济时代的到来，大大加速了娱乐话语大众流溢的历史进程。在由资本主导的享乐主义文化逻辑推动下，在倡导视觉快感的电子媒介和以想象力娱乐著称的数字媒介共同编织的媒介娱乐主义时代，在前现代"乐感"、启蒙现代性和后现代娱乐趣味共同组构的大众娱乐趣味多元繁盛的当代文艺语域中，来自经济、技术、文化等多个领域的时代动因，共同催生了"娱乐新世纪"的当代凸显。新启蒙时代感性有待解放的娱乐经过一段短暂的试探与自我启蒙之后，终于在市场经济时代肆意喷发出来。从革命文艺时代娱乐的政治依附，到现代启蒙阶段审美文化视域下精英与大众的娱乐"合谋"，乃至市场经济时代娱乐话语的大众流溢，文艺的娱乐维度终于在消费文化与媒介文化的双重助推下伴随着大众趣味的日趋上位，成为了一种超越于意识形态教化之上的，可以与主流话语、精英话语相抗衡的文化力量。

可以说，娱乐在当代中国事实上是在经历了很长一段时间的既有理性压抑，又经过了短暂的感性有待解放的自我启蒙之后，才得以释放的。一直以来，文艺的感性娱乐之维始终在既有理性的围捕中龃龉前行，娱乐在既有理性的默许中活跃着，又在既有理性的统摄下缄默着，只有到了市场经济时代，潜藏在中国大众心中的长期被压抑的快乐需求才开始现实性地迸发出来。从这一角度讲，市场经济时代娱乐话语的大众流溢代表了一种感性解放的强大力量，其中蕴含的时代进步意义难以抹灭。

然而，当以往处于文化边缘地带的俗众乘上大众传媒民主化、文化体系消费化的时代战车，闯入被既有理性占据的思想腹地的时候，硝烟四起的娱乐战场便陷入了更加焦灼的时代境况之中。在这场旷日持久的指向文化分化的娱乐混战中，面对已经被既有理性渗透、型塑了的群体性文化无意识，面对来势汹汹的享乐主义消费伦理的冲击，高举感性娱乐大旗的大众趣味能否在市场经济的历史语境中真正夺得并掌控时代话语权，这仍然是一个充满变数的问题。从新千年以来广电总局针对"凶杀暴力涉案剧""境外动画片""整容真人秀""选秀节目"等休闲娱乐类影视艺术产品下发的各项禁令，到文化部对数百首危害文化安全的违规网络音乐作品的清查，以及主流媒体对于恶搞"红色经典"现象的义愤与匡正，都昭示着既有理性面对难以收束的文艺娱乐化流俗的治世之意，也表明了消费主义对文艺娱乐之维进行意识形态询唤的现实状况。可见，当代文艺的娱乐化转向并非单纯的政治去束与文化消费，其间伴随着各种权力话语、文化传统与价值观念对于文艺娱乐维度的资源性开采与争夺，在这样一个欣欣向荣的娱乐盛世，感性娱乐的时代性勃发仍然是在既有历史语境的规定下有条件地展开的，是一个相对的变量。

第四章
从理性教养到感性凸显：
当代文艺娱乐维度的功能之变

如果说当代文艺娱乐化问题是沿着从政治本位向文化消费这一时代脉络推演而来的，那么在此种历时性文化嬗变过程中，文艺娱乐功能本身也发生了从理性教养到感性凸显的机能性游移。从文艺娱乐功能机体内部进行话语拓展，可以看到包括"乐得其道"的教养功能、"乐得其欲"的宣泄功能与"乐得其金"的消费功能在内的多元维度功能体系，这一多元维度功能体系的产生是文艺的娱乐功能与多种内外部因素综合作用的结果，它们共同在艺术的阈限之内组成了一个繁复而有机的"娱乐"概念。"乐得其道"的教养功能在东西方文艺价值功能语域中都是古已有之，而"寓教于乐"的原型理论在我们这个以儒家思想为精神根基的东方文明古国更是有着进一步的文化延展，时至当代仍然难以撼动；"乐得其欲"的宣泄功能是文艺娱乐维度自身特有的一种主体性表达，在任何时候都因其对人精神紧张起到的重要缓释溶解作用而不可或缺；"乐得其金"的消费功能则是建立在前两种功能基础上的，是晚近伴随着消费社会的崛起而逐步跃居文艺娱乐功能体系前列的重要一维，正是由于人类社会对于"道""欲"的双重需求，它们的交换价值才经由消费主义的深度挖掘逐步凸显出来。由此可见，文艺娱乐功能的多元维度既共时性地存在于文艺娱乐维度的机体内部，又随着文艺的历时性嬗变而交替性地主宰着文艺娱乐维度的功能性话语，而在当代中国的历史语境下，文艺娱乐维度的功能之变则显在地体现为由"乐得其道"主宰的理性教养到"乐得其金"助推下的感性变迁轨迹。

　　然而，"由理性到感性"这一粗略的命名方式无疑又遮蔽了当代中国这一历史语境的矛盾性与丰富性，通过对当代文艺娱乐维度功能之变进行特质解读，我们又看到了在乐感文化语域中展开的消费文化欲望化叙事策略，对于当代文艺娱乐维度的感性凸显所起到的推动作用，以及乐感与欲望、传统与当代、理性教养与感性重建之间围绕文艺的娱乐之变所发生的矛盾与纠葛；看到了实用理性主导下的媒介文化的感性诉求对于新感性价值观的建构所起到的重要作用，也看到了注重积淀的实用理性传统在向传统回溯的过程中对于新感性势力的警示与挞伐。

事实上，当代文艺娱乐维度的功能之变乃是一个矛盾的统一体，在中国特色的历史语境中，如果将文艺价值功能体系的这一嬗变归之于消费文化或媒介文化可能都失之简单，文化传统、思维定式、主流意识形态等因素也必须一并考虑进去。消费文化与媒介文化的当代崛起，使文艺娱乐价值功能的感性维度得到了空前凸显，从某种程度上可以视为是对理性教养维度的"祛魅"之举，而在这一过程中，乐感文化传统以及与其紧密相关的实用理性文化心理，不仅从"经验合理性"的现实指向出发，以"寓教于乐"的原型理论为依据为文艺娱乐维度的感性凸显推波助澜；而且在人伦文化"钟摆"效应的趋"中"式逻辑框架之内，践行着"寓教于乐"对于理性教养的"返魅"意图。

因此，当代文艺娱乐维度的功能之变是很难以"理性"或"感性"的单一视角来衡量的，在当代中国驳杂的文化语境中，即使在文艺娱乐价值功能多元维度内部，包括消费文化享乐主义逻辑和当代中国娱乐文化现实建构中的理性与感性期待等在内的多元文化力量，也都是在既有社会理性和文化传统的冲击下，不断寻求着一种平衡与自洽。

一、文艺娱乐功能的多元维度

（一）"乐得其道"的教养功能

事实上，在东西方文艺价值功能语域中，娱乐最初都是被视为教育、认识功能的附属物，从古罗马贺拉斯在《诗艺》中标举的"寓教于乐"，到孔子提出的"兴观群怨"与"尽善尽美"，都标示着"乐得其道"的教养功能在中西方文艺娱乐价值维度中的基始性地位。虽然贺拉斯曾经从单纯"劝谕"的角度指出："诗人的愿望应该是给人益处和乐趣，他写的东西应该给人以快感，同时对生活有帮助。……如果是一出毫无益处的戏剧，长老的'百人连'就会把它驱下舞台；如果这出戏毫无趣味，高傲的青年骑士便会掉头不顾。寓教于乐，既劝谕读者，又使他喜爱，才能符合众望。"[①]但却仍然难以掩饰古典主义宫廷诗人试图为文艺的娱乐维度制定规则的权力意图，也使"寓教于乐"的文艺思想暗含了工具化、概念化的"教"的刻意。"乐"成为"教"的手段这一"寓教于乐"的原型理论在我们这个以儒家思想为精神根基的东方文明古国有着进一步的文化延展。

"仁"在儒家思想体系中居于核心地位，"仁者爱人"、"里仁为美"，以此达到立身成事、完善品性的纯良道

---

① 伍蠡甫主编：《西方文论选（上卷）》，上海译文出版社1979年6月第1版，第113页。

德之境。孟子认为，"人之有道，饱食、衣、逸居而无教，则近于禽兽"（《孟子滕文公上》）。可见，人只有通过道德涵养来提升自身的道德品质，才能从与禽兽无异的自然人状态中解脱出来，成为品性完善的人。因此，在传统文艺功能价值维度中艺术的道德涵养功能是极为突出的。儒家的"乐教思想"便是这种文艺观念的集中呈现，儒家强调发挥"乐"的涵养功能，更为切近地表达人们的内心感受，进而使他们的思想情感在潜移默化中得到提升。由此，在诗、乐、舞紧密缔结并统合为"乐"的传统文艺实践中，文艺活动在修养性的意义上实现着自身的功能价值，也正是在这一过程中，代表快乐之"乐"的心理效应得以引发，文艺的消遣娱乐属性得以彰显，作为快乐心理效应之"乐"与作为艺术门类本体的曲艺之"乐"在潜移默化中实现了价值转换。因此，与西方文明中倾向于工具化之"教"的"寓教于乐"原型理论相比，"乐得其道"在东方文艺功能价值维度中更侧重于在对于"道"的体验性修养中获取快乐，是一种关于道德修养的快乐价值观，是手段与目的相统一的快乐价值观。

与此同时，这也正是"乐感"文化传统的艺术性彰显，人们在人伦之序的稳定性结构中体会到的俗世欢欣经，由文艺消遣娱乐维度的艺术性渲染，在群体中产生"乐"的共鸣并实现"乐"的传承，这也正是康德所说的艺术社会性的一种艺术呈现。当阅读、观看、聆听蕴含同一人伦文化因子的艺术作品，人们感受到的是共性交流的愉悦与融入其中的满足感，这对于强调集体公共性的"公天下"的子民而言尤为重要。这与西方文化语域中所强调的单数的"主体"不同，在宗教神学构筑的灵肉对立、主客二分的精神世界中，神享有至高无上的权威，而在上帝面前人与人绝对平等，并无尊卑贵贱之别，从而为西方哲学史上强调个体独立自主的主体性思想奠定了基础。因此，西方文化通常是在多元并存的异质性主体基础上释放着一种否定性的乐趣，虽然贺拉斯"寓教于乐"的文艺思想中暗含了古典主义宫廷诗人试图为文艺的娱乐维度制定规则的权力意图，虽然晚期资本主义社会的"娱乐道德观"体现出阿多诺意义上的同一化价值取向，但西方文化史却仍然在主客二分、人神分立的现世否定性中不断地实现着人类主体性的一次次突围，在否定中分享着文艺的娱乐之维。

因此，文艺娱乐维度的道德修养功能在传统乐感文化语域中具有源远流长的绵延性，并不因朝代更替与时空轮转而遭遇断流。"乐得其道"的教养功能在儒家"乐与政通""美善相乐"等文艺思想的承载下，逐步衍变为20世纪中期以后出现在当代中国的"政治挂帅"的文艺娱乐价值观。在这样一个政治伦理占据准宗教地位的无神论国度，政治拥有人伦之序意义上的不可撼动的神圣地位，进而使"革命"的红色旗帜在民众中掀起了一波又一波欲投身其中的斗争热浪，并在文艺领域以"工农兵文艺"的特殊形式被极尽狂热地呈现出来。从充满革命浪漫主义激情和远大理想的革命历史题材文艺作品，到"革命样板戏"所营造的近于癫狂的激进革命文化思潮，都是"乐得其道"的教养功能在政治理性占据统治地位的历史时空中的历时性延展。

而新启蒙时代出现的标榜现代派、先锋性的审美回归之作，也都暗含着急欲摆脱"革命"阴影、复归世俗精神自由的时代情绪。也正是在这种去政治教化、扬世俗乐感的新启蒙氛围中，世俗文化的快速延展才获得了强大的精神动力，以消遣娱乐为本位的大众文化才历史性地跃居至前台，乐感传统也得以进一步地实现了当代复归，政治伦理与世俗乐感也才在对极端政治理性的守中致和式的反拨中，暂时性地取得了平衡与自洽，而修养人间伦常之"道"的快乐价值观却仍然是文艺娱乐之维难以超越的"情"之本体。

可见，在对于"道"的修养中感受快乐，在快乐中体悟人间伦常之"道"，在我们这个以儒家思想为精神根基的东方文明古国中占据着绝对的合法性地位，"乐"与"道"在物我浑融的精神修养过程中早已超越了单纯的教化之乐，实现了两者的交融。

（二）"乐得其欲"的宣泄功能

如果说"乐得其道"的教养功能是文艺娱乐维度与外部因素相互作用的结果，那么建立在"快乐原则"基础上的"乐得其欲"的宣泄功能则是文艺娱乐维度自身特有的一种主体性表达。

弗洛伊德曾经在《超越快乐原则》一文中指出："在人心中存在着一种趋向于实现快乐原则的强烈倾向"①。他将19世纪德国物理学能量守恒原理与心理学研究相结合，认为由人体生物能转化而来的心理能是人的能量之源，其核心力量便是聚集于本我之中的代表生命本能的原欲。"原欲"由此成为精

---

① ［奥］弗洛伊德著，林尘等译：《弗洛伊德后期著作选》，上海译文出版社1986年6月第1版，第6页。

神分析学剖析人一切社会活动的终极动因，它流动不拘，并伺机超越生殖的需要去寻求快乐。但在漫长的人类文明史进程中，"原欲"总是被遵循现实要求的"自我"与遵循社会规范的"超我"限制着，"原欲"自身永不熄灭的能量释放冲动使理性与非理性之间的冲突难以消融。而文艺的升华作用则是理性力量为了消除这种对立在文化领域采取的能量转移策略，"性本能把极大的能量供给文明活动使用，它这样做是靠着一个显著的特征，那就是在不减弱其强度的前提下转移它的目标。这种把原来的性目标转换成另一种目标的能力就叫做升华的能力"①。弗洛伊德进而在《诗人与幻想》一文中，用他的原欲升华说对众多文艺名著进行了解说，集中表达了他关于"艺术是原欲的补偿"的文艺观，从达·芬奇的圣母像、莎士比亚的十四行诗、陀思妥耶夫斯基的小说，到柴可夫斯基的音乐、惠特曼的诗篇，其中寄寓着艺术家因自身的享乐主义原欲在现实中得不到充分满足转化而来的想象性创造。这种以精神分析理论阐释文艺创作的方法虽然时常因粗拙而得出一些令人啼笑皆非的结论，但它对快感、欲望的深度挖掘则使以感性宣泄为指向的快乐原则在文学艺术中的重要地位得以凸显。正如弗洛伊德所说，"快乐原则的程序决定了生命的目的，这个原则从一开始就支配着心理结构的操作"②，对人性进行诗意表达的文学艺术同样延续着这一性感脉络，快乐原则在文艺价

---

① ［奥］弗洛伊德著，赵蕾等译：《性欲三论》，国际文化出版公司2007年3月第2版，第208页。

② ［奥］弗洛伊德著：《弗洛伊德文集 第5卷》，长春出版社1998年3月第2版，第227页。

值功能体系的娱乐维度上得到了最大程度的显现。有学者指出："娱乐是能量的燃烧，它只有燃烧的过程而没有另外的目的，或者说，娱乐的能量燃烧过程就是目的。"[①]在文艺价值功能的诸多维度上，娱乐的首要目的就是帮助人们将精神紧张的程度降到尽可能低的水平，就是席勒在《审美教育书简》中谈到的使"紧张的心情"恢复和谐的"溶解性的美"。这样的快乐感受并不仅仅存在于文艺作品创作者一端，在文艺接受者一方更显现出它强大的感性导向作用，文艺工作者创作的文艺作品之所以为大众所喜闻乐见，其中蕴含的娱乐与消遣属性是不容忽视的，这也正是标题中所说的文艺娱乐维度所具有的"乐得其欲"的宣泄功能。

然而，从根本上讲，弗洛伊德的快乐观既是一种本能快乐观、动力快乐观，也是一种压抑的快乐观，他对于原欲的揭示、对于快乐原则的挖掘，是与代表理性秩序及文明规范的"自我"与"超我"相对举的。在他看来，以"原欲"为核心力量的"本我"始终处于一种沸腾而混沌的状态之中，它只求本能性力的实现与快乐意志的满足，这样的快乐只有本能与激发生命动力的功能，它既没有组织，也没有统一的意志与善恶是非之辨，并不适合人的社会生存，如果没有"自我"与"超我"的保护，它很可能归于毁灭。因此，"现实原则"压抑"快乐原则"才是人的真实生活，换言之，快乐必须处于"自我"与"超我"的压抑中，快乐不能放纵，也无须放纵，只有在这个意义上，人类文明才得以向前推进。文明的发

---

① 高楠、王纯菲著：《中国文学跨世纪发展研究》，人民文学出版社2008年1月第1版，第85页。

展就是以牺牲本能的满足为代价的，人类的历史就是人被压抑的历史。由此，精神分析学就将人类文明史与人的感性本能摆在了相互博弈的位置上，陷入了理性与非理性二元对立的思维框架之中，最终沦为了理性秩序对于非理性的否定性工具。弗洛伊德学说在文艺领域虽然影响深远，但也招致了众多批评之声，马尔库塞就曾经从爱欲的解放潜能入手，提出了"非压抑性生存方式"这一概念，旨在表明，"向现阶段文明有可能达到的新阶段过渡将意味着，使传统文化颠倒过来，不论是物质上的还是精神上的，就要解放迄今为止一直受到禁忌和压抑的本能需要及其满足"①。换言之，如果本能力量能够得到合理的使用，那么本能的解放与文明的发展将并不矛盾，非压抑性的文明社会将会出现。于是，弗洛伊德意义上被文明压抑的"爱欲本能"在马尔库塞这里却成了支撑人性康复与文明建构的重要力量，成了一股隐藏在布鲁斯音乐、爵士乐、摇滚乐以及嬉皮士语言与黑人语言等"污言秽语"中的"新感性"力量。

从弗洛伊德对文明规范压抑快乐原则这一生存现实的揭示，到马尔库塞建立在颠覆精神分析学基础之上的对"爱欲"解放潜能的肯定性挖掘，以及詹姆逊在政治无意识层面对呈现为欣喜若狂症状的后现代主义与大众文化所做的肯定性评价，还有本雅明将"集体的放声大笑"视为对技术文明造成的大众精神错乱的有益宣泄，众多学者都从不同的角度发现了感性愉悦对人精神紧张的缓释作用，并对此给予了不同的价值

---

① ［美］马尔库塞著，黄勇、薛民译：《爱欲与文明：对弗洛伊德思想的哲学探讨》，上海译文出版社2008年4月第1版。1961年标准版序言1。

评判。弗洛伊德据此为世人阐明了文艺娱乐维度的感性宣泄功能，"马尔库塞们"则在此基础上提出了"爱欲本能"中蕴藏的革命性潜能，看到了"感觉的革命"在推动社会精神与审美环境重建方面的重要作用。可见，文学艺术中蕴含的"乐得其欲"的宣泄功能是文艺娱乐维度自身特有的一种主体性表达，是人性中对于快乐的本能性追索与文学艺术相契合的产物，是与外部因素作用下孕生的"乐得其道"的教养功能相互制衡的一种感性力量。

（三）"乐得其金"的消费功能

除了"乐得其道"的教化功能、"乐得其欲"的宣泄功能之外，文艺的娱乐维度还拥有另外一种"乐得其金"的消费功能，娱乐的此种功能维度中，娱乐不再是一种单纯的需要被引发的内在心理效应，而是沦为了商品与商品形式，以抽象的商品元素方式存在，并被随意调配到商品的多元形态中去。与此同时，这种功能的出现是也建立在前两种功能基础之上的，以政治、经济等为代表的各路权力意志在其中扮演着支配性角色。

首先，在商业资本的逻辑当中，"欲望之乐"具有显在的消费价值。其中蕴含的快感体验经过消费逻辑的符号化抽象之后变得更加简单直接，无须经历耗时的情感孕养过程，便能够直接触发大众的娱乐神经，引发消费的欲望，因而在倡导"快感速食主义"的消费社会大行其道。

娱乐消费功能的当代凸显在上世纪60年代后的西方社会就已经初露端倪。刚刚于1955年出版了《爱欲与文明》的马尔库塞发现，他的爱欲解放假说虽然发掘出了"爱欲"中蕴含的全面、持久的快乐本能与积极的社会变革力量；但消费社会的到来，却使他原来构想的理想社会状态成为了泡影，爱欲被重新简化为性欲的商品形式，纳入到商品社会的各层肌理之中，并逐步融入商品生产与商品交换的各个阶段。在"经济冲动力"主导的"娱乐道德观"的鼓动下，性欲逐步从爱欲的情感阈限中游离出来，抽象为一个又一个的快感形式，与各种商品形式随意搭配，成为金元价值观的同化物。

当然，促成性快感抽象为商品形式这一社会现实的幕后推手不仅仅是资本的单一维度，以传播媒介为代表的技术理性也在其中起到了重要的推动作用。马尔库塞指出，在发达的技术文明社会，技术装置为人们节省下来的能量并不仅仅是劳动力，它同时还节省"力比多"，也就是生活本能的能量，在从现代旅行者到行吟诗人、从流水装配线到手工劳动的技术性转换过程中，在艰辛与欢欣相互混杂的前技术世界背景下孕生的罗曼蒂克"风景"日渐消退。随着这一马尔库塞意义上的"中介"的消退，"爱欲"也随着人类自身能动性的削弱和被动性的增强而逐渐向着性经验和性满足的方向退化。一方面是力比多对于狭隘性行为的爱欲超越性企图受到技术理性的限制与约束，另一方面是性欲能力在技术现实的社会控制能力逐步扩张的情况下日益加强，"由于降低爱欲能力而加强性欲能力，技术社会限制着升华的领域，同时它也降低了对升华的需要"①。在现实精神设施的技术性场域中，艺术异化意义上的

---

① ［美］马尔库塞著，刘继译：《单向度的人：发达工业社会意识形态研究》，上海译文出版社1989年版，第68页。

"升华"大有被性领域俗化趋势所掩埋的迹象，艺术创造的种种生活形象与既定现实原则的不可调和性随着技术理性规约下的现实原则的介入而日渐调和，个体的本能需要不必再进行彻底而痛苦的改造就能适应于这样一个看起来"没有敌意的世界"，而代表着艺术性升华的"爱欲"则在"向享乐奔腾而去"的技术理性助推下被忽略不计了。

正是在消费主义与技术理性权力意志的双重规约下，"性欲"才替代了"爱欲"成为商业资本价值增繁的"快乐符号"。鲍德里亚在他的《消费社会》一书中曾经指出："性欲是消费社会的'头等大事'，它从多个方面不可思议地决定着大众传播的整个意义领域。一切给人看和给人听的东西，都公然地被谱上了性的颤音。一切给人消费的东西都染上了性暴露癖。"①这可以说是对马尔库塞60年代发现的消费社会中的这一最高机密的进一步理论阐发。作为当代消费社会理论研究领域的领军人物，鲍德里亚提出的"超真实"媒介理论与此后衍生出的"诱惑"概念正是对"性欲"消费性崛起的深层剖析。在鲍氏看来，"诱惑"是原始母系社会女性气质的产物，其中蕴含着秘密与挑战的游戏意图，但在后现代媒介技术所营造的"超真实"媒介环境中，从色情秀场到高保真音乐，一切都以"四维"以上的完美效果制造着令人眩晕的超现场感，古老的"诱惑"由此被褪去了神秘而羞涩的面纱，变成了张扬妖野的舞姬。也正是在这个意义上，资本逻辑实现了对文艺娱乐维度中"乐得其欲"宣泄功能的消费性改写，进而

---

① ［法］鲍德里亚著，刘成富等译：《消费社会》，南京大学出版社2000年10月第1版，第159页。

衍生出另外一重"乐得其金"的消费功能。从消费主义时代"下半身"崇拜的畸形裂变，到欲望化叙事的大面积媒介呈现，"欲望的文艺"通过与厨房、商店等日常生活场所以及广告、传媒等文化消费介质的结合，转变为一种能够促进社会欢欣满足的抽象形式，它无处不在、唾手可得、易于组构，进而在消费主义时代的文艺语域中史无前例地获得了绝对的合法化地位。然而，这既代表了自由的无限扩大，又是消费意识形态进一步加强自身统治的文化表征，失去了对艺术文本中蕴藏的感性愉悦肌理进行分析性感知能力的普罗大众，或许早已习惯了沉浸在这样一个充满宣泄之乐的符号化文化消费之境中而不自知。

其次，在商业资本的逻辑当中，不只是"欲望之乐"具有显在的消费价值，以"道"为指向的"教养之乐"也同样具有掘"金"潜能。以抽象化商品元素方式存在着的"娱乐"的商品形式，与既有理性之"道"相结合，在借助民族文化肌理中的文化无意识实现娱乐资本商业化增繁的同时，也潜移默化地积蓄着娱乐消费主义对于文艺的文化改写之势。

文艺娱乐维度中"乐得其道"的教养功能事实上正是主流意识形态实践自身的话语场域，它常常借由文艺价值功能体系中的审美娱乐维度得到艺术性升华与展扬，进而在大众精神重构方面产生潜移默化的影响。如前所述，文艺娱乐维度的此种功能是古已有之的，并被东西方各种文化语域中的主流话语所践行，最终以经典艺术文本的方式逐渐成为熔铸于民族文化肌理之中的一种文化无意识。当消费社会的时代帷幕被隆隆揭开，当"欲望之乐"以其具有普适性的社会心理契合度赢得消费主义的青睐，既有理性中蕴藏的文化无意识也同样进入了"娱乐"消费主义的视野之中，并被其所改写。

波兹曼曾经在《娱乐至死》中引用了里根总统的一句名言："政治就像娱乐业一样"，可谓道出了当代政治话语与娱乐联姻的发展趋势。波兹曼指出，在电视媒介大行其道的美利坚民族，电视广告这一新兴的大众艺术样式以及电视直播与综艺娱乐栏目日益成为当代政客塑造政治话语的重要手段。这意味着倡导视觉快感的图像已经取代代表传统政治话语模式的具有思辨性质的文字媒介，成为当代"形象政治"的全部含义。"古希腊哲学家在2500年以前就说过，人常常以自己的形象塑造上帝。现在，电视政治又添了新招：那些想当上帝的人把自己塑造成观众期望的形象"①。舍弃了真实可信的政治内容，大众在光速般的视觉快感中、在抽象化、类型化、商品化了的大众娱乐形态中寻找自己的政治感觉，"给你想要的形象"，这正是称霸文艺娱乐时代的视觉话语对政治话语带来的最大的影响，而政治话语也借此上位，成了娱乐业时代的一颗新星。

这种情况在当代中国的文化语域中同样存在，从"满天都是大明星"的主旋律电影《建国大业》、《建党伟业》、《辛亥革命》显示出的强劲的票房吸金能力，到"红歌会"以电视选秀形式在荧屏内外掀起的红色浪潮，都彰显了主流话语与文艺消费娱乐之维相互交融的强劲势头与光明前程，后者借助前者在大众内心中积蓄下的文化无意识实现了资本增繁

① ［美］尼尔·波兹曼著，章艳译：《娱乐至死》，广西师范大学出版社2004年5月第1版，第175页。

的历史使命，进而展现出了"教养之乐"所具有的强大的掘"金"潜能。符号化了的明星面孔与形式化了的选秀展演，与既有理性中蕴藏的文化无意识相互缔结，正如波兹曼曾经担忧的那样，"真正的危险不在于宗教已经成为电视节目的内容，而在于电视节目可能会成为宗教的内容"①，当主流话语以"乐得其金"的文艺娱乐之姿名利双收时，这背后可能就已经隐含着消费主义的文化改写之势。

可见，在当代文艺娱乐化转向的过程中，"乐得其欲"与"乐得其道"的传统娱乐功能维度经过消费主义的文化改写之后，被化入了以抽象化资本元素形式存在的娱乐商品之流，成了实现娱乐资本价值增繁的工具。然而，作为文艺娱乐维度特有的主体性表达的感性宣泄功能，在一往无前地"逐金"之途上也于某种程度上实现了自身的快乐展扬，这无疑具有更为现实的感性解放意义。马克思曾经指出："关于工业的重大意义，关于享乐的合理性等等的唯物主义学说，同共产主义和社会主义之间有着必然的联系。"②可见，不只限于资本主义文化语域，即使对于社会主义和共产主义而言，人的生命享受与生产的物质性追求之间也并不相悖，"既然从唯物主义意义上来说人是不自由的，就是说，既然人不是由于有逃避某种事物的消极力量，而是由于有表现自身真正个性的积极力量才得到自由，那就不应当惩罚个别人的犯罪行为，而应当消灭

---

① ［美］尼尔·波兹曼著，章艳译：《娱乐至死》，广西师范大学出版社2004年5月第1版，第162页。
② 中共中央马克思恩格斯列宁斯大林著作编译局编：《马克思恩格斯全集 第2卷》，人民出版社1957年版，第166页。

犯罪行为的反社会的根源，并使每个人都有必要的社会活动场所来显露他的重要的生命力"①。因此，在消费主义主导下的抽象化、形式化的娱乐商品和商品形式之中，就包含了满足人精神需求与自我需求的积极意义，从这层意义上讲，"乐得其金"的消费功能本身就蕴含着对享乐主义与自由生命体验的肯定性判断。

只是当欲望与欲望的满足在享乐主义与消费主义的助推下难以遏制地走向了抽象化、情绪化、形式化的极端，颠覆并取代了"欲"与"道"的根本意义的时候，它才成了消费性娱乐艺术"抵制派"（以霍克海默、阿多诺等人为代表）进行社会意识形态批判的对象。在"抵制派"学者看来，大众化艺术生产之中隐含着艺术精神的欲望化堕落倾向，艺术的生产与消费在走向模式化、符号化的过程中也正实现着对于深度意蕴的消解，文艺价值体系中的娱乐维度也在这一欲望化、形式化转向的过程中实现着感性维度的无限膨胀，这也正是当代艺术生产的悖谬所在，是贝尔在《资本主义文化矛盾》中所说的"文化矛盾"与"精神危机"，也是本书在触及"乐得其金"的消费功能时必须辩证考量的思想维度。

二、当代文艺娱乐维度功能之变的特质解读

从"乐得其道"的教养功能，到"乐得其欲"的宣泄功能，直至"乐得其金"的消费功能，在对文艺娱乐功能多元维

① 中共中央马克思恩格斯列宁斯大林著作编译局编：《马克斯思格斯全集 第2卷》，人民出版社1957年版，第167页。

度进行共时性铺陈过程中，事实上也隐含着一条由理性教养向感性凸显衍变的历时性文化轨迹。在此种当代文艺娱乐维度功能变迁的过程中，消费文化自身具有的欲望叙事潜能与媒介文化中蕴藏的感性诉求取向，则扮演着对这一文化变迁进行特质解读的重要角色。而处于"中国特色"的文化语域中，这些西方现代文明的产物又必然会在文化应激作用下产生相应变化，从某种程度上说，在当代文艺向感性欲求奔腾而去的过程中，对多种文化力量间的矛盾纠葛境况进行理论辨析，才是当代文艺娱乐维度功能之变特质性解读的难点与深意所在。

（一）乐感文化语域中展开的消费文化的欲望叙事

在当代中国文艺领域步入"娱乐新世纪"的过程中，文艺娱乐维度也正实现着功能性的变迁，"乐得其金"的消费功能正逐步取代教养、宣泄等文艺娱乐功能的其他维度，以欲望化的叙事策略实现着对于文艺的娱乐改写。大体而言，在文艺娱乐功能欲望化变迁方面起重要作用的主要有以下几种文化力量，包括中国传统伦理意识中蕴藏的乐感文化精神、晚期资本主义社会中的享乐主义思潮，以及中国当代娱乐文化现实建构中的理性与感性期待等等。它们在彼此间矛盾纠葛的过程中共同组构了当代中国市场经济时代文艺娱乐化转向的欲望叙事之流，由此形成了当代文艺娱乐维度功能之变的一重核心特质。

首先，作为西方社会历史语境的产物，当代文艺娱乐化转向的欲望叙事之流与晚期资本主义社会中的享乐主义思潮有着必然的文化同契性。可以说，欲望消费风潮在消费主义时代独领风骚，在文艺领域中则体现为文化消费逻辑对包括快乐、悲伤、恐惧、厌恶等较为表层的大众情感倾向的大面积捕捉与强烈诉求，而在这些概念化、类型化的情感标识背后，明显能够嗅出一种普遍存在着的欲望化情感取向。可见，消费文化语域中的享乐主义逻辑并不仅仅局限于单纯的开怀大笑，放声大哭、义愤填膺、惊恐万状、急迫欲呕等具有情感宣泄特质的情绪状态同样是消费文化欲望叙事策略的优良素材。这些类型化、抽象化了的欲望形态因为迎合了具有七情六欲人性之维的多元欲求，而具有强大的资本增繁潜能，最终成为一种与人们的情感预期及产业增繁意图相契合的强势文化逻辑。

　　然而，当代文艺娱乐维度的功能之变毕竟是在中国特色历史语境中展开的，因而，西方现代社会中由资本主导的感性快乐追求虽然对中国娱乐时代的到来起到了重要的推动作用，但真正的动力之源还是作为文化无意识存在的乐感文化现世享乐观，以及中国民众自身长时间被既有理性压抑的快乐需求。由资本主导的享乐主义伦理因为契合了当代中国市场经济语境下疲于奔命的普罗大众缓释心灵疲惫、弥合精神创伤的精神诉求，而得到了进一步的娱乐追捧；由资本主导的感性快乐追求也正因为与倡导在有限的生命中追逐无限享乐的乐感文化传统相对位，从而被注重生的欢欣的乐感文化语域迅速接纳，并为实用理性的思维逻辑所内化，成为当代中国思想文化领域不容忽视的一股产业价值风潮。因此，新启蒙时期至今30余年的指向感性解放的欲望叙事文艺变迁，事实上是在西方资本逻辑的推动下，中国民众自身长时间被既有理性压抑的快乐需求时代性松绑的结果；是长期被封建伦理压迫与压抑着的现世享乐文化在消费主义时代历史性复苏的造物；是在乐感文化语域中展开的消费文化的欲望叙事。

当代文艺娱乐维度功能之变的此种欲望叙事特质，以及各种文化力量间的欲望合流与欲望纠葛从旷日持久的影视剧改编、翻拍风潮便可见一斑。当代影视剧改编、翻拍的素材大多取自古典巨著、红色经典，以及曾经取得过轰动效应的大众文艺经典文本，从古典文学四大名著的视觉呈现，到《林海雪原》、《铁道游击队》等红色经典的新世纪荧屏重现，以及《上海滩》、《霍元甲》、《射雕英雄传》等经典港台剧目内地版的出笼，都印证了"经典"在消费文化时代仍然具有难以泯灭的艺术价值。可以说，"经典"受到如此推崇的根本原因，正在于经典文本中蕴含着的群体性文化无意识和经久的民族心理记忆，然而，这既是"经典"在当代受到追捧的重要原因，也是"经典"被改编的重要理由。经典文本因浸渍着民族文化传统与时代记忆受到历时性关注，也因其久远而必须接受当代消费文化的欲望化改写才能满足当代受众的心理欲求。

从思想启蒙阶段到经济快速腾飞的市场经济时代，在当代中国跨世纪前后这将近30年时间里，社会文化层面的感性解放历程都能在这一历时数十年的名著改编文艺运动中得到彰显，只是它在不同的历史阶段因浸渍着不同的时代氛围而呈现出不同的艺术面貌，对代表性文本的改编进程作历时性解读，将有助于解读当代文艺是如何踏上欲望叙事策略主导下的"经典"掘金之旅的。以古典文学名著的影视改编为例，从新启蒙时期到市场经济时代，古典文学四部名著都在当代中国的不同历史时期经历过时代性的创编与改写，隐匿于期间的性取向与性意识的衍变轨迹，既昭示着消费文化的欲望化叙事在乐感文化语域中日益凸显的文化主导地位，也是切入当代消费文化欲望叙事之中的一条重要文化脉络。

1987年，诞生于思想启蒙时期的王扶林版《红楼梦》登上了电视荧屏，在那个极左思潮刚刚消退、人性旗帜高高飘扬的特殊历史时期，思想解放的文化热潮开始自上而下地席卷社会生活的各个角落，简单质朴而又朝气蓬勃的时代氛围呼唤着文艺领域的徐徐清风。于是，一个充满儿女情长悠悠暖意的古典爱情故事便跨域百年适时而来了。可以说，与四大名著中的其他作品相比，性描写在《红楼梦》中占有更为重要的地位，它不仅脱离了政治视角的规约，而且还成了批判传统伦理关系的艺术介质。小说《红楼梦》中的性描写涉及各色人物，虽然并不详细，但却是极为自然地融入到了人物的性格之中，不温不火、不急不躁，正如作者借警幻仙子之口所说的："淫虽一理，意则有别"，性是人所共有的欲望需求，只是由于主体间的关系不同而有所区别，在这里，性成了一种中性的生命现象，并未附加任何道德评判。然而，小说中蕴含的这层深意却被87版《红楼梦》"屏蔽"掉了，不仅警幻仙子的"淫""意"之辨被删去，原作中与宝玉有关的性描写也大打折扣，而反面角色情节本无"性"之处却被着意点染，这样的改编意图说明，即使是在标举人性复归的新启蒙时期，对于欲望的开启仍然处在奔向感性解放的漫漫征途中，传统伦理道德对于性本能的拘谨理解仍然是一重难以绕开的文化屏障。这既印证了"温柔敦厚"乐感传统具有的持久生命力，也传递出娱乐的道德教养之维与中国娱乐文化现实建构中的感性期待之间难解的纠葛与悖谬。

告别了明丽而朴素的80年代，时隔近30年，李少红执导的新版《红楼梦》一改羞赧含蓄的闺阁遗风，在"红楼梦中人"的海选造势中高调出场。虽然新版红楼以"高度忠于原著"为重要卖点，甚至出现了大量出自于原著的台词、旁白，但仍然难掩其感性欲求丰沛的文化消费特质。丫鬟小姐的倚门卖笑、暗光屋里的淫荡调情，还有处处洋溢着鬼气、充满着惊悚味道的诡异配乐，正如该剧编剧统筹顾小白在被媒体问及"如何处理情色内容"时所说，"83版（实指87版）回避了太多，我们可能会有更多的影视语言的手段。不敢讲脸红心跳，但那种气氛的东西要做足"。而他对于"如何拍出'梦'的感觉"这一提问的回答则是："有很多传说，比如《黑客帝国》，那种真假穿梭的东西，其实跟《红楼梦》有些东西是一样的"①。新版红楼确实如预期的那样弥补了老版本情色表现上的保守倾向，但一支全部由80后年轻写手组成的编剧队伍和一群现代范儿十足的选秀选手组成的演员队伍，以及拍摄之初剧组对于80、90后年轻群体的受众定位，都使这部古典名著的"二期"翻拍患上了难以疗救的"现代癖"。新版黛玉不仅痴肥而且有些粗鲁，古典容装裹挟着的时尚男女身上难寻大家闺秀的仪态与气质，以至于该剧在播出之后竟被冠以"红雷梦""青楼梦""新版聊斋"等戏谑之名，更有恶搞短片《青楼买卖》在网络盛传。然而，就是这样一部缺乏红学家参与、主创团队青涩以及时间紧任务重、与沸沸扬扬的娱乐话

① 新红楼梦80后编剧：情色部分气氛要做足［EB/OL］.http：//www.qingdaonews.com/gb/content/2008—03/23/ content_7827148. htm

不同时代的"黛玉"形象

题纠缠不清的急就章之作，却一路狂飙地赢得了上亿元的商业
收入与难以计数的后续收益。这不能不说是搭上了古典名著的
顺风船，而情欲与魔幻的现代改写也同样"功不可没"，但与
87版对于原著在情欲问题上的保守化误读相比，新版红楼矫枉
过正式的气氛营造则是对曹雪芹意义上的"淫""意"之道与
颠覆之"性"的一次更为严重的误读与倒退。

　　从87版到10版，对于古典名著《红楼梦》的历次影视改
写都是对不同时代中国社会状况的一次精神映照；从87版《红
楼梦》对于性本能的拘谨理解，到10版《红楼梦》对情色表现
与魔幻氛围的大胆渲染，都昭示着消费文化的欲望化叙事在
乐感文化语域中日益凸显的文化主导地位。而这种欲望叙事
的娱乐凸显过程在其他古典名著的历时性改编中也清晰地呈
现出来。从86版《西游记》对于饱含民俗性、狂欢性的原始文
本所做的现代轻喜剧式提纯化改写，以及由此透露出的度尽

86版《西游记》透露出新启蒙时代氛围

张纪中版《新西游记》缔造美猴王"数字化革命"

浙江版《西游记》中白骨精成了为爱痴狂的悲情女子

劫波、云开月明般的新启蒙时代氛围，到张纪中版《新西游记》缔造的美猴王"数字化革命"，以及浙江版《西游记》中呈现出的疑似床戏、台词雷人、无厘头等现代、后现代文化症候；从98版《水浒传》对于原著中为数不多的性描写所做的去意识形态化的独立描摹，以及由此展现出的较为自由的、道德禁忌渐趋弱化的"前消费文化"氛围，到11版新《水浒传》将为数不多的女性角色从支线演绎为主线的阴阳大挪移，以及替原著中潘金莲、阎婆惜等"坏女人"翻案的唯美之举。

在古典名著几经翻拍的背后，"乐得其金"的消费功能正逐步取代教养、宣泄等文艺娱乐功能的其他维度，以欲望化的叙事策略实现着对于经典的娱乐改写。这其中自然有享乐主义资本逻辑巨大推动力的欲望触发作用，用快乐、悲伤、愤怒、恐惧、惊讶等类型化、模式化的感性标识，来迎合大众情感倾向的表层欲求，以实现资本增繁的最终目的。但当代文艺娱乐维度的功能之变毕竟是在中国特色历史语境中展开的，因此，还应该在乐感文化传统及当代中国娱乐文化的现实建构中寻求解答。

正如有学者指出的，"跨世纪的商业性理解，主要是发现了古代经典中可资开发的商机，如人物的传奇性商机，命运的神秘性商机，故事的悬念性商机，性爱的欲望性商机，厮杀格斗的感性商机等"[①]。而这类商机所以被认为是商机，则是大众趣味权力化、现实化的结果。这里的问题正在于，当下对经典改写进行操控的大众趣味权力既是在中国特色乐感文化语

---

① 高楠、王纯菲著：《中国文学跨世纪发展研究》，人民文学出版社2008年1月第1版，第301页。

境中孕生的，又是在当代娱乐文化现实建构中的理性与感性期待中升腾起来的，也可以说是人伦传统当代变异的结果。新版水浒中流露出的对二奶和杀夫女子们的怜爱同情之心，事实上正是当代社会生活领域中人伦之序遭遇跨世纪重建的现实缩影，而新版红楼中对情色氛围与诡异之气的极力渲染，也从另外一个维度证实了乐感文化人伦传统在创作者头脑中所占据的难以撼动的限定性地位，以至于改编者只能打着"高度忠实原著"的护身符，在偶发性的惊悚场景与态度暧昧的情色氛围上做文章，这虽然间接地导致了对于传统作品人物关系逻辑的松懈或解构，但它仍然是在乐感传统的人伦结构之内展开的。据此，有学者认为："传统的人伦心理结构仍然具有有效的结构系统性，在现实社会生活中维持它的控制。""这种情况使得文学接受者包括接受大众，对于新世纪文学的反传统的个性表现一方面予以欢呼，一方面又时时感到别扭"[①]。"反传统的个性表现"对于人伦传统的"欢呼"，在于人伦传统的乐感之维对于人世欢欣和现世欲望的积极肯定与感性解放的时代氛围正相呼应；而"别扭"之处则在于当代娱乐文化感性期待中的欲望叙事，又必须在乐感文化人伦之序的既定结构中展开，个体性的欲望展扬在群体性的现世欢欣氛围中显得过于突兀。消费文化的欲望之流与感性解放的现实期待既在乐感传统的当代延续中强劲地释放出来，又在"乐而不淫"的人伦情感准则中保持着必要的矜持。

在当代娱乐文化的欲望叙事之流中，多种文化力量间的

---

① 高楠、王纯菲著：《中国文学跨世纪发展研究》，人民文学出版社2008年1月第1版，第219页。

这种矛盾纠葛境况，在对于名著翻拍的质疑与批评声中也可窥见一斑。有人对为潘金莲翻案之举表示不满，"新水浒（包括旧水浒）想为潘金莲的行为附加合理性，增加其复杂性以点染出所谓的人性。这样似乎更有故事性，但也加大了争议性。翻案，是什么人就能随随便便翻得了的？"[①]有人从传统精神美学的视角出发对视像快感的主导性地位提出质疑，"经典文学只有避免成为电视剧的附庸，电视剧也只有避免生吞活剥文学资源，不以牺牲文学价值的代价来片面追求影像感，电视剧与文学的结盟才能相得益彰"[②]。有人强调用文化传统的稳定性结构为名著改编指明方向，"文学名著是中华民族的精神载体，是不可磨灭的精神财富，名著之中所蕴含的优良传统需要我们不断地继承与发扬，对名著的改编要遵循适度的原则"[③]。事实上，对于经典改编的这类艺术评价正是既有社会理性与当代娱乐文化现实建构中的感性期待间矛盾冲突的一种映射，是名著中承载的人伦传统与当代中国消费文化语域所蕴含的新伦理观念间的对话与交融。

除了古典名著的改编与翻拍之外，多元文化力量在欲望叙事之流中的此番纠葛在红色经典的影视改编、家庭伦理剧的新世纪娱乐繁荣等方面也均有呈现。从电视剧《林海雪原》对于英雄杨子荣的"土匪式"改编，到电视剧版《沙家浜》对于

---

① 熊建：《潘金莲的案能翻吗？》，《人民日报海外版》2011年1月21日。

② 朱四倍：《新版〈红楼梦〉经典成为电视剧附庸的追问》，《中国商报》2010年7月2日。

③ 董云龙：《消费社会下的名著改编——评电视剧〈新水浒传〉》，《电影评介》2011第16期，第52页。

"老蒋、鬼子、青红帮"等反面角色的传奇性渲染，都无一例外地引发了对老版本耳熟能详的"革命群众"的议论和批评。人们对于红色经典改编剧的关注与热议既确证了文化产业从业者对于红色文化资源开发再利用在商业上的成功与明智，也证明了革命乐感传统与当代文艺娱乐功能之变欲望叙事之流的矛盾与悖谬。还有肇始于上世纪末、繁荣于新世纪初的家庭伦理剧，从《皇城根儿》、《年轮》、《贫嘴张大民的幸福生活》，到《空镜子》、《金婚》、《婆婆》、《蜗居》、《媳妇的美好时代》，围绕着"家"这一在人伦文化传统中居于核心位置的人伦情感锚地，国人开始在柴米油盐、生老病死、儿女情长的日常生活元素中集体性地寻求着对于传统人伦情感当代印合与变迁的解读，而消费文化的欲望叙事之维则经常以一种语境性姿态被更加深刻地融入到作品的情节与思想深处，欲望洪流与乐感文化人伦传统之间的纠葛成为潜藏于作品内部的一种精神疑虑。可以说，在多元文化力量的"欲望之争"中，中国当代娱乐文化现实建构中的感性期待逐渐与理性期待相互交融，发展为一个雅俗交融和多层次并存的娱乐结构体系，在乐感文化语域的市场经济时代融汇成了一条独特的欲望叙事之流。

（二）实用理性主导下的媒介文化的感性诉求

除了多元文化力量在乐感文化语域市场经济时代融汇成的独特的欲望叙事之流，媒介文化也以其显在的感性诉求特质成为促成当代文艺娱乐维度功能之变的重要力量，同时也进一步显现了在向感性欲求奔腾而去的新世纪娱乐景观中多种文化力量间矛盾纠葛的现实境况。

国内外学界关于媒介文化的研究勃兴于20世纪90年以后，媒介文化研究之"新"首先在于它的研究对象——"新媒介"。新媒介的命名是相对于广播、报纸、期刊等传统媒介而言的，而新媒介时代也与印刷媒介时代、电子媒介时代具有显在的代际关联。随着信息技术与数字技术的日益成熟与高度普及，随着印刷媒介与电子媒介不同程度的数字化转型，大众媒介由此呈现出前所未有的繁荣势头，媒介文化研究也得以跃出传播学的狭窄阈限，被纳入到更为宽广的文化研究语域之中，与政治、经济、文化等多元视域发生关联。凯尔纳曾经对媒介文化进行过如下定性："媒介文化是一种图像文化，常常调度人的视觉与听觉"；"媒介文化是一种产业文化，是依照大规模生产的模式加以组织的"；媒介文化"是一种商业文化的形式，其产品就是商品"；"媒介文化也是高科技的文化，调用了最为先进的科学技术"①。在凯尔纳对于媒介文化的诸多定性中，除去前文已经提到的消费文化的商业特质外，视像性与高科技化的特质界定也正道出了媒介文化的感性之维。

首先，新媒介与"读图时代""图像转向""视觉文化"等理论界定相契合，是一种由图像引导的视觉介质，它借助大量的形象性信息冲击人们的视觉感官，进而唤起更为丰沛的感性欲求。

---

① ［美］道格拉斯·凯尔纳著，丁宁译：《媒体文化 介于现代与后现代之间的文化研究、认同性与政治》，商务印书馆2004年3月第1版，第9—10页。

作为一种非语言的符号形式，新媒介的声画特质使信息接收活动在受众心中最终以实体形式的"形象"呈现出来。这些图像介质以其高清晰度、高还原度的视觉特质和大量的形象性信息冲击着人们的视觉感官，由此创造了一种无须用心体会的"眼睛的美学"，成为麦克卢汉意义上的"热媒介"。它们传递更为清晰具体的视像性信息，使接受者无须投入更多理解便可感知，进而能够更快地满足受众的表层感性欲求。与此相比，在文字引导的传统媒介中，占主导地位的语言文字符号所具有的指示原物作用则是微乎其微，它只有借助受众的原始经验才能形成某种十分模糊的表象，进而成为麦克卢汉意义上的"冷媒介"。在由线性语言符号能指系统构筑的传统媒介中，形象性信息的缺乏或隐匿性存在为信息的直接获取制造了麻烦，人们对于所指内容的建构必须依赖自身经验的再造性重组。与视像介质相比，语言符号对于受众表层感性欲求的满足无疑是一个需要经过想象性重构的慢热过程，难以有效满足"娱乐新世纪"普罗大众丰沛的感性欲求和消费性享乐主义的资本逻辑。由此，新媒介便凭借着能够更加有效激发感性愉悦的视像化特质，超越了文字引导的传统媒介，成为当代文艺娱乐维度功能之变的主导性媒介力量。对于视像介质的迷恋使以康德为代表的传统审美文化所反对的奢华、挥霍、流光溢彩的感性生活表象跳出了理性主义的阈限，自立门户地支撑起了当代美学话语的主体精神维度，进而推动了当代文艺娱乐维度功能之变的现实进程。

此种新媒介精神及视像时代引导下的"新感性价值观"与追求现世欢欣的乐感文化传统正相契合，进而在"发展才是硬道理""白猫黑猫论"等极具实用理性意味的当代思想引擎策动下，随大众娱乐浪潮一起席卷了当代中国的文化产业。实用理性文化传统中蕴含的动态调试文化心理结构，将这种指向感性娱乐的视像化新媒介精神和推动产业发展的消费主义感性动能吸纳过来，在当代中国文艺语域中营造出一派感性充沛的视像化娱乐氛围。

于是，欲望的张扬、快感的勃发在"经验合理性"的现实确证下史无前例地获得了合法性地位，一步步地践行着"新感性价值观"对旧美学话语体系的改写。以前文提到的古典名著的影视改编为例，媒介文化的感性诉求延续着消费文化欲望化叙事策略对经典文本传统价值观念的颠覆性解读，竭尽所能地将蕴藏着大量力比多潜能的形象感官信息注入影视文本之中。从新红楼中通过影像化渲染竭力营造出的情色诡异的感性氛围，到浙版西游中对圣僧之"圣"的色情化改写与"无厘头"解构，直至新水浒对"淫妇"潘金莲的唯美化呈现，都昭示着新感性价值观在媒介文化时代的崛起之势。当在不匹配的婚姻现实中恬退隐忍的贤良女子潘金莲在湿润而氤氲的热气中展露出洁净而丰润的身体，当她选择以偷情的方式给予身体以慰藉，当她在脑海中闪回着与西门庆相恋的往事并以赴死的决心主动迎向武松手中的尖刀的时候，凄楚而唯美的感性氛围使原始文本附加在她身上的"淫妇"之名被涤荡一空。视觉介质的经验性呈现既弥补了书面介质的不足，也在对原著的现象学还原过程中，实现了对于受众视听感官和感性体验的当代延展，使人们对这个不幸女子的同情与埋藏在心中的新感性力量一同升腾起来，从而印证了新媒介的视像化呈现所具有的革命性潜能，使感性娱乐在新媒介主导的影像时代获得了无比宽广的实现前景。

然而，源远流长的实用理性传统毕竟是在历史发展过程中不断积淀并生成着的文化心理结构，它对于新媒介文化与"视像时代"的热情拥抱也并不代表反理性的狂热或对新感性价值观的盲目屈从。从人们对新水浒中潘金莲与西门庆偷情时的唯美画面发出的质疑之声，到学界对名著改编提出的"适度原则"，乃至2011年广电总局对四大名著的电视翻拍实施的紧急叫停，既体现了乐感文化的人伦传统对于隐匿在欲望快感背后的消费意识形态金元价值观的敏锐嗅觉，也彰显了实用理性传统强大的文化惯性与涵纳之势，是"乐而不淫，哀而不伤"的钟摆式文化心理特质在隐隐地牵动与把控着当代媒介文化的感性流变。

第二，除了视像介质缔造的感性之维，数字化的高科技力量对媒介文化的介入也从另外一个维面推动了新感性价值观的当代确立。

前面提到，新媒介之"新"就在于日益成熟的信息技术与数字技术在大众传播媒介中的高度普及与广泛应用，数字化成为媒介文化变革的大势所趋。尼葛洛庞帝曾经指出，在新媒介时代，以"比特"为基本信息单位的数字技术将取代原子成为信息传播的主导因素，"比特"作为信息的最小单位类似于人体DNA，出现于人类对于数字仿生的最初构想，以1.0为基本数字语汇的数字技术实现了电脑网络对人脑神经系统自然运行机制的模拟，由此，计算成了超越机械意义的生命性存在，虚拟与现实的无限接近使人类的数字化生存愿景成为可能，也由此催生出了一种具有消解性特质的媒介文化逻辑——比特逻辑。比特逻辑的非凡之处正在于其无远弗界的消解力量，这种致力于消蚀掉一切沟壑的"抹平"文化与文艺本体中充满感性活力的想象性特质相得益彰，于是开启了数字化时代"想象力娱乐"的媒介娱乐主义新篇章。从玄幻、穿越之风在网络文学领域的独霸之势，到由网络视频引领的网络恶搞风潮的薪火相传，乃至逐步衍变为一种文艺创作风尚的"穿越""恶搞"向电视、电影等主流文艺样式的蔓延，这些发生在文艺领域的比特逻辑新变使媒介文化的感性诉求超越了视觉快感的单一维度，向着戏谑、反讽的后现代娱乐趣味演进，因而呈现出马尔库塞意义上的"新感性"革命意味。

可见，媒介文化推动下的新感性价值观在当代中国的确立是在现代与后现代维度并存的时代氛围中发生的，但这些共时性存在的文化维度，也成了具有现实建构特质的实用理性民族文化传统在对自身价值进行当代重构时必须面对的"现实"。当"奇幻穿越"之风从网络文学刮向影视创作，当人鬼合一、天马行空的古装魔幻穿越剧扎堆儿荧屏之时，广电总局给出了预警信号："近几个月，个别申报备案的神怪剧和穿越剧，随意编纂神话故事，情节怪异离奇，手法荒诞，甚至渲染封建迷信、宿命论和轮回转世，价值取向含混，缺乏积极的思想意义。"①当视频短片《闪闪的红星之潘冬子参赛记》在网络飘红，当作为"胡戈"后继者的作者"胡倒戈"借《闪闪的红星》的视频素材将恶搞的矛头直指"青歌赛"的时候，却遭

——————
① 王砚文：《"四大名著"电视翻拍被叫停》，《北京日报》2011年4月2日。

到了主流话语的迎头痛击，光明日报刊发了题为《红色经典不容"恶搞"》的社论文章，并召开了"防止网上'恶搞'成风专家座谈会"，指出："在这个社会里面，有一些严肃的，经过长期历史考验、洗刷留下来的经典，这些经典的东西我们是不允许随意的娱乐化，几千年灿烂文明留下来的遗存，我们也不允许庸俗化。"①在这些熙熙攘攘、变幻诡谲的文化事件面前，人们时而看到倡导感性解放的当代娱乐价值观在"大力发展文化产业"这一时代强音的助推下蓬勃发展，时而听闻来自既有理性的对于新感性势力的警示与挞伐之声。当然，既有理性的抵制之声在某种程度上可以理解为对消费意识形态金元价值观可能带来的精神异化作用的警惕与提防，但这也从另一个侧面反映了在当代文艺语域中推动新感性势力崛起的多元文化力量间的矛盾纠葛境况，体现了追求精神积淀的实用理性所具有的趋"中"式牵制的文化惯性。

---

① 防止网上"恶搞"成风专家座谈会［EB/OL］. http：//www.gmw.

cn/content/wseg.htm

第五章
从艺术作品到文化商品：
当代文艺娱乐维度的形态之变

从娱乐形态的角度出发，可以看到当代文艺娱乐之维正经历着从艺术作品到文化商品的形态性嬗变。事实上，以艺术形态存在的文艺娱乐维度是伴随着娱乐生活形态的现实性推进而出现的，日常生活中蕴含的"自由、闲适"之"趣"事实性地构成了文艺娱乐维度多元形态体系得以形成的基始，进而彰显了文艺娱乐之维的实践品性；而"自由、闲适"之"趣"脱离开日常生活的现实阈限，与艺术性相缔结，就构成了文艺娱乐维度的艺术形态。从幽默、滑稽到荒诞、反讽，与娱乐的生活形态相比，文艺娱乐维度的艺术形态从艺术自律性的角度彰显了艺术性娱乐的审智品性，使艺术层面的感性愉悦与日常生活相区别，带有一种"举轻若重"的精神质感，进而推动娱乐实现由感性活跃的现实层面向有深刻理性成分的自由之境跃升。

而娱乐文化形态的当代崛起则是与消费主义时代、后工业化信息社会及大众文化语域的形成相同步的。首先，在大众文化语境下，大众趣味的前台跃居和其中蕴含的丰沛的感性诉求催促着娱乐文化形态的当代孕生。与此同时，在文化消费浪潮的助推下，那些被冠以"俗""众""商"的大众艺术形态也正是通过对类型化、易理解的大众情感类型的感性捕捉，接通了与世俗大众之间的趣味脐带，进而从"文化"而非"艺术"的层面上实现了对文艺娱乐形态的当代改写，并印证着文艺与文化、艺术与商品之间存在的形态性关联。最后，娱乐文化形态的当代凸显与大众传播媒介的日益繁盛也有着密切的现实关联，其与视像化、比特化大众传播媒介的技术性联姻，牵动着娱乐的文化形态在影像享乐主义和比特想像性娱乐逻辑的鼓噪下，向着新感性的日常生活现实滑移。可见，以文化形态存在的娱乐与大众感性诉求的日常勾连，与文化消费浪潮的共时性碰撞，与视像化、比特化新媒介形态的技术性联姻，都对以艺术形态存在的文艺娱乐之维产生了本体性影响，推动了文艺娱乐形态的当代衍变。

可以说，当代文艺娱乐维度的形态之变是艺术作品向文化商品的身份转换，是娱乐的艺术形态向文化形态的本体性挪移。而这种"转换"与"挪移"也经历着由"形式的虚拟性"到"形象的超真实"、由"情感的丰富性"到"情绪的单一性强化"的特质性嬗变。

首先，从"形式的虚拟性"到"形象的超真实"的衍变是娱乐形态之变的一种重要特质。"形式的虚拟性"是以艺术形态存在的娱乐的重要特征，艺术形式的虚拟性以符号化意义虚拟的方式创造出一个融"创造性""想像性""蕴藉性"于一体的意义增繁空间，从形式本体的层面上使艺术活动主体感受到艺术"游戏幻象"中蕴含的自由的精神愉悦。而以文化形态存在的文艺娱乐之维则在视觉文化的鼓噪下向着"形象的超真实"方向演进。在技术理性与资本逻辑共同介入的享乐主义文化境况中，虚拟与现实之间的界限被消弭掉，省却了"深度卷入"的心路历程，人们在全景化的多维视像空间中体验着漂浮的拟真快感，形象的超真实以其特有的虚拟现实性成了人们在现实重压下难以求得的"娱乐"栖身之所。文化形态的形象超真实对艺术形态的形式虚拟性的改写，正是当代文艺娱乐维度形态之变的一个重要特质，它使文艺的快感体验从由"心"而生变成了随"像"而动，在这个过程中，非理性的迅速膨胀既印证了理性走向极致时的悖谬所在，也事实性地蕴藏着理性的反魅之势，当代娱乐文化现实建构中的感性与理性期待相互交融，以"形象的超真实"营造了一派当代中国的拟真境界。

其次，从"情感的丰富性"到"情绪单一性强化"的本体性变迁是娱乐形态之变的又一重要特征。情感的丰富性为文艺的娱乐属性赋予了一重理性调控的艺术色调，娱乐的感性活跃状态在情感衍变的逻辑脉络中渐次展开，进而浸透着一种厚重的精神质感。但在由大众审美趣味主导的当代大众文化语境下，情绪则超越了情感，成为大众审美趣味的宠儿，在此过程中，文学、影视等诸多文艺门类也在不同程度上经历着情绪单一性强化的娱乐改写。可以说，在当代文艺形态逐步向着消费化、碎片化、速食化方向衍变的同时，人们可以清晰地感受到当代文化精神情绪性转换的急促脉动，情感的丰富性在这样的历史语境下成了艺术活动主体无暇蕴藉、无暇体味的奢侈品。然而，由社会生活语域蔓延至文艺空间的情绪性躁动背后又有着难以撼动的现实合法性根基，在一切都讲求速度与效率的现代社会，人们需要能够快速触及神经末梢、唤起感性活跃、排遣精神紧张的大众文化商品；而大众文化产品的生产者们更是努力地采撷这些情绪化的感性快适符号，以期与市场经济时代大众的"情绪化"娱乐需求相契合，进而达到推动文化消费的现实目的。与此同时，当代中外文艺娱乐实践又现实地确证着在极端情绪性宣泄的感性跃动背后又蕴含着情感性回溯的精神动势。因此，在这样一个成长中的"中国特色"的大众娱乐时代，对于情感的精神性回溯也好，对于情绪的现实性坚守也罢，都会在历时性的时间之维中归于圆融，唯有这段从艺术作品向文化商品不断演进的形态路径清晰地划定在那里。

本章期望通过对文艺娱乐维度多元形态所做的共时性解读，梳理出一条由艺术作品到文化商品的历时性形态变迁轨迹。并从"形式的创造性"与"形象的超真实"、"情感的丰富性"与"情绪的单一性强化"等角度切入，对当代文艺娱乐维度的形态之变进行特质性阐发，使当代文艺娱乐化问题研究在多维度语义空间中获得更为立体化的理论描摹。

一、文艺娱乐维度的多元形态

（一）文艺娱乐维度的生活形态

众所周知，人类的日常生活、生产实践是艺术审美的历史起点，文艺活动之初大多是与人的生存实践交织在一起的，祭祀仪式中祈求福祉的肢体跃动，占卜天象叩问浮生的图绘用品，以及河滩边抑扬顿挫的劳动号子，都为后世舞蹈、绘画、雕塑、音乐等艺术门类的孕生提供了实践动力，也是人类生命本能的艺术延展。

而文艺的娱乐之维也同样伴随着生活现实的步步推进而日趋形成了诸多以生活形态存在的娱乐方式，这些娱乐形态以趣味化的娱乐方式满足了人们日常生活的娱乐需求。以人们熟知的"侃大山"为例，可以说，人类的历史有多长，"侃大山"的历史就有多长，甚至有人建议在人们日常所必需的衣食住行之外，再加上一个"聊"，可见，言语的倾诉对于人类而言何等重要。事实上，"侃大山"这种最为原始的人际传播方

"侃大山"带来的快慰令人痴迷

式之所以源远流长，久"侃"不衰，不仅仅在于人类对"面对面"交往方式的依恋，最重要的是这一日常活动中所蕴含的对于"无意义"性与漫无边际的精神游牧的趣味性渴求与追索，这正是"侃"的魅力与意义所在。可以说，"侃"的实质乃是运用话语进行的"闲聊"，它的展开逻辑不是思辨的、经验的，而是趣味的，正是在这样的趣味实现或满足中，大众的娱乐需求得以实现。

可以说，"侃"或"聊"具有重要的排遣、发泄的趣味调适作用，聊天对于身心健康的巨大裨益甚至还得到了医学上的证明，称其不但能帮助人排遣郁闷的情绪，还能够促进脑部血液循环，可谓强健身心之良药。然而，它更重要的作用还应该体现在以"自由"为指向的精神层面的趣味满足上。事实上，纯生活形态的"侃大山"不仅很难与严肃的意义或功利效益挂上钩，而且其本身就是一种耗费时间与能量的"无意义"活动。然而，在此种"空无"的语言游戏背后却着实包含着一个巨大的"有"，那就是人类对于"自由、闲适"之"趣"的向往。在看似混乱无序的言语碰撞中，参与者体会到的是由无意义的闲趣所带来的瞬间失重般的快慰与趣味满足，这对于难以摆脱意识形态规约的人类个体而言是何等的难能可贵，同时也道出这种以生活形态存在的语言游戏的合法性根源，及其与"娱乐"之间的深层联系。

从追求"自由、闲适"之"趣"的"侃大山"，到电话这一交互性媒体构筑的更为庞大的超时空人际聊天网络，以及网络媒介时代催生出的将人与人之间边界完全踏平的网络聊天模式，乃至而今遍布各大酒肆、沙龙之中的颇具中国特色的震

媒介延伸了"侃大山"（《锵锵三人行》视频截图）

耳欲聋的声色交错，不论是聊天媒介的技术性沿革，抑或是言语性状高低不同的中西方差异，"侃"或"聊"之中蕴含着的追求"自由、闲适"之"趣"的人性本能始终没有泯灭，非但没有泯灭，还大有乘媒介技术之势而上的趋势。以至于如今各种访谈、对话类节目充斥荧屏，都可以说是"侃大山"的媒介延伸，或者可以说是媒介延伸了"侃大山"。当然，此类"侃"的媒介变种与其原生意义上的生活形态相比已经发生了性质上的改变，最大的区别就是前者是在摄像机和观众面前被预先设计好了的，拿着聊天的架势加足马力直奔主题思想而去，而后者则是具有更强偶发性、随机性、无主题性的"随便聊聊"，与前者相比后者要闲适、自如得多。然而，不论人们如何以高技术或是新媒介的名义延伸"侃"的疆域，作为生活形态的侃却始终难以替代，它以"自由的游戏"的名义源源不断地为艺术、媒介等领域中存在的"侃"的新形态提供着"趣味"的给养。

作为语言艺术代表形态的相声就与"侃"有着剪不断的渊源，包括小品、二人转，以及说唱艺术等与"说"有着较大关联的艺术门类，都在某种程度上承继了"侃"那漫无边际、于不经意间透露"闲适"之"趣"的自由基因。还有日常生活中的"恶作剧"与"恶搞"文化、"戏仿"手法之间的文化渊源等等，都启示着人们，正是人们在日常生活中所体验到的"闲适、自由"之"趣"，才构成了文艺娱乐价值功能维度得以形成的基始；也正是在闲适之趣的维度上，生活与娱乐相缔结，才有了娱乐的诸多生活形态，才孕生了娱乐的诸多话语形式，进而衍生出更多的艺术形态、文化形态。可以说，以生活形态存在的"闲适、自由"之"趣"是人类的娱乐需求得以满足的根本保障。

（二）文艺娱乐维度的艺术形态

文艺娱乐维度的艺术形态是其生活形态的必然性延展与跃居，在生活逐步走向艺术的这个过程中，"艺术超越生活，因此艺术标准是超越众人的标准"[①]，因此，娱乐性脱离了日常生活的闲适趣味域限，与艺术性相缔结，就成了文艺娱乐维度的艺术形态与生活形态相区别的重要标志。

与生活形态的闲适之趣有所不同，艺术层面的娱乐一般借助幽默、滑稽、荒诞、反讽、戏仿等艺术形态呈现出来，而娱乐的艺术性正集中体现在这些艺术形态所具有的审智品性上。柏格森就曾在他的那本小书《笑》中围绕着喜剧的一个重

---

① 高楠著：《艺术的生存意蕴》，辽宁人民出版社 辽海出版社2001年7月第1版，第83页。

要存在方式"滑稽"来探究"笑"的娱乐内涵。他在书的开篇就指出，"如果其他动物或者无生命的物体引人发笑，那也是因为这个动物或者这个物体有与人相似的地方，带有人印刻在它们身上的某些特色"。"因此，为了产生它的全部效果，滑稽要求我们的感情一时麻痹。滑稽诉之于纯粹的智力活动"①。他认为，滑稽是喜剧艺术娱乐形态的内部机理，它只发生在真正属于人的范围之内，在充斥着生命力僵化与人性机械化状态的滑稽展演背后，人们体会到的是情感瞬间麻痹之后引发的怜悯之笑，"笑通过它所引起的畏惧心理，来制裁离心的行为"②，滑稽之笑进而成为了一种具有特定社会意义的存在。这一方面挖掘出了艺术娱乐之维的一个典型形态"滑稽"，另一方面也道出了既有社会架构与逻辑定性在娱乐艺术形态中的重要地位。

米兰·昆德拉的小说艺术则对"幽默"情有独钟，从《小说的艺术》到《被背叛的遗嘱》，在他著名的两部小说文论中，均是以"幽默"为话题揭开帷幕的，其中蕴含了昆德拉对小说诗学中幽默意蕴的思考。他曾经在《被背叛的遗嘱》中讲述自己年轻时与工人们一同解读巴努什对于妇人的猥亵之举时给出自己对于"幽默"的定义，"幽默：天神之光，把世界揭示在它的道德的模棱两可中，将人暴露在判断他人时深深的无能为力中；幽默，为人间诸事的相对性陶然而醉，肯定世间

---

① ［法］柏格森著，徐继曾译：《笑》，北京出版社出版集团 北京十月文艺出版社2005年1月第1版，第3—4页。
② ［法］柏格森著，徐继曾译：《笑》，北京出版社出版集团 北京十月文艺出版社2005年1月第1版，第14页。

无肯定而享奇乐"①。可见，虽然人生来会笑，但表层的感官愉悦并不能涵盖"笑"的真谛，"将笑理解为一种艺术，意味着笑并不仅仅是一种本能，它更是一种文化、一种文明"②。"幽默"不但是一种能够引人发笑的艺术形态，而且更是一种超越"本能"意义的智性之乐；昆德拉在托举出艺术娱乐之维的另一个典型形态"幽默"的同时，也触摸到了"幽默"这一娱乐艺术形态的精神质感。

　　而在"荒诞"这一著名的审美形态之中也同样蕴藏着这种富含精神质感的娱乐内涵。作为西方现代文明的产物，"荒诞"往往以一种非理性的怪诞艺术形式表现出人对于人生之无意义和虚无性的精神体悟，在对于丑鄙之物的快感承领中渗透着批判与反思的审美内涵。卡夫卡的《变形记》以惊人的荒诞框架和细节真实揭示了人怎样变成虫的"人的异化"的时代主题；加缪的《局外人》更是通过对于"在我们的社会里，任何在母亲下葬时不哭的人都有被判死刑的危险"的主题概括，揭露了整个社会的荒诞，以及人无法与社会相对抗的艺术主题。还有萨特的《恶心》、尤奈斯库的《秃头歌女》、贝克特的《等待戈多》等等，这些作品都以怪诞的形式技巧于笑声中表达了书写者对于人世真相的坦然承领与消极抗争，既展现了作为一种艺术形态存在的"荒诞"所具有的娱乐价值，也揭示了其中蕴含的富于艺术性的反思批判品质。

①　［捷］米兰·昆德拉著，孟湄译：《被背叛的遗嘱》，牛津大学出版社 上海人民出版社1995年12月第1版，第31页。
②　宋伟：《娱乐狂欢时代的"笑"》，《艺术广角》2011第2期，第74页。

还有塞万提斯的《堂吉诃德》通过主人公对于骑士传奇诙谐戏谑的模仿传递出来的"戏仿"之乐；莫里哀通过《太太学堂》、《伪君子》、《唐璜》等多部喜剧作品流露出的讽刺之乐。以及宫廷俳优的戏言托讽、宋人杂剧中颇具政治讽刺意味的喜剧传统、鲁迅于纷繁世事中发掘乖张与悖谬的幽默气质、林语堂在清淡自然中透露出来的机智、新颖的妙趣。在中外文艺语域中孕生的这些伟大的艺术作品，以幽默、滑稽、荒诞、反讽等艺术特有的娱乐形态，传递出一种内在的智性品格，进而体现出文艺娱乐维度所具有的审智品性。

如果说"娱乐"是以感性活跃为表征的，那么娱乐中的自由却有着深刻的理性成分。正如王小波所说："我看到一个无智的世界，但是智慧在混沌中存在；我看到一个无性的世界，但是性爱在混沌中存在；我看到一个无趣的世界，但是有趣在混沌中存在。"①这些艺术大家要做的正是以锐利的艺术眼光道出感性娱乐背后的人世真相，由此展露出笑的智慧，进而达到自由娱乐的精神彼岸。这是娱乐由生活形态的"审情"向艺术形态的"审智"逐步递进的过程，也是这些充满艺术性娱乐意蕴的文艺文本能够流传后世、余韵不绝的真意所在。从小说、戏剧，到相声、小品，这些脱离了偶发性日常生活维面的艺术形态，将娱乐、趣味从其所寄生的形而下的日常生活感官躯壳中拔离出来，提升到了一个超越一般"自由"意义的精神愉悦的智性高度，从而规避了老舍所说的作为一种非审美形态存在的谐趣向"轻薄"或"野腔无调"滑落的下坠趋势。

---

① 王小波著：《王小波全集（第2卷）：我的精神家园》，重庆出版社2009年9月第1版，第89页。

当然，在中西方文化语域中以文艺的娱乐品性存在的艺术文本，因文化传统、审美理想、艺术观念等方面的差异而呈现出不同的娱乐艺术表现形态。比如，由于审美理想的差异，中华文化强调由人与人、人与社会、人与自然共同营造的内在和谐，体现在娱乐艺术形态上则一般表现为通过机智幽默的语言制造喜剧效果以达到发人深省的现实意义；而西方文明往往追求由"数""量"的和谐所达至的"形式的和谐"，在娱乐艺术形态上则大多表现为依靠外形的扭曲、夸张的舞台动作、尖锐的戏剧冲突来打破形式的和谐，进而制造笑料、带来滑稽效果。再如，由于中西方艺术观念的差异，前者源于"言志"，后者肇始"模仿"，这就造成了西方艺术惯常借助于丑态、缺点，以及人性弱点的描写来增强艺术的讽刺性喜感；而受到"言志说"思想传统的影响，中国的文学艺术则标举喜中有悲、悲中含喜、哀乐互化的中正平和之境，以此抒发和表达内心的意志与愿望，艺术的教养功能占据着超越娱乐功能之上的重要地位，由此产生了歌颂型喜剧艺术形态，表达了人们对于美好情境的向往。中西方文化语域在文艺娱乐维度上存在的这些差异，都为当代中国文艺娱乐维度的形态之变奠定了基调，也从某种程度上决定了其从艺术形态向文化形态、产业形态转型的特殊性与文化差异性。

　　从幽默、滑稽到荒诞、反讽，与娱乐的生活形态相比，文艺娱乐维度的艺术形态从艺术自律性的角度彰显了艺术性娱乐的审智品性，而从生活中剥离出来的文艺娱乐之维则进一步推动娱乐实现了由感性活跃的现实层面向有着深刻理性成分的自由之境跃升。然而，在东西方迥异的文化语域中，文艺娱乐维度的这一智性品格又在不同文化传统和审美理想的承载下呈现出不同的艺术表现形态，这就从文化特质的角度直接决定了当代中国文艺娱乐形态产业化转型的未来走势，从而成为本书在探讨当代文艺娱乐维度形态之变的过程中不容忽视的重要内容。

（三）文艺娱乐维度的文化形态

就当下而言，文艺娱乐维度的文化形态应该就是指大众文化形态，而娱乐文化形态的当代崛起从当代文艺的文化研究转型中便可窥见一斑。

20世纪60年代前后，西方社会开始步入后工业化信息社会，消费主义时代的到来与社会福利的日渐完善为民众创造了更多的闲暇时间，大众传媒和大众文化在社会生活中也日益占据着主导性的文化地位，这些外部动因都促使50年代由传统英国文学学科中发展起来的"文化研究"，从对工人阶级生活方式和印刷文化的关注，转向了大众传媒、政治及消费意识形态、多元文化群体的研究之中，由此开启了文化研究的全盛时代。与传统的学院化学科界定不同，文化研究并没有分明的学科领域，它是在文学、社会学、语言学、精神分析学等多学科交叉的文化语域中逐步兴起的。消费主义助推下的大众文化和大众传媒的主导性权力地位，迫使以往龟缩于自律性话语领域中的各学科语域不得不打破自身界限，主动向更具实践性特质的日常生活和他律性文化动因延展。"文艺"也在这个瞬息万变的大众社会里认识到，单纯依靠传统的文艺观念、思路、方法与范式无法有效地完成对当下问题的思考与辨识，必须以更具社会关怀与世俗关怀的理论胸襟，密切联系当代生活方式、日常生活、大众传媒与大众文化，才能够对更多与文艺相关的文化现象作出更为切实的解答与阐释。

可见，当代文艺的文化研究转型是伴随着日常生活话语及大众趣味在大众社会日益上升的主导性地位而来的，因此，大众文化形态的当代崛起首先与世俗大众日常生活中的文化需求有着极为密切的关联，而文艺娱乐维度中文化形态的当代凸显则事实性地源于俗众文化中蕴藏的感性诉求。

美国学者诺埃尔·卡洛尔就曾经指出了大众艺术的一个重要特征——"易理解性"，并对其作出了较为客观的评价："尽管大众艺术的批评者们提出了种种抨击之词，大众艺术的这一特征并不是什么耻辱之源。它是大众艺术在我们所知的世界上可能存在的一个条件。假如大众艺术的设计不是明确地为了轻松理解，即，为了让最大数量人在不用费力的情况下进行理解，它就不可能赢得大众受众。"[1]这既道出了作为大众文化形态之一种的大众艺术的文化特质，也阐明了在大众文化语境下艺术与日常生活的感性需求相互勾连的必然性与必要性。为了达到大众社会人们审美口味的平均水平，适应社会上大多数人的欣赏品味，艺术必然要降格以求，文艺娱乐之维也由此逐渐偏离了艺术性的审美轨迹，开始了对于感性愉悦的无尽追逐。具备"易理解性"特质的情感类型可谓众多，包括厌恶、愤怒、开心、悲伤、恐惧、惊讶等等，这些情感类型虽然并非一律地等同于"快乐"，但却事实性地构成了大众日常生活的感性之维，进而成为娱乐文化形态的核心特质之一。从商

---

① ［美］诺埃尔·卡洛尔著，严忠志译：《大众艺术哲学论纲》，商务印书馆2010年5月第1版，第273页。

业广告、商业性大片、电视剧，到流行音乐、通俗文学、大众戏剧，这些被冠以"俗"、"众"、"商"的大众艺术形态正是通过对类型化、易理解的大众情感类型的感性捕捉而与世俗大众日常生活中的感性诉求相契合，进而从"文化"而非"艺术"的层面上实现了对于文艺娱乐形态的当代改写，并印证着文艺与文化、艺术与商品之间存在的形态性关联。

其次，娱乐文化形态的当代凸显与大众传播媒介的日益繁盛也有着密切的现实关联。

当代大众传播媒介在文艺娱乐维度文化形态的形成过程中事实性地扮演着极为重要的角色。首先，电影、电视等视觉形态主导的大众传媒的当代繁荣，使"眼见为实"成为了人们感知外界的主要方式，也使与视觉相关的大众娱乐形态在影像意识形态的策动下蓬勃发展。从根本上讲，市场经济向日常生活的渗透隐含着为各种生活内容赋予商品属性的潜在动机，而商品的交换价值则隐藏于形色各异的商品形式之中，"形式化"既是商品化的必要条件，也成为当代大众生活的主导性趣味。可见，在"影像的欢愉"占据主导地位的文化境况背后事实上隐匿着产业资本逻辑对于"形式"的关注与追逐，以视觉性表达为核心介质的影像意识形态与注重形式感的消费意识形态在当代的历史时空中相遇，并且一拍即合，进而衍变为一种媒介的意识形态，影响着人们的审美品味和对于世界的感知能力，使审美文化视阈下倡导"用心体会"的艺术形态逐步向着"眼见为实"的文化形态衍变，文艺的娱乐之维进而也在影像享乐主义的鼓噪下向"新感性"的日常生活现实滑移。

除了影像传播介质外，数字化信息技术所承载的具有消解性特质的"比特娱乐逻辑"，也从"想象力娱乐"的角度推动了文艺娱乐维度文化形态的当代繁荣。从痴言醉语般的玄幻、穿越类网络文风的盛行，到由恶搞风潮裹挟而来的恶搞视频、恶搞段子的蔓延，都印证着当代文艺娱乐维度文化形态的数字化新生。数字比特逻辑向文艺领域的大规模媒介延伸，使文艺娱乐维度的文化形态超越了影像媒介所构筑的视像快感的单一维度，以"想象力娱乐"的方式冲破了被传统大众传播媒介固化了的形式构造，实现了"形式"的自我增繁与创新，极大地丰富了娱乐文化形态的"形式"内容；更为可贵的是，比特逻辑以消解性的技术特质，抹平了大众介入艺术创作的技术门槛，创造了一种创作者与消费者合二为一的娱乐艺术新形态，使普罗大众共同参与到"想象力娱乐"的比特空间中来，以更为宽阔的形式疆界与感性维面承载着芸芸众生的新感性欲求。

　　作为文化形态存在的娱乐与大众感性诉求的日常勾连，与视像化、比特化的大众传播媒介的技术性联姻，都对以艺术形态存在的文艺娱乐之维产生了本体性的影响。通过幽默、滑稽、荒诞、反讽等艺术形态传递出来的娱乐艺术特有的审智品性，日益屈从于由"影像欢愉"和"想象力娱乐"共同缔造的感性活跃的大众艺术逻辑。在文学领域，这种视像化转向使原本依靠反思批判等手段建构起来的文字形态的精神愉悦转向视像快感的文字描摹，影像逻辑向文学空间的游移，使文学作品中的智性愉悦逐步为视觉的愉悦所替代；而文学的网络迁徙则使文学的娱乐之维度进一步脱离了现实的阈限，进入到了充满玄幻色彩的"想象力娱乐"的比特空间。事实上，由技术理性主导的"视像的愉悦"和"想像力娱乐",虽然使大众的感性经验得到了进一步拓展,但在资本逻辑的驱使下,这些脱离了艺术形态本体的大众传媒时代的娱乐文化形态也事实性地陷入到了形式化、模式化的娱乐窠臼之中。正如李泽厚所说,即便这些由技术理性引发的感性娱乐的物态化或物化具有现实合理性,是人性构成中一个必要而有益的方面,但通过艺术的审美和情感冲破这种"人心机械化"的桎梏,进行新的感受、创造和自由直观,也是人性构成的另一个重要方面①。文艺娱乐维度的文化形态一旦离开了艺术性的审美滋养,必然会落入大众媒介技术理性营建的形式化套路之中,进而打着"回归日常生活"的旗号在消费意识形态的诱导下衍变为"野腔无调"的"瞎胡闹"。

可见,从生活形态、艺术形态到文化形态,当代文艺娱乐维度在形态性嬗变的过程中,也进行着由艺术作品向文化商品的身份转换,但这种转换将长久地以"进行时态"存在,多元形态间的话语博弈也将是必然而永久的。

二、当代文艺娱乐维度形态之变的特质解读

当代文艺娱乐维度形态之变的特质解读是在娱乐的艺术形态与大众文化形态之间展开的,在由艺术作品向文化商品的形态转换过程中,文艺娱乐之维的多元形态间也实现着由"形式的虚拟性"到"形象的超真实"、由"情感的丰富

---

① 李泽厚著:《实用理性与乐感文化》,生活·读书·新知三联书店2008年6月第1版,第50页。

性"到"情绪的单一性强化"的特质转换。在此基础上，对当代文艺娱乐维度的形态嬗变进行对比性特质解读，将有助于本书从基本形态的视角出发进一步拓展当代文艺娱乐化问题的话语空间。

（一）从"情感的丰富性"到"情绪的单一性强化"

在由艺术作品向文化商品的当代文艺娱乐维度形态变迁过程中，还呈现出"情感的丰富性"向"情绪的单一性强化"转换的文化特质。

首先，"情感的丰富性"是以艺术形态存在的娱乐的又一重要特征，在艺术层面上实现与满足着艺术活动主体对于感性愉悦的智性追问。

可以说，艺术的"形式"与"情感"之间始终存在着一种极为重要的关联。苏珊·朗格就曾经对巴恩施将艺术视为情感的客观外化大加赞赏，并且认为艺术层面的情感概念乃是艺术形式的内涵，它标示了情感及其他主观经验产生、发展和消失所经历的过程，再现了人类内心生活的统一性、个别性与复杂性。如前所述，在以"虚拟性"著称的摆脱了生活现场真实性束缚的形式化艺术范畴中，就事实性地蕴藏着人类情感的更为丰满的非现实性诉求，展现出了情感生发的意义增繁过程和丰沛的创生性意义维度。因此，沿着"形式的虚拟性"这一艺术形式脉络追溯下来，"情感的丰富性"就成为了艺术形态语域中娱乐话语的又一基本特质。

而情感的丰富性也为文艺娱乐维度赋予了一重更为丰厚的艺术色调。在充斥着生命力僵化与人性机械化状态的滑稽展演背后，人们体会到的是情感瞬间麻痹之后引发的怜悯之笑，并以此来抵御自身与社会中心相脱离所造成的僵硬。在以非理性怪诞的艺术形式呈现出来的"荒诞"之笑背后，渗透着书写者对于人生之无意义和虚无性的精神体悟，在对于丑陋之物的快感承领中更浸润着批判与反思的情感内涵。可见，在娱乐的艺术形态中，对于感性愉悦的呈现方式是多样的，文艺的娱乐之维始终循着一条曲折蜿蜒的情感脉络起伏变化，艺术活动主体在此过程中感受着情绪跌宕起伏带来的精神愉悦。而这一切，又都是在情感衍变的逻辑脉络中渐次展开的，因而其娱乐品质在感性愉悦的实现中又浸透着一种厚重的精神质感。

当然，在文艺娱乐维度情感脉络的起伏变化中，固然存在着情绪化的感性激发与强化现象，但这种情绪的激发与强化乃是在既有情感脉络中生发出来的情感表象，或是对于感性愉悦情感活动的情绪化呈现。因此，"情感"与"情绪"是本书在对当代文艺娱乐维度形态之变进行特质解读的过程中所必须廓清的两个概念。有学者曾经对情绪与情感两个概念进行过辨析，"情绪有别于情感"，"前者的发生图式更多在于生理性，更倾向于在生理层面激发、强化并完成，后者则更多在于心理性，有更多的经验参与与理性调控"[①]。这样的概念界定事实上证明了情绪的显在特征与情感的潜在基调，从艺术的视角出发，情感像推动着艺术之流向前汩汩奔流的强大动势，潜伏在艺术的基底，不停地增繁演进，决定着主体脉动的方向；而情绪则像一丛丛飞溅的浪花，激情四

---

① 高楠、王纯菲著：《中国文学跨世纪发展研究》，人民文学出版社2008年1月第1版，第281页。

溢，但却短暂易逝，显现着生命的勃发状态，却隐含着回归于平淡的生理势能。在宽广的艺术之流中，两者始终是并存着的，缺一不可。

然而，在由大众审美趣味主导的当代大众文化语境下，情绪则超越了情感，成为大众娱乐趣味的宠儿，得到了前所未有的时代性强化。大众文艺活动主体跳出了既有的情感愉悦的感性脉络，直奔情绪单一性强化的快感之巅而去，这背后既有处于生活重压之下的社会大众对于"讶异"之趣的情绪性渴求，也有创作主体对于这种情绪性渴求的投机心态的推动。总之，在由艺术作品向文化商品的形态之变过程中，情绪性快感的单一性强化打破了情感愉悦的感性脉络，续写着当代文艺娱乐维度形态衍变的文化篇章。在此过程中，文学、影视等诸多文艺门类也在不同程度上经历着情绪单一性强化的娱乐改写。

面对市场经济时代如潮般而来的文学创作，有人曾经感叹："我读到了太多的感觉，但是几乎读不到情感，在一些聪明人的笔下，世界似乎只剩下了狂醉烂饮的酒吧和单单只摆放着一张双人床的独身卧室，在这个暧昧的世界里，大家说着相同的话，长着相同的面孔，使用着相同的'情绪'（不是衍生，而是使用）——这种情绪多数时候表现为愤怒，地下、前卫，只是你根本就不知道他们的愤怒从何而来，他们的'地下'与大家的'地上'又有什么区别。"[1]这事实上正道出了当代文学语域中存在着的情绪化书写的文化症候。伴随着社会

----

① 林建法、徐连源主编：《中国当代作家面面观 寻找文学的魂灵》，春风文艺出版社2003年4月第1版，第499—500页。

财富的日益膨胀和资本两极化走向的日益加剧，在放浪的享乐、愤怒的谴责和狂躁的恐惧中，社会心理的神经质化趋势在文学语域中也日益凸显。

即便是对于爱情的描写，也逐步褪去了浪漫主义的情感外衣，转而在身体消费的呼号声中情绪化地升腾起来。肇始于王安忆的性恋小说"三恋"（《小城之恋》、《锦绣谷之恋》、《荒山之恋》），在新时期对于禁欲主义压抑的反驳和人性回归的呼声中，性爱便开始以一种敞开而非压抑的方式进入到了文学创作之中。而历经了《废都》、《情爱画廊》等作品的情性淘洗，市场经济时代的身体消费开始在文学语域中堂而皇之地展开。在叶兆言的长篇小说《我们的心多么顽固》中，人的本能欲望的无限滋长和宣泄构成了整个作品的故事架构，在作为第一人称"我"的讲述中，身体遵循着本我的快乐原则尽情放纵，似乎对于本我快乐的满足才是最大的人性，而爱情得以滋生的情感性因素在身体的快乐欲求面前则可以忽略不计了。虽然作品在对情绪性快感的描摹中，最终还是以历尽沧桑之后白头偕老的情感呈现煞尾，进而赋予整个故事一个超越性的情感主题"我们的情感如此顽固"，但却与充斥于作品中的情绪化的欲望诱惑有些断裂、难以调和。还有阎连科的中篇小说《为人民服务》也凸显了相似的充满情绪性张扬的欲望主题。性无能的师长外出开会，师长夫人就利用自己的权力强迫勤务兵与其发生关系，而在权力与情欲的纠葛中，双方竟然在一次次的情欲满足中产生了所谓的爱情。在这样一个封闭的权力堡垒中，权力压迫下的愤怒的虐恋居然催生了绵绵的情愫，虽然作者希望对一系列情绪化的通奸事故进行提纯，进而制造出一种圣洁的情感主题，但情绪性快感的现实凸显无疑扩大了"情感"与"情绪"间的艺术鸿沟，形而上的审美提升仍然难以掩饰情绪化的性爱主题，文化消费时代情感超越的艺术努力必然性地落入到娱乐消费的审美悖论之中。

除了对于情欲快感的情绪化凸显外，还有由《中国式离婚》、《经营婚姻》等婚恋伦理作品引发的情感狂躁症，也成为了文化消费时代"情绪单一性强化"的另外一重娱乐症候。这类作品往往注重对当代婚姻、婚恋过程中存在的问题甚至阴暗面进行大胆描绘，从外遇、离异、第三者、背叛，到婆媳征战、恋人反目、妻离子散，作品中充斥着对于情感矛盾激化的现实场景和辩白的描摹，人物往往心浮气躁满腹狐疑，容忍、信任与责任在歇斯底里般的情绪宣泄中面临崩溃。从文学反映现实生活的角度讲，这自然是市场经济时代传统婚姻、婚恋伦理情绪性激变的现实主义展现，但同时也反映了大众文化产品生产者的某种市场投机心态，他们抓住了受众中蕴藏的对于这种狂躁性"异趣"的窥探欲望，并对这种情绪进行单一性强化，进而满足大众的某种情绪性渴求，实现既定的市场预期。

然而，这也确实是一个充斥着浮躁之气的"情绪化"的时代。在情绪化时代氛围的笼罩下，人们变得敏感、躁动，他们时常处于由突然间的勃然大怒、哄堂大笑、痛哭流涕等共同构筑的情绪体验中，随时体会单一性的情绪宣泄带来的释放的快感。而大众文化产品的生产者们更是努力地采撷这些情绪化的感性快适符号，以期与市场经济时代大众的"情绪化"娱乐需求相契合，进而达到推动文化消费的现实目的。

从"情感的丰富性"到"情绪的单一性强化",当代文艺娱乐维度形态变迁中的这重文化特质不仅在文学作品的商品化转换中史无前例地凸显出来,而且在由荧屏建构的大众文艺舞台上,在想象性空前泛滥的赛博艺术空间中,在以影视创作为代表的视觉文化语域中,此类以感性活跃为指向的情绪性演绎俯拾即是。在这样的情况下,即便是曾经坚持艺术性操守与情感立场的创作者也难以独善其身,与情绪性转轨的时代脉络相接续,在他们当中,姜文便是颇值得品读的一位。

2010年底,由姜文执导的电影《让子弹飞》(以下简称《子弹》)在贺岁档的腥风血雨中冲将出来,一举击败了《赵氏孤儿》、《非诚勿扰2》、《大笑江湖》等票房劲敌,成为年终岁尾人们追捧热议的焦点话题。事实上,正是这样一颗积蓄着时代情绪的"子弹"让姜文彻彻底底打了个翻身仗。

1995年,由姜文执导的首部电影《阳光灿烂的日子》(以下简称《阳光》)开启了姜文的艺术征程。然而,姜文的导演之路并非一帆风顺,他的心血之作《鬼子来了》虽然在国际影坛频频获奖,但在国内却因"立场有问题"而遭遇了禁止公映的厄运。事实上,《鬼子来了》虽然以尤凤伟的短篇小说《生存》为蓝本,但两者的价值判断标准与对于"生存"的思索却有很大差别,小说表现出的充满情绪性狂热的民族主义气质在姜文看来是可疑的,影片转而以一种带有幽默色彩的嘲讽的方式对于战争背景下的民族主义神话进行了瓦解。在《鬼子来了》中,不论是日本军人还是中国农民,都褪去了狂热的民族主义气质,回归到了主体性的"人"的地位,他们的活动因而具有了更为世俗和天然的合理性。与小说相比，这部影片所呈现出来的情感脉络无疑是更加丰富的，创作者潜入了生命的肌理去探寻情节发展的义理所在，体现了姜氏文艺片的高明之处。然而，也正是这种姜文身上潜藏着的充满"后革命"气质的明辨与颠覆使锋芒毕露的"鬼子"在民族主义的强大氛围中四处碰壁。

2007年，蛰伏多年的姜文又祭出了他的新作《太阳照常升起》（以下简称《太阳》）。这部充满魔幻现实主义审美特质的文艺片，吸收了西方后现代电影的结构方式，将其与拉美文学中的魔幻现实主义手法相结合，以一种碎片化、狂欢化、魔幻化的方式建构起时间游戏的电影结构，再现了那个特殊历史语境下的狂热、荒谬气氛，践行着创作者对于记忆的印象化反思以及对于生命的叩问。它借助深邃、多义的情感描摹传递出一种激越、亢奋的情绪状态，从而以艺术化的方式别致地勾连起了情感与情绪，使即便难以参透情感脉络的观众也能够通过影片传递出情绪性意味弥补审美距离。然而，在由商业性主导的大众影像时代，以艺术形态存在的娱乐文本注定难以愉悦所有人的神经，从这个角度讲，《太阳》的

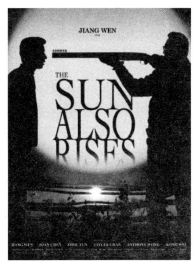

《太阳》的票房"陨落"是一则情理之中的文化事件

票房"陨落"是一则情理之中的文化事件,这既是艺术的常态,也展现了当代文艺娱乐化时代大众娱乐趣味的霸气与主导之势。

冯小刚曾经笑谈,"如果哪天姜文拍商业片了,我的好日子就到头了。"确实,在冯氏幽默纵横中国影坛的十余年间,姜文一直在经历着卧薪尝胆般的艺术苦修,直到2010年《子弹》的横空出世,才使中国电影商业片的高地上出现了多元化的枪声,姜文也尝到了激发起群众热情的甜头。《子弹》是姜氏电影商业化转轨的标志性文本,也是一部融精英意识与大众趣味于一体、情感性描摹与情绪性触发相间的杂糅之作。它首先将姜文艺术逻辑中特有的激进情绪作最大化处理,并与后现代电影中的暴力美学相结合。快节奏的镜头转换在密不透风的视觉轰炸中为人们讲述了一个扣人心弦的革命故事,群众们在"枪在手,跟我走,杀四郎,抢碉堡"的革命口号的鼓动下上演了一出"分田分地"的社会主义革命大戏,这些创作元素的加入无疑牢牢地抓住了观众的视听神经,撩拨起他们的情绪性快感,进而与消费时代的大众娱乐趣味相吻合。但另一方面,作为艺术片高手的姜文又绝不甘心就此陷入商业片的情绪性鼓噪之中,片中张麻子的一句"站着把钱挣了",正表达出了姜文内心深藏着的精英意识与艺术情结,从鹅城、铁门以及枪击出的惊叹号,到张麻子散银子、散枪发动群众杀四郎的情节编排与场景创设中所蕴含的现代派意味,都显露出《子弹》不同于其他商业大片的独特文艺血统。"公平,公平,还是他妈的公平"与"让子弹再飞一会儿"的经典台词中更是充满了暗示与象征的隐义,勾起了人们的现实之怨，并在颠覆的快感体验中制造出一种意味深远的妙趣。

　　姜文凭借着《子弹》在精英与大众之间辗转腾挪，这段平衡木走得辛苦但却漂亮，为业界留下了一段"站着把钱挣了"的佳话。而《子弹》中呈现出来的大众趣味与精英意识之间的纠结与矛盾，事实上也正代表了在当代文艺娱乐化转轨时代，情感与情绪之间的文化博弈状况，毕竟，在含蓄与节制中孕生的情感愉悦如何能够在一个情绪单一性强化的感性激越的文化肌体中保持稳定？这本身就是一重悖论。

　　然而，"情绪"的历史性凸显有着坚实的现实合法性根基，在一切都讲求速度与效率的现代社会，人们需要能够快速触及神经末梢、唤起感性活跃、排遣精神紧张的大众文化商品，以情绪的单一性强化为特质的文艺娱乐化转轨乃是当代文化逻辑的题中应有之义。正如尝试凭借《子弹》向商业片转轨的姜氏电影，虽然面临艺术上的诟病与责难，但却收获了来自大众的更多的关注与喝彩；潜伏着歇斯底里情感症候的婚恋伦

在大众趣味与精英意识间辗转腾挪的《子弹》

理作品，却与大众对于狂躁性"异趣"的窥探欲望相契合，也与情绪化的时代节奏合拍；大众传媒语境下相声艺术的脱口秀式蜕变，虽然斩断了传统曲艺含蓄、冗长的情感铺垫与心理蕴藉，但其灵活松散、直接鲜明的段子构造却更符合大众的速食性娱乐心理诉求；以都市小剧场为演绎空间的二人转艺术，虽然逐步褪去了民俗性的叙事外衣，向着戏谑、搞笑、粗鄙的情绪化愉悦方向挺进，但却迎合了都市大众释放情感、排遣郁结的现实需要。在当代文艺形态逐步向着消费化、碎片化、速食化方向衍变的过程中，我们也可以清晰地感受到当代文化精神情绪性转换的急促脉动，而情感的丰富性在这样的历史语境下成了艺术活动主体无暇蕴藉、无暇体味的奢侈品。

与此同时，我们还应该看到，在"情绪单一性强化"的感性跃动中事实上包孕着一种归于消亡的文化动势。正如经历了"9·11"恐怖袭击之后的美利坚文化正在向着"后后现代主义"方向回溯，美国人的审美趣味在恐怖主义对于好莱坞灾难片的后现代式戏仿和极端化的情绪宣泄中发生着变化。"叙事清晰连贯，道德观念明确的作品重新受到读者的欢迎"；"表现美的舞蹈、音乐和绘画艺术作品又开始受到人们的青睐"，"在创作领域一场反后现代主义的运动正在悄然兴起，其目的似乎是要拨乱反正，纠正道德相对论所造成的偏差"①。在极端的情绪性宣泄之后，人们又踏上了情感性回溯的精神历程。在这方面，虽然国别不同，但心性亦然。在多元并存的当代中国文化场域中，虽然情绪性躁动已经由一种普遍

---

① 王晓群主编：《理论的帝国》，中国社会科学出版社2004年11月第1版，前言第2页。

性的社会心理大规模侵入文艺领域，但人们对情感的渴求也在情绪化的世风中日渐强烈。正如转战商业片战场的姜文却依然不舍文艺片的架势，被认为深陷商业大片泥潭的张艺谋却出人意料地温情脉脉地谈起了《山楂树之恋》，纯洁的恋情随着剧情的推进在影院里撩拨起哭声一片，在当下这样一个爱情遭遇无数疑问的年代，这集体性的失声痛哭无疑隐含着一种缅怀与追忆之情。

　　然而，这是否就预示着艺术情感的新一轮回归呢？当男女主演打着"纯情"的标语为"某某纯净水"站台助威时，人们似乎看到刚刚从情感的母体中滋养生发出来的那个丰满温润之物，转眼间就在消费意识形态的鼓噪下被抽空了灵魂，变成情绪性生产谱系中的一个新的文化标签。正如科林伍德洞察到的那样，在大众娱乐艺术庞大的情感疆域中，快感可以通过无限多样的情感类型派生出来，"纯情"当然也可以归入此列。那么，什么才是真正的"情感"状态呢？情绪性躁动能否长久地固守其存在的合法化基础呢？长期浸渍在情绪性娱乐趣味之中的人们是否已经在道德相对论的虚无主义氛围中丧失了真正的情感感知能力呢？从文艺的娱乐维度出发，这些问题的答案恐怕还是应该在艺术的情感脉络与现实的情绪性躁动之间寻求感性与理性相配比的黄金分割点。

（二）从"形式的虚拟性"到"形象的超真实"

　　在由艺术作品向文化商品的当代文艺娱乐维度形态变迁的过程中，呈现出诸多文化特质，形式的虚拟性向形象的超真实的形态转换便是其中之一。

首先，"形式的虚拟性"是以艺术形态存在的娱乐的重要特征，它与"情感的丰富性"相互呼应，在艺术层面上共同实现与满足着艺术活动主体的娱乐需求。

可以说，艺术的"形式"与"情感"之间始终存在着一种极为重要的关联。苏珊·朗格就曾经对巴恩施将艺术视为情感的客观外化大加赞赏，并且认为一定艺术形式中蕴含了丰厚的情感内涵，包括情感及其他主观经验产生、发展和消失所经历的过程，再现了人类内心生活的统一性、个别性与复杂性。在以"虚拟性"著称的摆脱了生活现场真实性束缚的形式化艺术范畴中，就事实性地蕴藏着人类情感的更为丰满的非现实性诉求，展现出了情感生发的意义增繁过程和丰沛的创生性意义维度。可以说，虚拟性的艺术形式是承载丰富艺术情感的必要条件，因此，沿着"情感的丰富性"这一艺术形式脉络追溯下来，"形式的虚拟性"就成为了艺术形态语域中娱乐话语的又一基本特质。

从艺术作品的形态定性出发，在音乐、舞蹈、戏剧、文学等艺术的多种形态中，存在着一种普适性的形式本体规定，即虚拟性。"虚拟"在艺术活动中的形式本体地位源于人在自身发展过程中对于自然的超越性本质欲求，这种艺术虚拟活动在艺术文本的形式构造中首先就呈现为符号化的意义虚拟。苏珊·朗格就曾经以"人类情感符号的创造"来界定"艺术"概念，她认为，将声音、动作、姿态等内容"传达给我们知解力的就不是相关的信号而是符号形式"[①]，正是通

---

① ［美］苏珊·朗格著，刘大基等译：《情感与形式》，中国社会科学出版社1986年8月第1版，译者前言第12页。

过艺术符号这种"有意味的形式"对于所指内容的虚拟性表达，才使人类摆脱了生活现场的真实性束缚，以形式化的艺术符号实现了对于人类情感的更为丰满的非现实性展现，进而达到艺术性娱乐的现实目的。

以中国戏曲艺术的发展为例，它事实上也经历了由"实"渐"虚"的漫长的形式衍变过程。譬如京剧舞台上的人物乘马行为[①]，据考证其初期阶段是用纸扎的马形来写实地表现马，但是由于这种将纸马绑缚在演员身上的作法不利于演员的表演，就逐渐发展出以一根竹竿代替马的表演形态，原本写实的"马儿"得到了虚化的表现。而现今我们在京剧舞台上看到的"以鞭代马"则是对"竹马"的进一步虚拟性改良，舞台上无竹无马，单凭演员挥鞭策马的动作就可以拟构出一幅骏马奔腾抑或万马齐喑的生动画面。从纸马的写实性呈现到挥鞭策马的动作模拟，骑马这一动作的京剧艺术形式经过数百年的发展，终于在形式的虚拟化方面达到了一定的艺术高度，成为人们欣赏戏曲艺术时重要的趣味着眼点。

可以说，传统戏曲艺术的这种写意化、虚拟化形式特质在身段动作、脸谱造型、服饰妆容等方面都得到了不同程度地渗透，全面践行着由"实"而"虚"的符号化艺术嬗变。观众虽然已经谙熟戏剧文本的情节内容，但仍百看不厌，其趣味着眼点正在于品咂那虚拟化表演形态中蕴含的写意性审美向度、体味多重意义创生空间带来的自由感受。符号化的意义虚拟经过戏曲舞台实践的审美处理逐步衍变为一种程式化的艺术

---

① 参见刘琦著：《京剧形式特征》，天津古籍出版社2003年1月第1版，第161—162页。

存在，中国戏曲艺术也由此发展为一种可以脱离故事情节独立观赏的艺术样式，并凭借着独特的形式美感获得了本体性的审美价值。

京剧舞台上的"以鞭代马"、"单桨为船"

　　传统戏曲艺术虚拟性特质的形成现实地源于诸多因素的共同作用，包括继承了讲唱艺术以人物叙述简化舞台置景的朴素创作理念，还有"移步换景"式的不断变换的时空观①等等，但在诸多因素中发挥根本性作用的应该是源远流长的民族审美趣味。李泽厚先生就曾经提出以"情本体"作为中国传统艺术旨趣的文化标的，这无疑是具有深刻洞见的理论主张。"情本体"是与西方文化传统中的"理本体"不同的价值信仰体系，前者推崇儒家所倡导的人伦情感价值取向，后者则体现了西方文化语域中悠久的思辨理性传统。正是以"情本体"为价值取向，在传统戏曲艺术的审美场域中，观众在写意化、虚拟化的无限意境创生空间中体味着繁复的人间情味，而艺术活动主体对形式美感呈现出的虚无之美进行反复玩味的过程，实

　　① 参见 傅谨著：《戏曲美学》，文津出版社1995年版，第226—235页。

际上就是对世俗感性经验进行深度品咂的过程，人间的感性生存意蕴在这一过程中变得更加充盈、丰沛。可见，在中国文艺发展史上，写意化的民族艺术观念是根深蒂固的。以虚拟的形态表现现实生活内容的艺术实践屡见不鲜，以传神写意为特色的审美传统主导着民族审美情趣的走向。

当然，虚拟在艺术活动中的本体性地位，决定了不只是东方，在崇尚写实的西方艺术语域中也同样存在非现实性的趣味渴求。柏拉图就曾指出："诗人是一种轻飘着的长着羽翼的神明的东西，不得到灵感不失去平常理智而陷入迷狂，就没有能力创造，就不能作诗或代神说话。"[①]可见，进入非现实的虚拟情境对于艺术创作者而言是至关重要的，由此才能体会到创作的愉悦。康德更是在此基础上将艺术指认为一种"游戏幻象"，他认为，"游戏幻象""是思想游戏的外在体现，但决不具有欺骗性。艺术家不是想通过它使已确信无疑的见解产生谬误，而是想借这种表象直观真理。这种表象与其说使真理的内在本质晦暗不明，毋宁说形象地表达了艺术家关于真理的意见"[②]。康德虽然对由视像所营造的"形式的幻象"持否定态度，但却对艺术层面的"游戏幻象"宠爱有加，在他看来，这种人为的非现实性游戏是艺术家为追求愉悦而创造出来的，在思想的引领下，艺术活动参与者循着"心灵"的轨迹进入到由

① ［希腊］柏拉图著，朱光潜译：《文艺对话集》，人民文学出版社1963年9月第1版，第8页。

② 康德《作为一般创造原理的诗歌语言学》《康德全集》1902年版柏林，第15卷，第906—907页转引自［美］弗兰德里克·齐乔瓦茨基著，周波译：《游戏的幻象：康德论艺术中的真理》，《郑州大学学报》2006第1期。

艺术作品营造的虚拟情境和价值世界之中，沉浸于"空间的外形游戏"和"时间的感觉游戏"中去。然而，对艺术而言，不论其虚拟的对象内容是现实已有的、可能存在的，抑或是不可能之物，只要它是经符号化了的意义虚拟，便在艺术游戏的虚拟幻象中占有一席之地。形式的虚拟是情境虚拟的基本要求，而构造虚拟情境的需要又为形式的虚拟提供了丰沛的"思"之源泉。正是符号化的意义虚拟所提供的融"创造性""想象性""蕴藉性"于一体的巨大意义增繁空间，才使艺术活动主体体验到了艺术"游戏幻象"中蕴含的自由的精神愉悦，这也为文艺娱乐之维提供了形式本体上的确证。

第二，"形象的超真实"是大众文化中娱乐的重要表现形态，它依凭强大的媒介技术理性在文化的层面上实现或满足着大众在中国当代娱乐文化现实建构中超越于现实的感性期待。

如果说艺术形态的形式虚拟是凭借广阔的想象性意义增繁空间支撑起文艺的娱乐维度，那么当代大众文化语境下以文化形态存在的文艺娱乐之维则在视觉文化的鼓噪下向着"形象的超真实"方向演进。"超真实"是法国后现代理论家让·鲍德里亚提出的一个概念，在鲍德里亚复杂多变的思想世界中，在西方马克思主义批判理论影响下形成的以《物体系》、《消费社会》等为代表的消费文化研究，构成了其前期学术生涯的理论主题；此后，鲍德里亚则转而以"符号之镜"对马克思的"生产之镜"展开了针锋相对的批判。他认为资本逻辑在使一切商品化了的同时，也使"物"日益抽象化、符号化，通过对媒介文化进行的符号学分析和批判，鲍德里亚深化了他对现代仿真技术的哲学反思，宣告了超真实后现代社会的来临。在鲍德里亚所描述的超真实符号世界中，真实与非真实之间的界限在现代电子技术和生物技术的影响下变得模糊不清，这种按照技术模型生产出来的真实是一种比真实还要真实的虚拟真实。

　　提到"真实"，传统美学建立在二元对立形而上学基础上的"真实"概念是难以绕过的一重理论前见。雄霸西方美学数千年之久的"模仿论"艺术观认为，美是对"真实"的再现，美即是真，"真实"乃是艺术的"最高纲领"，而这一纲领所采取的审美策略则是"再现"。在这一过程中，由于模仿手段和技术条件的人工性，任何一次模仿都是具体且不可替代的，这就造成了摹本对原本的复制无疑是存在缺失的，原本于是成了独一无二的存在。因而，艺术活动主体即使在特定情境中被深度卷入到艺术构境之中，他们也能够在事后清醒地意识到那只是艺术的虚拟真实。然而，在由技术理性营造的超真实审美视界中，以现代电子技术为基础精确复制的"类像"（simulacra）打破了传统艺术形态"原本"与"摹本"二元对立的形而上学状况，成为杰姆逊所说的"没有原本的东西的摹本"①。由于没有原本的比照，幻觉与现实便被混淆起来，一个比真实还要真实的类像世界诞生了，这便是超真实的技术哲学。媒介技术所承载的"类像"最终替代了客观现实成为真正的"真实"，"类像"完成了鲍德里亚所说的"对真实的谋杀"。此后，鲍德里亚又用"仿真"（simulation）"内爆"

---

① ［美］弗雷德里克·杰姆逊讲演，唐小兵译：《后现代主义与文化理论——弗·杰姆逊教授讲演录》，陕西师范大学出版社1987年8月第2版，第174页。

（implosion）"模型"（model）"代码"（code）等一系列原创概念描述了一幅虚拟与现实之间的界限被抹平了的超真实文化景观。在这样一个世界中，一切都太真实了，原本由"诱惑"填充的充满了神秘象征色彩的性，被拟真化地赋予了一个全晰的形式维度，"过去一切看不见的东西都不可思议地出现在眼前"[①]；音乐也背负着"高保真"之名，在技术拟真所营造的四维空间中扑面而来。在电影、电视、广告等大众艺术形态中存在的影像介质也竭尽所能地挖掘现代仿真技术的拟真潜能，通过3D影像、数字特效等新技术力量为受众构建了一个形象超真实的新感性艺术审美视界。

然而，这并不是超真实符号世界的终极指向。在形象的超真实背后，技术理性所希求的乃是一个虚拟与现实之间的界

《黑客帝国》中的《拟像与仿真》

---

① ［法］鲍德里亚著，张新木译：《论诱惑》，南京大学出版社2011年2月第1版，代译序，第28页。

限被完全抹平的仿真世界。电影《黑客帝国》就为"仿真"概念和鲍德里亚哲学提供了极好的影像诠释。影片开篇处尼奥从一本被掏空的书中取出一碟非法软件，那本被掏空的书就是鲍氏的名著《拟像与仿真》（Simulacra and Simulation），昭示着影片与鲍德里亚哲思的隐秘关联。而孟菲斯对尼奥说："欢迎来到真实的荒漠"，"你一直生活在鲍德里亚的图景中，在地图里，而非大地上。"则真切地道出了"仿真"抹平虚拟与现实、地图与大地之间界限的理性图谋，由于缺乏现实的对象性所指，谋杀了"真实"的"类像"只能在符号能指的意义上进行自我指涉，即它便是现实，便是意义本身。

　　技术仿真的超真实意旨也广泛渗透进当代文化场域之中。虽然杰克逊、麦当娜这样的明星与生活中的他们并无多大关联，但在大众传播媒介的助推下，明星绯闻的存在又往往与他们参与其中的文艺作品形成某种互文性的"拟态环境"，共同构建着明星的形象。美国波普艺术大师安迪·沃

孟菲斯："欢迎来到真实的荒漠"

霍尔的那些颇具后现代色彩的画作可以被视为是对这一当代文化景观的极好阐释。美元钞票、坎贝尔汤罐、可乐瓶子、玛丽莲·梦露头像等等都是沃霍尔创作时钟情的对象，他将这些取自大众传媒的图像，以几乎千篇一律的绘画图式不断重复拼贴。没有原作，没有独特的风格，只有不断系列化重复着的物象符号，观者在系列化的视觉轰炸中麻木而呆板地走进了一个物象符号与客观现实混淆不清的仿真世界。沃霍尔以一种颇具哲学意味的方式道出了这个由技术理性支配的形象超真实符号世界的意识形态图谋，以仿真的符号游戏达到了对传统美学的颠覆与超越。

可以说，这种超真实的美学策略在当代各类文艺语域中均有所体现，并在文化的层面上实现与满足着大众在中国当代娱乐文化现实建构中超越于现实的感性期待。

在大量"戏说"历史、"重读"经典的大众文化文本中，历史与文学、传统与现实之间的边界被消弭了，那些年代久远的传奇人物和历史场景在超真实影像世界中神奇地复活了，并经由语言或符号的拼贴与戏仿获得了现实性的娱乐延展。电视剧《抗日奇侠》通过对抗日将士的武侠传奇式娱乐改造，塑造出了一个个拥有铜头铁臂、能够上天入地的抗日奇侠形象；《雪豹》中的周卫国凭借着浑身散发出的那股痞子气成功地塑造了一个在抗日战场上挥斥方遒的痞子英雄形象。这些以影像化的方式塑造出来的历史形象，形成了一派经过娱乐化处理的当代文化景观。历史英雄以传奇化的方式活在当下，并通过娱乐八卦的方式与影视明星的生活现场形成某种互文性关联，这种指向当下的历史与经典的形象超真实营造虽然为受众提供了一个易于切身体察的感性氛围，满足了大众对于历史的当代想象，但历史与传统的真实性却在语言或符号的拼贴与戏仿过程中被"虚化"了，人们对历史和传统的久远记忆成了经过当代娱乐化处理的超真实影像，传统与现实之间的边界由此被消弭，历时性时间距离的急剧压缩使意义与真实一并失效，一切都处在由仿真构筑的指向当下的形象超真实的感性世界之中。

在以数字虚拟性著称的网络世界中，这种超真实的美学策略更是在文本内外两个层面上得到了进一步贯彻。首先，在比特世界中，艺术文本始终以未完成和可续写的形态存在，大众以存储、记忆、复制、修改、续写等方式共同参与到互动式创作中来，使虚拟与现实之间形成间性互动的流动性文本态势，虚拟向现实的扩散性影响使一个超真实的网络艺术世界日趋形成。其次，参与到网络超真实艺术世界中的普罗大众也大多是冲着这种形象超真实的虚拟快感而来的。从"盗墓"风云的网络崛起，到由《明朝那些事儿》引发的戏说历史的"明月热（作者：当年明月）"，在网络文学中，对于视像性想象的极具现场感的逼真描摹，使网络文学的活动主体醉心于采集具体而具象的历史生活片段，并辅以充满玄幻色彩的时空穿越情节，在惊险、悬疑等感性娱乐层面上满足大众对于历史的现实性想象。在对于历史场域的现实化娱乐还原中，每一个历史事件都清晰而深刻地呈现出来，每一位历史人物都丰满而圆润地矗立在那里，他们的一颦一笑彷佛历历在目，即使是神仙皇帝也成了能够与读者同呼吸共命运的身边人。再辅以戏说、反讽、调侃等娱乐佐料，历史人物与当代大众、历史场景与现实

生活之间的沟壑被填平，他们共时性地存在于一个由形象超真
实美学策略主导的文化场域之中，而大众在中国当代娱乐文化
现实建构中超越于现实的感性期待则在此过程中得以实现。

　　在技术理性与资本逻辑共同介入的享乐主义文化境况
中，形象的超真实以其特有的虚拟现实性成了人们在现实重
压下难以求得的"娱乐"栖身之所。然而，与文艺娱乐维度
的艺术形态对于形式的虚拟性追求不同，后者以符号化的意
义空间为终极指向，进而使艺术活动主体在"创造性"、
"想象性"、"蕴藉性"的意义增繁空间中体验艺术的"游
戏幻象"带来的自由的精神愉悦。而在当代大众文化语境下
孕生的文艺娱乐维度的文化形态，则在由现代技术理性主导
的形象超真实的形式本体规约下，为人们营造了一个虚拟与
现实相混淆的超真实世界，他们浸渍其中，省却了"深度卷
入"的心路历程，在全景化的多维视像空间中体验着超越于
现实的拟真快感。而与艺术的形式虚拟所追求的极具创生性
的符号化意义空间相比，这个由形象的超真实构建的拟真世
界便是它的意义所指，人们在意义的自我指涉中体会着漂浮
于现实之上的视像愉悦。

　　从"形式的虚拟性"到"形象的超真实"，在从艺术作
品到文化商品的文艺娱乐之维形态转变过程中，该如何对这一
重要特质进行价值评判？思想者鲍德里亚的精神世界无疑带有
一抹悲悯性的晦暗色调，当他透过符号的视角发现一切都已经
被置于技术的鼓掌之中，就悲观地认为，这个超真实的拟真世
界最终必将在意义缺席的感官愉悦中走向毁灭。如果将这番论
见放在当代中国的文化场域中审视则应该有另外一重意蕴，从

社会效应角度出发，形象的超真实所营造的超现实快感体验虽然暗含着消费享乐主义的金钱价值观和技术理性的操控作用，但也事实性地与当代中国娱乐文化现实建构中的感性期待相暗合，与肇始于新启蒙时代的呼唤感性解放的历史潮流相呼应，因此具有现实的合理性。然而，在多元文化力量并存的当代中国，由技术理性主导的形象超真实也确实存在着在消费享乐主义纵容下一步步走向非理性狂热的娱乐动势，而这种在乐感文化语域中出现的非理性的迅速膨胀却必然性地积蓄着理性的反魅之势。可以说，文化形态的形象超真实对艺术形态的形式虚拟性的改写，正是当代文艺娱乐维度形态之变的一个重要特质，它使文艺的快感体验从由"心"而生变成了随"像"而动，在此种形态变迁的过程中，当代娱乐文化现实建构中的感性与理性期待相互交融，以"形象的超真实"营造了一派当代中国的拟真境界。

（三）从"影像的逼真性"到"拟像的完美罪行"

在当代文艺娱乐维度形态嬗变的过程中，还呈现出一种从影像到拟像超真实演进的艺术特质。

当代数字技术领域经常提及的"虚拟现实"正是它的一个本质特征。然而，数字技术构筑的超真实虚拟视界并不是一个突然发生的媒介事件，须知新旧媒介的更迭往往呈现出一种代际关系，数字拟真的媒介诉求正源于影像介质对于形象高度逼真性的追求。20世纪30年代末，海德格尔就在《世界图像的时代》一文中预言了世界被把握为图像的必然趋势，"世界图像的时代并非指一幅关于世界的图像，而是指世界被把握为图像了……世界图像并非从一个以前的中世纪的世界图像演变为一个现代的图像；不如说，根本的世界变成图像，这样一回事情标志着现代的本质。"①而托马斯·米歇尔也在《图像转向》一书中揭示了"图像转向"的时代主题，指出了视觉审美研究的广阔前景。可以说，图像时代视觉审美的发展与视觉机器的进化同步推进，19世纪30年代末，银版摄影术（法国画家达盖尔）的发明使"凝视"成为世界图像时代的中心；20世纪以降，影视技术的快速发展推动整个社会日益发展为一个"目光的国度"。随着现代科技文明日益发展，照相机、录像机、电影、电视等视觉媒介机器快速普及，影像日益成为图像时代的主导性视觉对象，而"凝视"也成为了世界图像时代的重要特征。

影像依靠视觉媒介机器生成，具有即拍即得、可复制和逼真性等特点，与绘画等传统艺术形态不同，影像艺术追求的不是艺术活动主体对彼岸精神世界的个体感悟，而是呈现艺术活动主体与日常生活世界间的观赏关系（即凝视关系）。由于影像具有无与伦比的逼真性，因而被视为是被摄物的替代品，在更大程度上体现了艺术活动主体对日常生活世界真实性的把握。面对新闻摄影、历史照片，观者体味到的是"真实"的气息。电影的出现更是接替了剧场艺术，肩负起对人物行为进行动态摹写的重要职责，通过影像，人们认为自己拥有并把握了世界的真相。

可以说，影像的诞生和广泛应用对大众的审美娱乐趣

---

① ［德］马丁·海德格尔著，孙周兴译：《林中路》，上海译文出版社1997年12月第1版，第89页。

味产生了深远的影响，在某种程度上极大地撼动了传统"文字"介质在文艺领域的主导地位，将"逼真性"的价值标准提升到了空前重要的地位。与此同时，影像艺术主导的"逼真性"审美趣味嬗变也随着现代科技文明的发展而得以演进，与数字技术相结合成为"数字拟真"时代的先声，并为拟像艺术的形成埋下了伏笔。

图像时代事实上是一个由技术性影像主导、视觉审美范式不断转向拟像的历史语域。20世纪末叶，后现代理论家鲍德里亚完成了他的又一部思想巨著《完美的罪行》，他指出在后现代技术哲学的蛊惑下，影像实现了对图像的虚拟，高保真实现了对声音的虚拟，计算机编码实现了对语言的虚拟，现实被数字技术制造的拟像所取代，比真实更真实的拟像大行其道而现实被消解，技术在给人类建构起一个超真实视界的同时，也使人们迷失了自我，这实在是一个"完美的罪行"。鲍德里亚为人们呈现出了一幅从影像发展到拟像之后的世界图景，更加真实、更加完美，以至于令人炫目。

当代文艺审美娱乐维度也正是在此种技术哲学嬗变过程中经历着艺术形态的变迁。以戏剧艺术为例，20世纪初西方就开始了屏幕艺术与戏剧艺术相互融合的艺术尝试，在这个过程中影像介质也逐步与现场表演相结合，凭借"影像的逼真性"积极拓展剧场艺术空间，引发多媒体剧场艺术审美趣味的变革。1914年，美国动画电影之父温瑟·麦凯创作了世界上第一部角色动画电影《恐龙葛蒂》（Gertie the Dinosaur），并创造了第一个真正意义上的动画明星——恐龙葛蒂——一只可爱的长颈恐龙女孩儿，此后，他又将这部动画电影搬上了

世界上第一部角色动画电影《恐龙葛蒂》（Gertie the Dinosaur）曾被改编为多媒体剧场艺术作品

舞台，改编为多媒体剧场艺术作品，在全美巡回演出①。舞台上，恐龙葛蒂被投射到舞台后部的电影屏幕上，麦凯则如驯兽师一般用肢体和言语来指挥这个无声的动画角色，舞台上的真人通过准确地计算动画时间而与影片中的恐龙形成了对话互动关系。如在表现"葛蒂用嘴接住一个苹果"这一情节时，麦凯将一个道具苹果假装扔向屏幕，与此同时，葛蒂做出了接住苹果的动作；在表演接近尾声的时候，麦凯走到屏幕背面，作为驯兽师按比例出现在电影投影的相同位置，最后，"虚拟的"麦凯踏上葛蒂的背部，骑着葛蒂走向远方。作为最早出现

① Refer to Steve Dixon：Digital Performance， Cambridge：MIT Press，2007，p.73—74。

的融合电影元素的戏剧表演作品，"恐龙葛蒂"为国外多媒体剧场艺术的发展提供了诸多有益的创作经验，如运用时间精算来"欺骗"观众、现场表演者与媒体图像的对话互动，以及现场表演者"走进屏幕"后变为虚拟人物的技巧，在后世许多数字戏剧表演中屡屡出现。电影投影技术开始出现在众多歌舞表演和音乐厅演出中，幻觉衔接的舞台效果得到不断改进，影像技术凭借独特的视觉再现特质极大地拓展了剧场艺术的时空边界，改变着大众的审美趣味及其对世界真实性的理解。

　　经历了20世纪上半叶影像变革的多媒体剧场艺术，在20世纪下半叶又逐步与数字技术相融合，向超真实的数字戏剧演变。数字戏剧在某种程度上秉承了数字拟真的超真实技术哲学，但与传统剧场艺术致力于营造虚幻世界的艺术理想不同，数字戏剧活动主体在剧场空间中营造拟像视界，对实存之物进行现象性拟真呈现，从而模糊了剧场时间、观众时间和生活时间之间的界限，使真实身体与虚拟身体相融合，以剧场艺术方式续写了拟像时代关于"真实"的美学原则。这就使得数字剧场更像是一个"观赏性"事件，一出"风景剧"，剧场与日常生活之间的边界日益模糊，戏剧活动主体与剧场艺术之间的审美距离无限缩短，这正是图像时代从影像到拟像审美范式演进的结果，也决定了数字技术语域中的剧场艺术对于"真实"的理解。数字拟真也被广泛应用到大众娱乐表演艺术领域中来，进一步推动当代文艺娱乐维度形态向着"拟像"的超真实方向发展。

　　进入新世纪以来，数字媒体投影在表演艺术中得到大量运用，特别是越来越多以大众娱乐形态出现的表演艺术活动，都利用数字媒体技术丰富自身的表现形式、提升娱乐品格，在快速崛起的大众文化浪潮的推动下，数字表演也步入了更加泛化的跨领域发展阶段。

流行音乐在视听艺术相互融合方面取得了很大进展，音乐电视将各种视听手段融合在一起，拓展了大众音乐艺术的体验空间。英国虚拟乐队"街头霸王"（Gorillaz）值得一提，

第48届格莱美颁奖典礼，美国流行音乐巨星麦当娜与Gorillaz乐队的四名虚拟偶像同台亮相

以卡通造型示人的虚拟表演团体与麦当娜在格莱美舞台上的表演相结合，成为数字拟像时代的典范之作。前Blur乐队主唱戴蒙·奥尔班（Damon Albarn）与漫画家杰米·休利特（Jamie Hewlett）联手打造了这支乐队，四个极具城市HIP—HOP色彩的小鬼是乐队的全部成员。"街头霸王"从2001年开始连续发行多张专辑，赢得超高销量，被吉尼斯世界纪录封为"世界最成功虚拟乐队"。2006年，在一年一度的美国流行音乐盛典，第48届格莱美颁奖典礼上，美国流行音乐巨星麦当娜与Gorillaz乐队的四名虚拟偶像同台亮相，现实与虚拟的跨时空对话，缔造了新世纪流行音乐表演史上的惊艳之作。

还是在2006年，被称为英国时尚教父的著名服装设计师亚历山大·麦昆（Alexander McQueen），在他的时装秀台上使用全息影像技术，将英国名模凯特·摩丝（Kate Moss）的形象以全息影像方式搬上舞台，在表演现场，身穿白色长裙的凯特·摩丝悬浮在空中，她缓慢旋转着，衣摆褶皱也随之飘动，营造出如梦似幻的舞台表演氛围。

进入新世纪以来，各种演唱会、音乐节与多媒体技术的广泛融合进一步推动了国外大众娱乐产业的发展。与英国

著名服装设计师亚历山大·麦昆将英国名模凯特·摩丝的形象以全息影像方式搬上舞台

Gorillaz乐队相似，2007年，日本北海道一家制作公司开发出全息虚拟偶像歌手"初音未来"，历经数年推广流行之后，她已经成为全球知名的虚拟偶像歌手。2010年3月，制作公司使用全息投影技术为"初音未来"举办了首场个人演唱会，虚拟偶像如真人一般在台上歌唱、与乐队交流，并和台下观众互动，演唱会获得空前成功，也开启了此后虚拟偶像多国巡演的序幕。

　　数字技术在大众娱乐表演艺术中的广泛运用，是大众艺术与后现代技术文化水乳交融的现实表征。以"跨界"著称的后现代思潮借助弥合虚拟与现实之间界限的数字技术，引领着大众艺术领域的文化走向。在数字技术的助推下，生活与艺术、虚拟与现实之间的界限被急遽拉近，新世纪的大众艺术因为与大众审美趣味的空前契合而展现出前所未有的文化霸气。

　　从"影像"到"拟像"，从"逼真性"诉求，到"超真

虚拟偶像歌手"初音未来"

实"的"完美罪行"，在世界图像的时代，当代文艺形态围绕着"真实性"实现着审美趣味的嬗变。人们对于"真实性"的娱乐诉求日趋苛刻，以至于陷入"拟像"构筑的非真实完美境界中而难以自拔。然而，这也正揭示了当代文艺娱乐维度形态嬗变的一重重要特质，从"影像的逼真性"到"拟像的完美罪行"，它既源于人类为自身营造能够沉浸其中的幻象空间的恒久理想，也是在大众娱乐产业的资本欲求中顺势而来。无论如何，在充满了真实和虚拟的拟像空间中，新的实验形式和实践机会持续涌现，不断刷新着人们的艺术体验方式和当代文艺娱乐维度的形态结构。这种形态流变因为与艺术受众的审美趣味及娱乐诉求相融合，因而体现出一定的现实合理性，成为当代文艺娱乐维度形态之变的又一种理论注释。

结　语

　　当代中国文艺娱乐化转向是在多元文化力量的共同推动下向前推进的，这些推动力量包括源于西方的消费享乐主义伦理、媒介娱乐文化，中国民众自身长时间被压抑的快乐需求，以及倡导在有限生命中追逐无限享乐的乐感文化传统等等，它们共同推动了"娱乐新世纪"的到来。然而，在多元文化力量相互融汇、相互博弈的当代中国文化语域中，来自现代西方社会的感性快乐驱动力自然不容忽视，但真正的动力之源恐怕还应该是作为文化无意识存在的乐感文化现世享乐观，以及中国民众自身长时间被既有理性压抑着的快乐需求。

　　如前所述，娱乐在当代中国事实上是在经历了很长一段时间的既有理性压抑，又经过了短暂的感性有待解放的自我启蒙之后，才得以释放的。一直以来，文艺的感性娱乐之维始终在既有理性的围捕中龃龉前行，它在既有理性的默许中活跃着，又在既有理性的统摄下缄默着，只有到了市场经济时代，潜藏在中国大众心中的长期被压抑的快乐需求才开始现实性地迸发出来。从这一角度讲，市场经济时代娱乐话语的大众流溢代表了一种感性解放的强大力量，它将娱乐从"他律"的重压下解救出来，开启了一个感性活跃的新时代，其中蕴含的时代进步意义难以磨灭。

然而，当以往处于文化边缘地带的俗众乘上大众传媒民主化、文化体系消费化的时代战车，闯入被既有理性占据的思想腹地的时候，硝烟四起的娱乐战场便陷入了更加焦灼的时代境况之中。在这场旷日持久的指向文化分化的娱乐混战中，面对已经被既有理性渗透的群体性文化无意识，面对来势汹汹的享乐主义消费伦理的冲击，高举感性娱乐大旗的大众趣味能否在市场经济的历史语境中真正夺得并掌控时代话语权，这仍然是一个值得怀疑的问题。既有理性面对难以收束的文艺娱乐化流俗的义愤与匡正，不但反映了他对文艺娱乐之维进行意识形态询唤的现实状况，也昭示着既有社会理性深远而持久的影响力。

事实上，当代文艺娱乐化问题乃是一个矛盾的统一体，在中国特色的历史语境中，如果将文艺价值功能体系的这一嬗变归之于消费文化或媒介文化可能都失之简单，文化传统、思维定势、主流意识形态等既有因素也必须一并考虑进去。消费文化与媒介文化的当代崛起使文艺娱乐功能的感性维度得到了空前凸显，从某种程度上可以视为是对既有理性的"祛魅"之举，而在这一过程中，既有社会理性又在乐感传统人伦文化"钟摆"效应的趋"中"式逻辑框架之内践行着理性教养的"返魅"意图。与"娱乐"在西方大众文化语域中所面临的"抵制"与"赞同"的矛盾境况相似，当代中国文艺娱乐化问题中存在的纠葛与悖谬也是"娱乐"在当代中国现实生活境况的理论反映，对这一问题的考察无疑具有较强的实践品性与现实意义。

可以说，当代文艺娱乐问题是很难以"理性"或"感性"的单一视角来衡量的，在当代中国驳杂的文化语境中，即使在文艺娱乐价值功能多元维度内部，包括消费文化享乐主义逻辑和当代中国娱乐文化现实建构中的理性与感性期待等在内的多元文化力量，也都是在既有社会理性和文化传统的冲击下不断寻求着一种平衡与自洽。这就注定了当代中国的"娱乐新世纪"必定是一个多层次并存的文化语域，并与不同层次的娱乐需求相契合，而精英与大众、传统与当代、主流与非主流之间的娱乐博弈在其中渐次展开，共同营造了这样一个众声喧哗的"新感性"时代。

当然，"当代文艺娱乐化问题研究"是针对文艺领域中出现的某种现实问题展开的理论研究，期间涉及与文艺娱乐功能维度相关的基本理论问题，而对这一问题的研究又与认识、教育、审美等文艺多元功能体系相互交融。因此，看似单纯的娱乐化问题，实则很难做纯然的密闭式研究。"汝果欲学诗，功夫在诗外"，任何快乐、悲伤，或是痛苦的生命体验都很难说是自在自为的，它的萌生或多或少要受到外在因素的影响；而当代文艺娱乐化问题的出现，也同样不会限于对"娱乐"自身的审视，研究者要将视野投向更加开阔的文化语域当中，带着问题去寻找与"娱乐"相关的思想线索。正如书中提到的，"娱乐"作为一套由人类心理结构与社会结构相互交织而组成的复杂机制，它既涵盖了人类内在心理层级的各个层面，又受到多重外在社会结构的型塑与影响，并由此形成了多层次的艺术功能维度。在对"当代文艺娱乐化问题"进行考察的过程中，需要培养一种辩证的"批判性思维"方式①，即在揭示对象内在发展根据的基础上，深入分析事物矛盾的各个侧面，对问题进行综合把握与系统评价，最终能够因地制宜地指导实践。本书着重从审美文化、大众文化、媒介文化、消费文化以及文化传统等多元视域出发，对"娱乐"进行多角度的价值厘定，相信这些理论工具的挖掘与梳理将对论题的辩证考察提供有益的价值参照，避免得出某些过于主观、片面的论断。这既是一种思维方式，也应该是当代人文学者对待"娱乐"问题的基本态度。

---

① 参见贺善侃：《批判性思维与辩证思维》，《广州大学学报（社会科学版）》2005第3期，第45—49页。

张燕楠、周弘毅：《治理网络谣言：培养受众批判性思维》，《新闻战线》2014第3期，第86—87页。

参考文献

▲学术著作

［1］［爱沙尼亚］斯托洛维奇著，凌继尧译：《审美价值的本质》，中国社会科学出版社2007年1月第1版。

［2］［德］桑巴特著，王燕平等译：《奢侈与资本主义》，上海人民出版社2000年9月第1版。

［3］［德］韦尔施著，陆扬等译：《重构美学》，上海译文出版社2006年4月第1版。

［4］［德］马丁·海德格尔：《林中路》，孙周兴译，上海译文出版社1997年12月第1版。

［5］［德］马克斯·韦伯著，于晓、陈维纲译：《新教伦理马资本主义精审》，三联书店1987年12月第1版。

［6］［法］柏格森著，徐继曾译：《笑》，北京十月文艺出版社2005年1月第1版。

［7］［法］鲍德里亚编著：《符号政治经济学批判》，南京大学出版社2009年9月第1版。

［8］［法］鲍德里亚著，车槿山译：《象征交换与死亡》，译林出版社2006年4月第1版。

［9］［法］鲍德里亚著，刘成富等译：《消费社会》，南京大学出版社2000年10月第1版。

［10］［法］鲍德里亚著，王为民译：《完美的罪行》，商务印书馆2000年10月第1版。

［11］［法］鲍德里亚著，仰海峰译：《生产之镜》，中央编译出版社2005年1月第1版。

［12］［法］鲍德里亚著，张新木译：《论诱惑》，南京大学出版社2011年2月第1版。

［13］［法］格雷马斯著，冯学俊译：《论意义（上下）》，百花文艺出版社2005年6月第1版。

［14］［法］居伊·德波著，王昭凤译：《景观社会》，南京大学出版社2006年3月第1版。

［15］［法］罗兰·巴尔特等著，吴琼等编：《形象的修辞：广告与当代社会理论》，中国人民大学出版社2005年12月第1版。

［16］［法］乔治·巴塔耶著，汪民安编：《色情、耗费与普遍经济：乔治·巴塔耶文选》，吉林人民出版社2003年版。

［17］［法］让·诺安著，果永毅等译：《笑的历史》，生活·读书·新知三联书店1986年11月第1版。

［18］［法］尚·布希亚著，林志明译：《物体系》，上海人民出版社2001年4月1版。

［19］［法］雅克·拉康，让·鲍德里亚等著：《视觉文化的奇观：视觉文化总论》，中国人民大学出版社2005年12月第1版。

［20］［古希腊］伊壁鸠鲁、［古罗马］卢克来修著，包利民等译：《自然与快乐：伊壁鸠鲁的哲学》，中国社会科学出版社2004年11月第1版。

［21］［荷］赫伊津哈著，何道宽译：《游戏的人：文化中游戏成分的研究》，花城出版社2007年9月第1版。

［22］［加］麦克卢汉等著，何道宽译：《麦克卢汉精粹》，南京大学出版社2000年10月第1版。

［23］［加］麦克卢汉著，何道宽译：《机器新娘——工业人的民俗》，中国人民大学出版社2004年10月第1版。

［24］［加］麦克卢汉著，何道宽译：《理解媒介 论人的延伸》，商务印书馆2000年10月第1版。

［25］［美］尼尔·波兹曼著，章艳译：《娱乐至死》，广西师范大学出版社2004年5月第1版。

［26］［美］尼尔·波斯曼著，何道宽译：《技术垄断：文化向技术投降》，北京大学出版社2007年10月第1版。

［27］［美］丹尼尔·杰·切特罗姆著，曹静生等译：《传播媒介与美国人的思想——从莫尔斯到麦克卢汉》，中国广播电视出版社1991年6月第1版。

［28］［美］道格拉斯·凯尔纳编，陈维振等译：《波德里亚一个批判性读本》，江苏人民出版社2008年1月第2版。

［29］［美］道格拉斯·凯尔纳编，丁宁译：《媒体文化——介于现代与后现代之间文化研究、认同性与政治》，商务印书馆2004年3月第1版。

［30］［美］费斯克著，宋伟杰等译：《理解大众文化》，中央编译出版社2001年9月第1版。

［31］［美］杰姆逊讲演，唐小兵译：《后现代主义与文化理论 精校本》，北京大学出版社2005年6月第2版。

［32］［美］苏珊·朗格著，刘大基等译：《情感与形式》，中国社会科学出版社1986年8月第1版。

［33］［美］马尔库基著，黄勇、薛民译：《爱欲与文明：对弗洛伊德思想的哲学探讨》，上海译文出版社2008年4月第1版。

［34］［美］诺埃尔·卡洛尔著，严忠志译：《大众艺术哲学论纲》，商务印书馆2010年5月第1版。

［35］［美］托马斯·古德尔、杰弗瑞·戈比著，成素梅等译：《人类思想史中的休闲》，云南人民出版社2000年8月第1版。

［36］［美］威廉·欧文主编，张向玲译：《黑客帝国与哲学——欢迎来到真实的荒漠》，上海三联书店2006年9月第1版。

［37］［美］威廉姆斯著，许春阳等译：《艺术理论：从荷马到鲍德里亚》，北京大学出版社2009年10月第1版。

［38］［美］弗雷德里克·詹姆逊著，王逢振等译：《快感：文化与政治》，中国社会科学出版社1998年3月第1版。

［39］［苏］卡冈著，凌继尧译：《美学和系统方法》，中国文联出版公司1985年3月第1版。

［40］［英］安吉拉·默克罗比著，田晓菲等译：《后现代主义与大众文化》，中央编译出版社2001年1月第1版。

［41］［英］布莱恩·特纳著，马海良等译：《身体与

社会》，春风文艺出版社2000年3月第1版。

［42］［英］戴慧思主编，黄菡等译：《中国都市消费革命》，社会科学文献出版社2006年3月第1版。

［43］［英］丹尼尔·米勒著，费文明等译：《物质文化与大众消费》，江苏美术出版社2010年1月第1版。

［44］［英］卢瑞著，张萍译：《消费文化》，南京大学出版社2003年11月第1版。

［45］［英］罗宾·乔治·科林伍德著，王至元、陈华中译：《艺术原理》，中国社会科学出版社1985年11月第1版。

［46］［英］迈克·费瑟斯通著，刘精明译：《消费文化与后现代主义》，译林出版社2000年版。

［47］［英］齐格蒙特·鲍曼著，欧阳景根译：《流动的现代性》，上海三联书店2002年1月第1版。

［48］［英］斯特里纳蒂著，阎嘉译：《通俗文化理论导论》，商务印书馆2001年3月第1版。

［49］［英］威廉斯著，刘健基译：《文化与社会的词汇》，三联书店2005年3月第1版。

［50］［芬］尤卡·格罗瑙，向建华译：《趣味社会学》，南京大学出版社2002年5月第1版。

［51］艾秀梅著，《日常生活审美化研究》，南京师范大学出版社2010年8月第1版。

［52］包亚明著：《游荡者的权利——消费社会与都市文化研究》，中国人民大学出版社2004年版。

［53］陈刚著：《大众文化与当代乌托邦》，作家出版

社1996年9月第1版。

［54］程正民、程凯著：《中国现代文学理论知识体系的建构：文学理论教材与教学的历史沿革》，北京大学出版社2005年11月第1版。

［55］范玉刚著：《欲望修辞与文化守夜：全球化视域中的中国大众文化研究》，中国文联出版社2008年7月第1版。

［56］方维保著：《消费时代的情感印象：中国当代文学与批评的文化观照》，辽宁教育出版社2010年8月第1版。

［57］高楠、王纯菲著：《中国文学跨世纪发展研究》，人民文学出版社2008年1月第1版。

［58］高楠著：《文艺学：传统与当代的纠葛》作家出版社2005年版。

［59］高楠著：《艺术的生存意蕴》，辽海出版社2001年7月第1版。

［60］高楠著：《中国古代艺术的文化学阐释》，辽宁人民出版社1998年版。

［61］高小康著：《狂欢世纪——娱乐文化与现代生活方式》，河南人民出版社1998年10月第1版。

［62］高小康著：《世纪晚钟：当代文艺与艺术趣味评述》，东方出版社1995年5月第1版。

［63］高宣扬著：《流行文化社会学》，中国人民大学出版社2006年4月第1版。

［64］辜振丰著：《布尔乔亚：欲望与消费的古典记忆》，岳麓书社2004年9月第1版。

［65］何志钧著：《文艺消费导论》，中国社会科学出

版社2007年12月第1版。

　　［66］贾磊磊著：《武之舞——中国武侠电影的形态与神魂》，河南人民出版社1998年10月第1版。

　　［67］蒋原伦著：《媒体文化与消费时代》，中央编译出版社2004年1月第1版。

　　［67］［美］苏特·杰哈利著，马姗姗译：《广告符号：消费社会中的政治经济学和拜物现象》，中国人民大学出版社2004年9月第1版。

　　［69］金元浦主编：《多元对话时代的文艺学建设》，军事译文出版社2002年12月第1版。

　　［70］孔明安、陆杰荣主编：《鲍德里亚与消费社会》辽宁大学出版社2008年6月第1版。

　　［71］蓝爱国著：《好莱坞制造：娱乐艺术的力量》，宁夏人民出版社2007年1月第1版。

　　［72］蓝爱国著：《网络恶搞文化》，中国文史出版社2008年3月第1版。

　　［73］李泽原著：《实用理性与乐感文化》，生活·读书·新知三联书店2008年6月第1版。

　　［74］李泽原著：《中国古代思想史论》，人民出版社1985年2月第1版。

　　［75］李宁著：《技术现代性的悖反逻辑：鲍德里亚媒介批判理论研究》，江苏人民出版社2010年6月第1版。

　　［76］罗刚、王中忱主编：《消费文化读本》，中国社会科学出版社2003年6月第1版。

　　［77］毛崇杰著：《颠覆与重建：后批评中的价值体

系》，社会科学文献出版社2002年5月第1版。

［78］孟繁华著：《文化批评与知识左翼》，吉林出版集团2009年10月第1版。

［79］孟繁华著：《众神狂欢：世纪之交的中国文化现象》，中国人民大学出版社2009年11月第1版。

［80］敏泽、党圣元著：《文学价值论》，社会科学文献出版社1997年1月第1版。

［81］莫少群著：《20世纪西方消费社会理论研究》，社会科学文献出版社2006年8月第1版。

［82］潘知常著：《美学的边缘：在阐释中理解当代审美观念》，上海人民出版社1998年11月第1版。

［83］宋伟著：《后理论时代的来临》，文化艺术出版社2011年1月第1版。

［84］陶东风、徐艳蕊著：《当代中国的文化批评》，北京大学出版社2006年1月第1版。

［85］陶东风主编：《当代中国文艺思潮与文化热点》，北京大学出版社2008年6月第1版。

［86］陶东风著：《文化研究·西方与中国》，北京师范大学出版社2002年3月第1版。

［87］汪民安、陈永国编：《后身体：文化、权力和生命政治学》，吉林人民出版社2003年12月第1版。

［88］王晓群主编：《理论的帝国》，中国社会科学出版社2004年11月第1版。

［89］王德胜著：《文化的嬉戏与承诺》，河南人民出版社1998年10月第1版。

［90］王逢震主编：《詹姆逊文集·第2卷，批评理论和叙事阐释》，中国人民大学出版社2004年6月第1版。

［91］王一川著：《张艺谋神话的终结——审美与文化视野中的张艺谋电影》，河南人民出版社1998年10月第1版。

［92］吴志翔著：《肆虐的狂欢：传媒美学谈》，武汉大学出版社2006年1月第1版。

［93］邢崇著：《后现代视域下本雅明消费文化理论研究》，山东人民出版社2009年8月第1版。

［94］尹鸿等著：《娱乐旋风：认识电视真人秀》，中国广播电视出版社2006年1月第1版。

［95］尤西林著：《阐释并守护世界意义的人》，河南人民出版社2006年5月第1版。

［96］张冬梅著：《艺术产业化的历程反思与理论诠释》，中国社会科学出版社2008年6月第1版。

［97］张柠著：《文化的病症：中国当代经验研究》，上海文艺出版社2004年7月第1版。

［98］张筱薏著：《消费背后的隐匿力量：消费文化权力研究》，知识产权出版社2009年9月第1版。

［99］张一兵著：《反鲍德里亚著：一个后现代学术神话的祛序》，商务印书馆2009年12月第1版。

［100］张一兵著：《启蒙的自反与幽灵式的在场》，黑龙江大学出版社2007年12月第1版。

［101］赵吉林著：《中国消费文化变迁研究》，经济科学出版社2009年9月第1版。

［102］赵宪章著：《形式的诱惑》，山东友谊出版社

2007年1月第1版。

［103］赵勇著：《大众媒介与文化变迁：中国当代媒介文化的散点透视》，北京大学出版社2010年1月第1版。

［104］赵勇著：《整合与颠覆：大众文化的辩证法》，北京大学出版社2005年6月第1版。

［105］周海宏著：《音乐与其表现的世界》，中央音乐学院出版社2004年12月第1版。

［106］周宪著：《审美现代性批判》，商务印书馆2005年3月第1版。

▲学术论文

［1］陈定家：《"超文本"的兴起与网络时代的文学》，《中国社会科学》2007第3期。

［2］陈全黎：《大众文化的快感与政治》，《当代文坛》2006第5期。

［3］陈嫌如：《丰盛的匮乏：大众文化的负面影响》，《文艺报》2003年2月第30期。

［4］丁国旗：《文学在消费时代的突围》，《中国社会科学院院报》2007第十一期。

［5］杜书瀛：《审美愉悦与感性经验》，《河北师范大学学报》2006第5期。

［6］杜书瀛：《消闲文化漫议》，《海南师院学报》1996第4版。

［7］杜书瀛：《消闲与文化和审美》，《文艺争鸣》1996第3期。

［8］傅守祥：《泛审美时代的快感体验：从经典艺术到

大众文化的审美趣味转向》，《现代传播》2004第3期。

［9］傅守祥：《欢乐之诱与悲剧之思——消费时代大众文化审美之维刍议》，《哲学研究》2006第2期。

［10］傅守祥：《审美化生活的隐忧与媒介化社会的陷阱》，《文艺理论研究》2007第2期。

［11］傅守祥：《消费时代大众文化的审美悖论》，《兰州学刊》2006第10期。

［12］高建平：《非空间的赛博空间与文化多样性》，《学术月刊》2006第2期。

［13］高建平：《文学与图像的对立与共生》，《文学评论》2005第6期。

［14］高楠：《大众文化理性中的文学想象》，《辽宁大学学报》2008第1期。

［15］高楠：《文学经典的危言与大众趣味权力化》，《文学评论》2005第6期。

［16］葛岩：《娱乐背后的利益博弈》，《人民论坛》2007第4期。

［17］郭宝亮：《大众传媒时代的"无根"写作——20世纪90年代以来文学艺术中的"猎奇化"现象》，《文艺研究》2007第7期。

［18］何西来：《文艺的消闲、娱乐功能及其格调》，《文艺争鸣》1996第2期。

［19］蒋元伦，郑建丽：《大众文化的多重性：基于媒介因、经济因和社会因的视角》，《探索与争鸣》2010第10期。

［20］蒋元伦：《从"起哄"看网络舆论生态》，《理论学习》2010第10期。

［21］蒋元伦：《媒体文化引导消费》，《乌鲁木齐职业大学学报》2003第3期。

［22］金惠敏：《从形象到拟像》，《文学评论》2005第2期。

［23］金惠敏：《趋零距离与文学的当前危机——"第二媒介时代"的文学和文化研究》，《文学评论》2004第2期。

［24］金惠敏：《图像增殖与文学的当前危机》，《中国社会科学》2004第5期。

［25］金惠敏：《消费社会与自然问题》，《首都师范大学学报》2008第1期。

［26］金惠敏：《消费时代的社会美学》，《文艺研究》2006第12期。

［27］赖大仁：《大众文化批评的价值立场问题》，《文艺报》2003年5月29日。

［28］赖大仁：《图像化扩张与"文学性"坚守》，《文学评论》2005第2期。

［29］蓝爱国：《网络文学的题材类型》，《社会科学战线》2008第6期。

［30］李静：《影视小说："读图时代"的文学"宠儿"》，《文艺争鸣》2007第4期。

［31］刘方喜：《"审美消费主义"批判与"审美生产主义"建构》，《文学评论》2007第2期。

［32］刘方喜：《略论当前的"审美消费主义"思潮》，《中国社会科学院院报》2006第4期。

［33］刘方喜：《三种时间、三种活动：马克思"审美生产主义"初探》，《江西社会科学》2006第2期。

［34］刘方喜：《试论"自由时间"的双重内涵及两种价值趋向》，《自然辩证法研究》2006第9期。

［35］刘方喜：《消费主义批判的中国立场》，《中国社会科学文摘》2008第3期。

［36］陆高峰：《娱乐的经济与超经济》，《青年记者》2011第6期。

［37］罗筠筠：《休闲娱乐与审美文化》，《文艺争鸣》1996第3期。

［38］马相武：《不要让笑声代替了思考》，《人民论坛》2007第4期。

［39］孟繁华：《"消闲文学"及意识形态守护》，《文艺争鸣》1996第2期。

［40］莫言：《网络文学是个好现象》，《中国青年研究》2009第4期。

［41］聂庆璞：《传播媒介的嬗变与网络文学的发展》，《贵州社会科学》2008第10期。

［42］欧阳旭东：《反娱乐化现象案例》，《人民论坛》2007第4期。

［43］欧阳有权：《网络文学的本体追问与意义体认》，《文艺理论研究》2007第1期。

［44］彭亚非：《网络写作：速朽的文作与潜在的生

机》，《中国社会科学院院报》2007第10期。

［45］钱竞：《"文艺消闲功能"断想》，《文艺争鸣》1996第2期。

［46］施惟达，樊华：《论消费主义时代的精神生产》，《文学评论》2006第3期。

［47］宋伟：《娱乐狂欢时代的"笑"》，《艺术广角》2011第2期。

［48］宋一苇：《中国人如何才能学会笑》，《中国图书评论》2009第5期。

［49］陶东风：《大话文学与消费文化语境中经典的命运》，《天津社会科学》2005第3期。

［50］陶东风：《去精英化时代的大众娱乐文化》，《学术月刊》2009第5期。

［51］陶东风：《日常生活审美化与新文化媒介人的兴起》，《文艺争鸣》2003第6期。

［52］陶东风：《世俗化时代文艺的消遣娱乐性》，《文艺争鸣》1996第3期。

［53］陶东风：《文学的祛魅》，《文艺争鸣》2006第1期。

［54］陶东风：《游戏机一代的架空世界——"玄幻文学"引发的思考》，《文艺争鸣》2007第4期。

［55］童庆炳：《现实·历史·品味——当前文艺的娱乐消闲功能之我见》，《文艺争鸣》1996第2期。

［56］童庆炳：《休闲功能文学作品的二重性》，《文艺报》2000年5月23日。

［57］王德胜：《"娱乐神话"与传媒时代的艺术经济学》，《文艺争鸣》2009第5期。

［58］王德胜：《视像与快感：我们时代日常生活的美学现实》，《文艺争鸣》2003第6期。

［59］王纪人：《大众传媒时代的文学与时尚》，《天津师范大学学报》2007第2期。

［60］王先霈，徐敏：《为大众文艺减负增能》，《文艺报》2003年1月23日。

［61］魏家川：《有关身体的日常语汇的审美生活分析》，《文艺争鸣》2003第6期。

［62］魏饴：《论休闲文学》，《常德师范学院学报》2000第1期。

［63］魏饴：《再谈休闲文学——兼与张炯先生商榷》，《文艺报》2000年8月15日。

［64］吴子林：《图像时代的文学命运》，《浙江社会科学》2005第6期。

［65］吴子林：《玄幻小说的文化面相》，《重庆三峡学院学报》2007第4期。

［66］徐岱：《崇高之后——论传媒时代的艺术生产》，《文艺理论研究》，2007第1期。

［67］徐岱：《趣味的形而上之维——论审美实践的审智品质》，《文艺研究》2003第3期。

［68］徐敏：《大众文化的快感理论：从美学到政治经济学》，《北京电影学院学报》2004第1期。

［69］许明，消闲：《不是唯一的解释》，《文艺争

鸣》1996第2期。

　　［70］杨光，王德胜：《当代西方媒介文化美学研究的三种形态》，《文学评论》2008第3期。

　　［71］张晶：《传媒艺术的审美属性》，《现代传播》2009第1期。

　　［72］张晶：《娱乐：审美文化中的"溶解性的美"》，《社会科学杂志》2002第12期。

　　［73］张炯：《关于"休闲文学"之我见》，《文艺报》2000年5月23日。

　　［74］张志忠：《定位与错位——影视改编与文学研究中的"红色经典"》，《文艺研究》2005第4期。

　　［75］赵学勇：《消费时代的"文学经典"》，《文学评论》2006第5期。

　　［76］赵彦芳：《游戏：时代的症候》，《社会科学论坛》2003第5期。

　　［77］周宪：《"读图时代"的图文战争》，《文学评论》2005第6期。

　　［78］周宪：《传媒文化：做什么与怎么做》，《学术月刊》2010第3期。

　　［79］周宪：《审美文化.视觉文化的转向》，《学术研究》2004第2期。

　　［80］周小仪：《消费文化与生存美学——试论美感作为资本世界的剩余快感》，《国外文学》2006第2期。

　　［81］朱大可：《生命中不能承受之乐》，《文艺争鸣》2007第6期。

〔82〕朱大可：《缩小娱乐版图需做行政减法》，《人民论坛》2007第4期。

〔83〕朱辉军：《反"消闲娱乐"论》，《文艺争鸣》1996第6期。

〔84〕邹广文：《什么催生了娱乐化热潮》，《人民论坛》2007第4期。

〔85〕邹强：《快感与文艺学——也谈文学理论的边界》，《当代文坛》2005第3期。

▲英文文献

〔1〕Gary Genosko, Mcluhan and Baudrillard The masters of implosion, London and New York, 2001.

〔2〕Jean Baudrillard, The Spirit of Terrorism, Tr.Chris Turner, New York, 2003.

〔3〕Jean Baudrillard, Looking back on the end of the world, Tr.David Antal, New York, 1989.

〔4〕Jean Baudrillard, The Illusion of the End, Tr.Chris Turner, Polity Press, 1994.

〔5〕Theodor W. Adorno, "On Popular Music", in John Storey ed., Cultural Theory and Popular Culture: A Reader, Prentice Hall, 1998.

〔6〕Steve Dixon: Digital Performance, Cambridge: MIT Press, 2007.

后　记

　　在毕业论文写作的这段日子里，我爱上了长跑。从刚开始的几百米，到最长时的数万米，奔跑带给我越来越多的快乐，它强健着我的体魄，也延伸着我的思绪，而博士论文写作的漫漫征程也随着那深长而富于节奏感的呼吸声一步步走到了今天。写作如此，人生亦如此。每一次，当我们凭借着一点点勇气和热情匆忙上路，当我们越陌渡阡、筚路蓝缕地叩响那处紧闭的顿门，回首时，总会有一种恍然隔世般的宿命感，曾经走过的那些人、那些事都渐次地潜上心头。

　　恩师高凯征的谆谆教诲和爽朗的笑声时时萦绕在耳边，每次从他那儿取回厚厚的一沓文稿修改意见，我总会悉心揣摩并小心珍藏，字里行间传递出的浓浓师恩令人感念，令人难忘。还有宋伟先生、王纯菲先生、赵凌河先生、王春荣先生、许志刚先生、王巍先生，和我的硕士导师宋玉书先生，他们都是扶助我走上这条思想征程的领路者，这份相识相知的缘是我人生又一笔值得珍视的财富。以及我的同窗石峰、杨慧、吴稼楠、张晓飞、张燕楠、李帅、任艳，而立之年又不期然地收获到这份别样的同窗之谊实乃人生之幸。还有我的家人，我的四位尊长、我的爱人和天使般可爱的女儿，怀揣着他

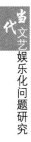

们，无论何时我都拥有坚持到底的勇气和信心。

在博士学业的漫漫征程即将告一段落的时候，我要真心地感谢他们，我的至爱亲师，我的家人、同窗，以及所有给予我帮助的人们。我的人生长跑还将在你们的关注与关怀中继续下去，我还将与你们一同感受那深长而富于节奏的呼吸，共同体味生命的活力与律动。

臧　娜

2012年5月

上面那段后记写于2012年博士论文煞尾之时，而《当代文艺娱乐化问题研究》这部书稿事实上在2009年我博士研究生入学之初即已酝酿，六年之后终见天日，其间的诸多甘苦早已化入岁月之流，飘然远逝，只留下这厚厚一叠文稿可资怀想。

六年间，这部书稿和我都经历了生命中的一系列重大事件。毕业答辩时的场景至今历历在目，以陆贵山先生为主席组成的答辩委员会（党圣元先生、高凯征先生、宋伟先生、王纯菲先生、赵凌河先生、王春荣先生、许志刚先生、王巍先生、吴玉杰先生、崔海峰先生）为这篇论文提出了很多宝贵的意见和建议，许志刚先生还即兴挑出一些语病和笔误之处，使凝重了许久的答辩现场瞬间充满欢声笑语，面前这些位在我十八九岁甫入大学时便对我耳提面命的师长，有生之年能与他们这样无拘无束地交流，哪怕只是闲聊，都是极幸福的事！

博士毕业之后，我有幸作为一名教师留在大学校园继续读书、写字。一个十分偶然的机会，与代晓蓉老师相识，两个谈起工作双眼便烁烁放光的女性，在媒介文化和新媒体艺术研究方面有了说不完的话题。人生在世的无尽意趣就潜藏在一个个偶然性之中，代老师对新媒体艺术研究的执着和她从创作实践中得来的真知灼见，催促我重新审视此前那些固化在纸面上的理论思考。代晓蓉老师作为本书的第二作者，完成了第五章的局部写作工作，即"从'影像的逼真性'到'拟像的完美罪行'"，而她对于当代艺术和媒介文化的思考，以及她对于戏曲艺术虚拟性和数字技术虚拟性的理解，则进一步影响到了本书对于相关内容的研究。

需要着重指出的是，本书的出版得到了上海市教委"一流学科B类——戏剧与影视学"（2012—2017）项目、辽宁省社会科学规划基金办公室的大力资助。还要感谢人民出版社孙兴民老师为本书顺利出版作出的巨大努力，感谢上海音乐学院数字媒体专业副主任尤继一老师给予的大力支持，感谢《戏曲艺术》《人民音乐》《中国图书评论》等刊物的责编老师为本书部分文稿先期发表付出的辛勤劳动，作为辽宁省教育厅人文社会科学重点研究基地"文艺与社会发展研究中心"研究成果，还要感谢基地领导为相关研究工作的开展提供的诸多便利。他们的出现，都是我平凡生命中的一系列"重大事件"，特此致谢！

臧　娜

2014年12月于沈阳

后
记